大家小书

红楼小讲

周汝昌 著
周伦玲 整理

北京出版集团公司
北京出版社

图书在版编目（CIP）数据

红楼小讲 / 周汝昌著；周伦玲整理．— 北京：北京出版社，2016. 7（2024.8重印）
（大家小书）
ISBN 978-7-200-12138-4

Ⅰ. ①红…　Ⅱ. ①周…　②周…　Ⅲ. ①《红楼梦》研究　Ⅳ. ①I207. 411

中国版本图书馆CIP数据核字（2016）第097721号

总策划：安　东　高立志　　责任编辑：于　虹　司徒剑萍

· 大家小书 ·

红楼小讲

HONGLOU XIAOJIANG

周汝昌　著　周伦玲　整理

*

北京出版集团公司
北京出版社　出版

（北京北三环中路6号　邮政编码：100120）

网　址：www.bph.com.cn

北京出版集团公司总发行

新华书店经销

北京华联印刷有限公司印刷

*

880毫米×1230毫米　32开本　11.375印张　145千字

2016年7月第1版　2024年8月第13次印刷

ISBN 978-7-200-12138-4

定价：59.00元

质量监督电话：010-58572393

海棠深院硯脂香
逝水殘紅寫沁芳一
性通靈真美玉鴻
濛開處溯情腸
右題寶玉

解味

序　言

袁行霈

“大家小书”，是一个很俏皮的名称。此所谓“大家”，包括两方面的含义：一、书的作者是大家；二、书是写给大家看的，是大家的读物。所谓“小书”者，只是就其篇幅而言，篇幅显得小一些罢了。若论学术性则不但不轻，有些倒是相当重。其实，篇幅大小也是相对的，一部书十万字，在今天的印刷条件下，似乎算小书，若在老子、孔子的时代，又何尝就小呢?

编辑这套丛书，有一个用意就是节省读者的时间，让读者在较短的时间内获得较多的知识。在信息爆炸的时代，人们要学的东西太多了。补习，遂成为经常的需要。如果不善于补习，东抓一把，西抓一把，今天补这，明天补那，效果未必很好。如果把读书当成吃补药，还会失去读书时应有的那份从容和快乐。这套丛书每本的篇幅都小，读者即使细细地阅读慢慢地体味，也花不了多少时间，可以充分享受读书的乐趣。如果把它们当成补药来吃也行，剂量小，吃起来方便，消化起来也容易。

我们还有一个用意，就是想做一点文化积累的工作。把那些经过时间考验的、读者认同的著作，搜集到一起印刷出版，使之不至于泯没。有些书曾经畅销一时，但现在已经不容易得到；有些书当时或许没有引起很多人注意，但时间证明它们价值不菲。这两类书都需要挖掘出来，让它们重现光芒。科技类的图书偏重实用，一过时就不会有太多读者了，除了研究科技史的人还要用到之外。人文科学则不然，有许多书是常读常新的。然而，这套丛书也不都是旧书的重版，我们也想请一些著名的学者新写一些学术性和普及性兼备的小书，以满足读者日益增长的需求。

“大家小书”的开本不大，读者可以揣进衣兜里，随时随地掏出来读上几页。在路边等人的时候，在排队买戏票的时候，在车上、在公园里，都可以读。这样的读者多了，会为社会增添一些文化的色彩和学习的气氛，岂不是一件好事吗？

“大家小书”出版在即，出版社同志命我撰序说明原委。既然这套丛书标示书之小，序言当然也应以短小为宜。该说的都说了，就此搁笔吧。

痴情方许说红楼

——认识一下周汝昌先生

梁归智

周汝昌先生有一本面向普通读者讲论红学的书要付梓问世，出版社希望有人写一篇小序让读者对周先生的“特点与成就”有所了解。周先生把这一任务交付给我，是谬托知己的意思，我虽然有点诚惶诚恐，也只有恭敬不如从命了。

周先生写曹雪芹的传记时，曾以《孟子·万章下》中的一段话语为指归。这段话说：“颂其诗，读其书，不知其人可乎？是以论其世也。”知人论世成了中国古代文化的一个优良传统。那么，我们读周先生讲论红学的著作，作为普通读者，尤其是青年读者，对周汝昌先生有所了解的确是大有裨益的。

周先生是1918年生人，也可以说是世纪老人了。他在青年时代本来是考入燕京大学西语系学英语的，后来还在四川的华西大学、四川大学当过好几年教授英语的老师。可是，他从1947年起，就“一不小心，成了一个红学家”。1953年9月，上海棠棣出版社出版了他的第一部红学著作《〈红楼梦〉新证》。这本书近四十万字，对曹雪芹的家世、《红楼梦》的版本、脂砚斋的批语等有关阅读《红楼梦》的背景情况作了深入的探索，提供了丰富的资料，成为胡适和俞平伯开创的“新红学”之集大成式的著作。这本书后来又不断充实完善，到20世纪70年代中期再版时，已经成为八十万字的皇皇巨著了。此后50多年的风风雨雨里，周先生不倦不辍地从事红学和其他中国古典文学文化的研究写作，特别是后来患眼疾双目几近失明的情况下，仍然以顽强的毅力克服困难，恒兀兀以穷年，不知老之将至。迄今为止，已经出版了二十册以上的学术著作，其中研究《红楼梦》的就有十五六部。

周先生的红学研究，第一个特点是其全面性或曰涵盖性。也就是说，他几乎涉足了红学研究的每一个具体领域，而且都十分深入，不是浅尝辄止或蜻蜓点水的那种“学术”。红学中的各个分支，都印有他的深深足迹。周先生在1981年给拙著《〈石头记〉探佚》写的序言中就提出了红学有根本性的四大分支的论点，即曹学、《石头记》版本研究、脂批研究和探佚学，是对《红楼梦》作思想哲学、审美艺术观照评论之前提和基础。意思是说《红楼梦》思想和艺术层面的辉煌只有建立在那四个分支的基础上才有可能呈现。因此，周先生首先在那四个分支的建设上付出了巨大的精力。《红楼梦新证》的“集大成”意义也在这里。此外如关于《石头记》版本和脂批的《〈石头记〉鉴真》（《〈红楼梦〉真貌》）《〈红楼梦〉真本》，关于大观园原型考察的《恭王府考》《恭王府与〈红楼梦〉》（《〈红楼〉访真——大观园与恭王府》），关于曹雪芹生平的《曹雪芹小传》《曹雪芹新传》《文采风流第一人——曹雪芹传》，关于探佚的《〈红楼梦〉的真故事》等，就是对各个分支所作的专题性研究。可以说，每一种书都体现了迄今为止该领域的最高研究水平。

这四个分支的研究奠定了红学的坚实地基，虽然它们本身也是可以单独欣赏流连的美妙风景线，但更本质的意义却是有了这个基础才可以在上面搭建起思想和艺术（哲学和审美）的“七宝楼台”。周先生写的《红楼梦与中华文化》《〈红楼〉艺术》两本大著就是矗立在那四个分支地基上光芒四射的“宝塔尖”。当然在周先生的其他著作中其实早已经有许多关于《红楼梦》思想和艺术的讲论赏会，不过没有这两本书集中和专门罢了。这也说明，四大分支的基础研究和思想及艺术的评断鉴赏其实是水乳交融、难分彼此的，我们分开来另立名目不过是如佛家所说“方便法门”而已。

周先生为什么要特别强调那四个分支研究呢？为什么不“就文本谈文本”呢？这就是红学的一个根本问题，关键所在。原来曹雪芹的原著只传下了前八十回，后四十回是另外的人所续写的。这就产生了“两种《红楼梦》”这一学术难题。很长的历史时期内，人们都不严格区分原著与续书而泛谈所谓《红楼梦》的思想性和艺术性，造成了《红楼梦》评论的庸俗，红学研究的迟滞。要破除这种历史困窘，要解决这一学术难题，该从何处入手？周先生老马识途，心明眼亮，一针见血地指出唯一的门径就是把那四个分支的基础研究搞深搞透。因此，周先生说那四个分支是红学的重镇，并不是要否定《红楼梦》的思想艺术研究，而恰恰是要通过那四个分支研究以区分出两种《红楼梦》两种不同的思想和艺术境界。这可以说是周先生全部红学研究之核心的核心，也可以说是周先生红学研究的第二个特点，即文化性特点。

为什么这样说呢？因为区分了“两种《红楼梦》”的思想和艺术，寻根究底，最后就归结到中华文化本身的特质和其发展过程中的矛盾与纠缠。曹雪芹原著《红楼梦》是中华文化精粹部分的卓越体现，又是对中华文化负面因素的反思和扬弃。用周先生的话说，曹雪芹的《红楼梦》是进入中华文化的“一把总钥匙”。而后四十回续书，则在根本的理念意向和艺术精神方面歪曲篡变了曹雪芹的原著。当然后四十回在鼓舞青年男女追求自由恋爱及在一定程度上暴露封建家族和官场的黑暗方面也起过一定的历史作用。但这与曹雪芹原著要表现的中华文化之博大精深，灵性价值之高远追求，以及审美意度之戛戛独造是截然不同的两回事。用天壤之别、南辕北辙这样的字眼是并不过分的。周先生从一开始进入《红楼梦》，就盯紧、抓住这个红学中的“死结”，毫不放松，孜孜矻矻，锲而不舍，从各个层面、角度来研究、论述、分析、讲说，使这个问题逐步得到彻底清理，而其终极目的，就是通过对这个问题的揭示和解决，使中华文化的深刻和曹雪芹的伟大昭然于天下。这也就是为什么周先生又说红学是中华文化之学，是“新国学”的原因所在。

由于问题的复杂性、解决的艰难性和过程的长期性，周先生因此承受了许多误解，所幸“真理愈辩愈明”，到了21世纪，已经有越来越多的《红楼梦》的读者开始理解和接受周先生的这种“文化性”红学了。一些人往往从表面上看问题，说周先生是一个“考证派”红学家，其实透过现象看本质，应该说周先生是“文化思想派”红学的代表才更恰如其分。“新红学”的两位开山祖师，胡适主要是在“历史考证”的层面作了开拓，俞平伯则在“文学考证”的层面成绩突出。也就是说，胡适的贡献主要在作者和版本的认定方面开端引绪，俞平伯则对《红楼梦》的艺术性作了相当深入的探索，但他们对《红楼梦》的思想文化性价值或比较隔膜，或理解得还不够透彻。周汝昌则不仅对历史背景和文本艺术的考证及研究作了更深入广泛的拓展，而且特别关注《红楼梦》的思想性，关注“两种《红楼梦》”的精神气质差异，并把这一问题的观照和探讨提升到了文化的层次，从而使《红楼梦》的阅读和研究与对中国传统文化的清理、扬弃、承续、发展，与当下中国人性灵的陶冶、思想的启沃和精神的寄托发生更直接更深刻的关系。

周先生红学研究的第三个特点，可以说是“文采风流”。正如周先生说曹雪芹是“文采风流第一人”，也可以引申说《红楼梦》是“文采风流第一书”。要把这文采风流第一书和文采风流第一人的本质、要义、精彩阐释出来，评赏估价到位，这个讲说者和评赏人当然也得有一点“文采风流”的素质和特点了，这是不言自明的事。简明扼要地说，周先生的红学著述具有考据、义理、辞章三者咸备的特色，考据是“真”和“史”，义理是“善”和“哲”，辞章是“美”和“文”，也就是具有真、善、美或文、史、哲三者结合而相得益彰的品质。这真是十分难得，能达到这一境界，在今天的学术界文化界，不说凤毛麟角，也是百不得一。周先生能臻此胜境，当然既有他的天赋资禀，也和他长期的修养历练分不开。周先生是一个十分聪颖的人，是一个多才多艺的人，他在诗词和随笔的创作、外文的翻译、书法艺术的操习，乃至音乐吹弹、戏曲表演甚至梅花大鼓词的写作和欣赏等多个方面，都有不同寻常的修养和建树，更不必说他对中国传统文学文化如唐宋诗词、民俗工艺等方面的研究讲解了。周先生是学者，是诗人，是文章家、书法家，尤其善于作创造性的感悟思索，这多种因素的综合作用，形成“合力”，体现在《红楼梦》研究上，就特别能发抉彰显出《红楼梦》和曹雪芹的精、气、神，其底蕴内涵、文情艺韵。这其间的“理路”和“张力”也很容易了解，因为《红楼梦》本来就是中华文化的“百科全书”和“一条主脉”，曹雪芹本来就是一位集诗人、哲人、艺术家和小说家于一身的中华文化的“文曲星”。

万派归源，可以说周先生的红学研究是中华文化精义的一种学术实现。那么这种中华文化的精义又是什么？《红楼梦与中华文化》中有一段话这样说：“试看这一切，即我上文所论述的晋贤的‘痴’，晏小山的‘四反’，张宗子的‘七不可解’，以至雪芹的‘作者痴’，宝玉的‘痴狂’‘疯傻’，悉皆相通相贯，而这种类型的人物，即是雪芹所说的‘正邪两赋而来之人’……是的，这是我们中华民族的人英。他们的头脑与心灵，学识与修养，显然是我们中华民族文化的最可宝贵的精华部分。迨至清代雍乾之世，产生了曹雪芹，写出了贾宝玉，于是这一条民族文化的大脉络，愈加分明，其造诣亦愈加崇伟。”这种“中华文化上的异彩”就是“正邪两赋”，就是“痴”。而周先生的红学研究，也正好十分有趣地体现了这种“痴”，所谓“风雨如晦，鸡鸣不已；锋镝犹加，痴情未已”。有了这种“痴”，才一往情深，才无怨无悔，才生慧心，具慧眼，成慧业，造就出一代红学大师。周先生的这册《红楼小讲》，我只看到了目录，但已经感到是能够引领普通读者进入《红楼梦》真境圣境的宝筏南针，能够让读者对曹雪芹的“痴”所体现的中华文化之精义初尝滋味。我曾经赋赠周先生一组绝句，就录下其中之一作为本文的“点睛”吧：

吟鞭一指傲三秋，重镇红坛大纛周。
小卒过河发妄语：痴情方许说红楼。

2001年10月18日

于大连痴慧斋

目　录

自序

有一年，《天津日报》的资深记者编辑张先生找我，说《红楼梦》是国宝，是人类智慧的珍奇遗产——可是不大容易读。世上讲《红》的其说不一，人各有异，而且差异惊人。你身居京城多年，已是首都市民，但原籍天津，家乡都熟闻你研究红学，自成一家，可是还不太知道你是怎么看这部书的。你何不讲一讲自家的观点和心得？也可为乡亲们打开一面新眼界。

这一席话触动了我的思绪。我当即答云：说得真好。既然“其说不一”，则我是这“不一”中的一个“一”嘛，众“一”皆发其声、畅其言，则我这“一”自然也不妨“一”讲。但“一”讲也有大有小。“大讲”麻烦就太大了，怕报上登不了，咱们就先以“小讲”试试。不知高见若何?

就这样，《小讲》诞生，而且“问世”了。一连登载了三十讲。

记得20世纪60年代之初，《光明日报》的黎丁先生约我写《曹雪芹家世生平丛话》，开始大受欢迎。老辈如叶恭绰、杨霁云（鲁迅先生之学友）、梁仲华（成都华西大学历史系老教授）诸位先生，纷纷致函赞许鼓舞。同辈如名散文家黄裳（南开中学老同窗），最赏那一组史话文章，多次复读而多次致赏，说这样的文字以前没有，以后也再未见过。而且他们都深以未完中断为可惜之事（因当时某“批判家”说了话，报纸不敢续载……）。

《光明日报》，全国文化教育界读者多；《天津日报》就没法比了。《小讲》获得的反响如何，我无从得知（也只记得天津师范学院李行健先生对我说过：《小讲》的反响不错。广大市民方面的意见就更无从获悉了）。

时至今日，研《红》的学术性评论性专著，层出不穷，无计其数；而为一般“非专家”普通读者讲解的通俗体裁的书，似乎仍甚稀逢。这一现象不知应该如何解说。前人曾言，章回小说本来就是“通于大众”的著作，而《红楼梦》之名望尽管“妇孺俱晓”，却未能做到一个“通”字。“通”才是普及于最多的读者的意思。

从这一意义来观照，则见得《小讲》虽小，其意义并不琐末细微，而且也有“伐山开路”的一点儿资力了。

因此，将它印成小册，也许还是不为多事，不为无益之举。

不待烦言：这些“讲”都是我个人的拙见。见深见浅，见仁见智，乃至“见惊见怪”，“见哂见嗤”……那又是讲者的学识与灵智之高下的问题——“我能懂雪芹其人其书到什么程度？”这是个人人都要自忖自问的句子。谁若是摆出一副了不起的架子，自以为懂透懂对了，则此人之狂妄也就堪称古今中外的第一号了。

因双目太坏了，旧印的小铅字看都看不见，遑论重温而修改之、纠正之的“加工”工序。我想，世上万事皆有历程，自己理解和为人讲解《红楼梦》（《石头记》），岂能例外。今日“改”了，等印成小书后也许又想“改”……这就难了。我已无能为力，姑且“如实奉献”，不作修饰，更见诚怀。此区区之苦衷，尚祈明鉴。

诗曰：

小讲如何比大编，为君一助亦欣然。

红楼非梦偏云梦，梦笔生花字字妍。

辛巳榴月下浣写于燕京东皋耘绛轩

有一点应在此补说：当年报纸约稿时是每讲只限千字的篇幅，而我要讲的内容却十分繁复，既无法“铺开”，又难于言说清晰。这才设计追加了“副篇”，略为补充拓展。体例的来由，并非无缘无故。最后十篇，是女儿助手伦苓选编的，因此也就不再加“副篇”了。

2001 年 11 月

第一讲 《石头记》与《红楼梦》

曹雪芹以一生的心血，写出了一部小说，到乾隆十九年（1754）把几经变改的书名，最后决定还是叫做《石头记》。当时，由于复杂的历史原因，书稿只来得及初步整理出八十回的清本，就传钞流布，“问世传奇”了。这种八十回钞本被人视为枕中之秘，要花几十两银子的高价才能求到一部。传写买卖，也不是真正公然“摆摊”“列架”，而是秘藏内售。既然价钱那么高（等于中产人家一年度日的费用呢），可知早期读者限于富贵人家，但他们深知此书甚有关系，有其“禁忌性”在，所以不但偷偷地买，也是偷偷地看。这样的情形足足过了三十年的光景。

到了乾隆五十六年（1791），忽然有一部印本出现了，不但印刷整齐，而且比八十回多出四十回书来，前面有序文，说是多年辛苦搜访的结果，获得了原书的残稿，因此编缀而成为“全璧”，使读者称快称幸，所以刊印“以飨同好”云云。这部印出来的百二十回本的小说，已经不叫《石头记》了，正式改题为《红楼梦》。此本一出，风靡天下，堪称盛况空前。

但是，这部《红楼梦》印本并不是曹雪芹的真全稿，只不过是由程伟元、高鹗等人伪续了后四十回书，而托名号称“全本”的。而这个伪全本的炮制和印行，本是有政治背景后台的，并非一般文人好事者的偶然“遣兴”。这个事实在清代原是有不少人知道的，可是“印出来”的“成本本”的书，那势力影响是极其“可怕”的。久而久之，大多数人反而信印本是“全”是“真”。

因此，今天有少数非常严格的学者，当他称用《石头记》一名时，是指雪芹原著，而称用《红楼梦》一名时，则是只指百二十回伪全本。我想，这种严肃认真、论事不苟的精神确是值得效法，应当提倡。

八十回钞本，本来附有批语，批者署名“脂砚斋”，是雪芹撰著的亲密协助者，所以现在有了“脂批”“脂评本”这种名词。脂批对我们理解雪芹小说的帮助很大。而百二十回假全本是个白文本，没有批语——印书时早被删净了。为何要删净？很明显，若连脂批一齐刊印出来，不但大费工本，还会把伪续托名原本的马脚全然泄露出来！因为他们的伪续，与原本大大不同。程、高之辈，既要以假乱真，迷惑世人，岂能那么傻瓜，他们十分狡猾，玩弄了不少花招。

伪全本不但假托雪芹的名义造出了后面的“残稿”，而且还偷偷地（实质又是放肆地）将前面八十回的原文大加篡改！

由于印本流传既快且广，钞本渐渐湮没无闻。清末民初，上海有正书局石印了一部“戚序本”，却无人知重，只有鲁迅先生作《中国小说史略》时引文都采用此本。可见先生识力之高。这就是说，当别人见了这个八十回本的印行还在疑疑惑惑、糊糊涂涂的时候，先生一看就明白这才是较为接近曹雪芹原文的一个本子。先生是一贯反对过去那种乱改他人著作的歪风劣行的，当然即取戚序本作为引文的依据。这一点过去并不为人注意，我们却应好好地思索一下其中的道理。

解放后，20世纪50年代出版过“八十回校本”，但普及本一直沿用了程、高伪本。直到最近，这才出了一部“新版《红楼梦》”——所谓新，就是它的前八十回采用了旧钞本，比较接近雪芹的原来的文意，再没有程、高的妄改成分夹杂其间了。就这一点说，不能不算是一件令人于心大快的事。这也是好比将被颠倒的历史又颠倒过来了。

为什么我们这《小讲》要由这儿说起？只因这一层关系实在重大，这一点不先说清，《红楼》是无有办法“讲”得下去的——就是“小”讲也得把大事情大关目讲个头绪出来才行呢。

副篇　版本异同

“八十回校本”流行不广，据说当时印行目的是“供研究者参考”之用，一般读者是可以“另行对待”的。这种想法做法没有任何正确性可言，“一般读者”难道就该永远读那个假《红楼梦》吗？但“八十回校本”本身作得也不好，有很多缺点，比如选择底本不对，校勘体例太不合理，还有毫无根据臆改原文等毛病。“新版《红楼梦》”（又称“新校本”）也不是尽善尽美，但总比上述“校本”要好多了。又有两千多条注释。无论如何，以它来取代了长期流行的那个不好的普及本（底本是“程乙本”，宣扬刊布此坏本，自胡适作俑。我始终反对，也向胡适提出过），确是一件大事。希望读者再不要去看那个旧版了！“新校本”最大的缺点是不知道应将曹雪芹原著排为唯一的正文，而把程、高伪续排作附录，真伪分明，眉目清爽，让人们在概念上不再混搅在一起。现在连排成“一气”，又标明“曹雪芹高鹗著”，就成了他们两人组成“写作班子”合写的作品了，这给人以一种极不正确的印象，仍在助长伪续长期蒙蔽人的坏影响。

以下再略叙各本的名目和概况。

现在幸存的乾隆时代或略晚一些的旧钞本《石头记》，都是最多只到八十回，绝无半页或数行的“第八十一回”的残余可寻。这可见不是自然残损，而是由于历史原因和人为制造的禁毁所致。曹雪芹全书都已具稿，钞本上所附的脂砚斋的批注说得很明白，他见过八十回后的书稿中的许多情节，均与现传“假全本”迥然不同。

旧钞本重要者有：

甲戌本：胡适原藏，存十六回，现在美国。有影印本。

庚辰本：存七十八回，藏原燕京大学今北京大学图书馆。有影印本。

己卯本：实存四十一回又两个半回，藏北京图书馆。有影印本。

戚序本：存八十回，也称“有正本”。旧有石印本，今有影印本。

蒙古王府本：存八十回（后半拼接伪续四十回）。藏北京图书馆。

刊印本重要者有：

程甲本：程、高第一次活字印本，后面拼接伪续四十回。

从此本出现直到清末民初，流行坊本皆是此本的翻刻本。

程乙本：程、高次年第二次印本，有相当的改动与弥补破绽处。

排印本有：

商务印书馆排印《石头记》本：底本接近程甲本，附有批注，此即五四运动以前坊间流行本。

人民文学出版社旧版本《红楼梦》：以程乙本为底本的排印本。此本因系程、高篡改曹雪芹原书最为严重的一个坏本子，不可取。

人民文学出版社新版本《红楼梦》：改用庚辰本为底本，重新排印。较为可靠，是现有的最佳普及本。

余不备列。

国外现在发现的旧钞本《石头记》，只有苏联科学院东方研究所列宁格勒分所收藏的一部，全部七十八回，缺五、六两回。一般简称之为“列藏本”。1984年12月18日，我到列宁格勒考察了此本，确认它是一个有价值的旧钞本，中苏双方同意联合整理印行，已由中华书局影印。这是红学研究上的一个新贡献。

第二讲 《红楼梦》不好读

上一回谈过了《石头记》与《红楼梦》的关系。如今为了和“红楼小讲”的题目相协调，我只好放宽一点界限，仍用“红楼梦”这个名字。《红楼梦》不好读。正因不好读，才需要“讲”。那么，既为小说，就原是写给一般人看的，为什么《红楼梦》就这么特别，唯独它不好读呢？

这问题提得好。《红楼梦》是有点儿特别，它有很多与众不同。

头一个与众不同，是它的思想内涵，和传统的小说不太一样。从最根本上讲，正是由于这“不太一样”，它才受到了二百多年来普天下人的注意，引起了他们莫大的阅读和探索的兴趣，愈钻研愈发现其广博精深。次一个与众不同，是它的笔法艺术，独具特点特色，也与传统的小说不可同日而语。它令人耳目一新，为之惊奇赞叹，它的魅力能让你反复地一读再读，以至百读不厌，而且每读必有更新鲜的感觉和更丰富的收获，才明白过去根本没有读懂。有了这两大特别之处，已经比读别的小说难多了，不幸又加上了它的原来的整体给破坏了，现在是被别人硬安上了一个假“原本”的后半截——试想，这部书，内中竟有多达三分之一的部分是伪托的，而且这一部分位居最后，是收煞全书的非常重要的部分！这么一来，不论它的内容还是文字，都是一个真伪搅在一起的混杂体。这样的一部书，说它与众各别，很不好读，大约不是故意耸人听闻的吧？

既然如此，很明显，我们就应该以上述的三种难点为线路，来讲《红楼梦》，而如果能将三点结合起来讲，那就更是极妙。

《红楼梦》的本名《石头记》告诉我们，它是一块石头的故事。书的开头，也像《水浒》一样，有个序幕，在我们传统戏剧小说中叫做“楔子”，内中叙的是这块石头的来历，它如何出现、如何下凡的一切经过。所以曹雪芹的原文说的本是“原来就是无材补天、幻形入世，被茫茫大士、渺渺真人携入红尘，历尽离合悲欢、炎凉世态的一段故事”。这就明白确切地向读者宣说了这部小说的主题、本旨。可是，伪全本却首先把这几句关键性的话改了，改的是：“原来就无材补天、幻形入世，被……携入红尘、引登彼岸的一块顽石。”（本书插图选用清代王墀增刻《红楼梦图咏》——编者注）

读者务必细心留意体察识别那原文与改笔之间的重大差异。

曹雪芹十年辛苦，字字是血，本是托石头以写“炎凉世态”的。这四个字，无比重要，这是眼目，是精神。你可以想起鲁迅先生在《中国小说史略》中是以“人情小说”来正式标目《红楼梦》的。“世态”“人情”，岂不本就是我们的成语中所显示的一种是一非二的关系？用今天的常用语来说，就是曹雪芹写的本是人生经历和社会现实。但是，伪续和篡改者程、高等人却说，不行，那不对头！应当是“引登彼岸”才算合乎他们的心意。

什么叫“引登彼岸”呢？它和“红尘”（人生现实世

界）相对立，是指佛教思想中的“看破红尘”，“空诸色相”，“大觉彻悟”，最后成佛作祖，超凡入圣。所以你看百廿回《红楼梦》，给贾宝玉安排好了的，正是这么一条道路，一个结局。那原本，就是要“首尾呼应”的。

若照此而论，那么有人说一部《红楼梦》宣扬的是“色空观念”（世界万物，都非真实，一切皆是幻是空），就不为全错了。那么我们为什么又要批判这种对《红楼梦》的歪曲解释呢？其实问题原是在于先要审辨什么才是原著的主题本旨，端正最基本的认识，那才不至于混搅一气，否则结果只能愈搅愈乱，给这部本已难读的小说又加上了人为后起的“难读性”。

我读到一册《石头记》研究专著，撰者梁归智先生的自序开头这样写道：

> 在历史上竟会有这样没有天理的事发生：出现了一位卓绝的文学天才，他以全部的生命和心血创造了一件精美绝伦的艺术珍品，不，是建立了一座辉煌的艺术殿堂，半空中却忽然打下来一柄重锤，把这件珍品、这座殿堂最珍贵的部分砸碎了，然后来了一个不是天才但也有点才能的匠人，遵照执锤者的意旨对残壁进行了改造和修补，于是这件真假合一的玩意就冒充原来的珍品留存在世上。靠着

珍品残存部分的不完全的光辉，已经照亮了整部文学史，惊动了愈来愈多的人前来瞻仰、流连、惊叹、研究，终于形成了一种专门学问。

曹雪芹的《石头记》一诞生就这样遭到了阉割、篡改和蹂躏，这是中国文学史上一个费解的谜，一桩可怕的奇迹，一场永远令人痛心的悲剧。周汝昌先生在《〈红楼梦〉“全璧”的背后》一文中揭示了这场悲剧的内幕——政治扼杀了文学。在我们中华民族的历史中竟有这样可耻的因袭！

程伟元、高鹗续书本的《红楼梦》有意识地篡改了曹雪芹的原意，从思想倾向到人物形象，从主题到细节，都遭到了他们惊人的歪曲。可是，因为他们伪续的后四十回书附骥于曹雪芹的前八十回，二百年来却一直迷惑、愚弄着读者……

我引了这段话在这里，供你参阅。他说的，真是鞭辟入里，使人惊心动魄——难道你看了之后，不因之而震动，而诧异，而愤慨，而沉思吗？

这位作者在他的自序中还说了一段话：

我读《石头记》是从一个一般读者“看小说”开始的，读的当然是通行本即真假合璧的程、高本《红楼梦》。但从一开始，我就有了一个强烈的印象，即这本书后头的部分不仅远没有前面精彩动人，而且总觉得有点“不对味儿”……

我愿在此提醒读者：你莫小看这个“不对味儿”。它虽然在一开始还只是一种印象或感觉，可是已然说明了他对文艺作品具有敏锐的鉴别赏析能力，而这种识力，正是我们需要好好培养的本领。特别是为了读懂曹雪芹的这部小说。

副篇　张爱玲眼中的《红楼梦》

张爱玲在文坛享有盛名，自愧未曾读过她的小说、剧本，偶然见到一两篇随笔性文章，竟然都谈到了《红楼》，而且见解不凡。这才引起我这孤陋者的注意，真是于心戚戚焉，不能轻易放下这个题目。

张爱玲的文艺审美眼光很高明（水平和能力），尤其符合雪芹标准的“脂粉英豪”，又与须眉浊物不同，弥觉可贵之至。

她在回忆胡适之先生的文中，是以《海上花》为主题的。她说：第一点，从十二三岁时读《红楼》。第二点，只这年龄而头一回读，读到第八十一回，什么“四美钓游鱼”等等，忽觉“天日无光，百样无味”而感到那是“另一个世界”！

我读到此，真是又悲又喜，又喝彩，又感叹——莫知如何以表述我的心情。

她又提到：在美国，告诉洋人中国诗、画的“发展”（独特造诣之义也），他们因为不懂，只有承认；但若说中国小说的“发展”，就人人“露出不相信的神气”了。因为，小说代表是《红楼》，在他们读来，只看到一个“故事轮廓”——而且“是高鹗的”！那就是“钗黛争婚”的一场“三角恋爱”熟套闹剧，没有别的。

这是一位绝代的天才，她的文艺审美水平特高——用我的话说：她不俗，有灵性，有艺术眼，有上智上慧，非同小可。

她有一部考论《红楼》的专著《红楼梦魇》，内有极精彩的话，如云：“我唯一的资格实在是熟读《红楼梦》，不同的本子不用留神看，稍微眼生点的字自会蹦出来。”可见她对《红楼梦》是如何的精熟至极。

她在这篇序文里留下了沉痛的心声，她深刻理解了曹雪芹与他那真《红楼》这部书自身的悲剧性。她说：“清末民初的骂世小说还是继承《红楼梦》之前的《儒林外史》。《红楼梦》未完还不要紧，坏在狗尾续貂成了附骨之疽——请原谅我这混杂的比喻。”她最后说出了一句鲸吼钟鸣的话——

“《红楼梦》被庸俗化了！”

是谁？是什么才导致这个堪悲的庸俗化呢？答案由她摆出来的——附骨之疽！

我以为这种比喻并不“混杂”。她说得透：雪芹的书，未完倒还不致成为最严重后果的真原因，糟就糟在那个狗尾像疽一般附着在一个宝物上，竟难割除根治。

然而，也有人相反，他们感不到那种巨大的悬殊大异，倒是认为前后“浑然一致”，“都是曹雪芹的原著”……而且，曹之所以伟大，不在前八十回，全在后四十回，云云。

这是个文化难题，也许一万年还会“君向潇湘我向秦”。

张爱玲还指出说：《红楼梦》应该把后四十回伪续割去，任其“残缺”不完，后面可以加上研究佚稿的成果（按应包括后文情节要点、人物结局、章法结构……）。这又正合我们倡导并一直实行的“探佚学”的宗旨，可谓相视莫逆，会心不远。

第三讲　女娲补天

上回讲到了伪续者程伟元、高鹗等人将曹雪芹为小说定下的主题本旨“……历尽离合悲欢、炎凉世态的一段故事”篡改成了“……携入红尘、引登彼岸的一块顽石”。这是他们的一大用心，一大歪曲。这是他们从一开头就安排好了的，而且贯彻始终。

区区一句话，就有这么大关系吗？一时难以尽察，也是有的。如今且听我慢慢讲来。

顽石是什么？就是“顽冥不灵”的石头，说它是没有灵性的、无知觉意识的，不能懂事、无由动情的意思。“顽石点头”这个典故，说的就是一位高僧讲演佛法，连顽石都被感动了，通晓了。后人常用来宣扬佛门广大，法力无边，连最“下愚难化”的，也可以把它感化了。须知，伪续者正是在此第一个紧关要害之处，偷偷地运贩了他们要把《红楼梦》的主题本旨“潜移默化”了的一个基本思想：让贾宝玉这块“顽石”也被感化“点头”——换言之，让这位“浪子”早日“回头”，彻底“醒悟”。问题是，曹雪芹根本没有讲这一套，他讲的是另外一个故事——这个故事可以说是一个惊天动地、翻天覆地的故事！

他讲的是哪个“古迹”？原来，那是女娲氏的一段典故。女娲是谁？是中华民族文艺中的一位最古老最重要的女神。是她，用土创造了人民，并且把一度极端残破毁坏的天地世界修治得可以覆载生民，治理了极其可怕的大火灾、大淫雨、大水患，还有猛兽鸷鸟到处吃人的大祸害……是她“炼五色石以补苍天，断鳌足以立四极，杀黑龙以济冀州，积芦灰以止淫水……”于是人民这才得以安生乐业。而且，她又是与男女婚配和礼乐文化都有密切关系的一位女神——说她是中华民族的伟大的母亲的一种象征，我看是可以的了。说起她，我不免又要提醒读者：鲁迅先生在1922年所著《故事新编》里的第一篇，就是《补天》的故事。先生自云：动手写此，心情是很认真的，目的是取这个神话为题材，“来解释创造人和文学的——缘起”。

我要说，这个联系非常耐人寻味。像曹雪芹和鲁迅，这两位思想特别宏伟博大的文学巨人，却曾同以女娲为他们的“故事”的开头。我愿读者对此严肃而深沉地思索一下，想想他们提笔时的心怀境界是什么样子的。

鲁迅的事，在此是不可多讲了；至于曹雪芹，他那书中的真正的主人公石头，却是女娲炼成了弃而未用的这么一块大石——它可一点儿也不“顽”，因为雪芹写得清楚：“谁知此石自经锻炼之后，灵性已通。”它早已具有了思想感情了。

所以，这和那种“顽石点头”的思想，完全没有交涉。所以，到第二十五回，雪芹也写得明白：“却因锻炼通灵后，便向人间惹是非！”

读者记清：这块石头，本就出自“补天济世”的女神之手，那女神并不是世外仙君、瑶池圣母，她是为人间为人民而创造幸福的；而这块石头又是专门来“向人间惹是非”的，所以它的“下凡造劫”，不是一件随便玩玩、毫无所谓的闲事。所谓石头“凡心”偶炽，想到红尘中去“受享一番”云云，只不过是“假语村言”罢了。

石头——通灵美玉——贾宝玉，这是全书的真主角。它安心要下世去“造历幻缘”——去惹一场大是非。它是有思想的，有认识的。它是“入世”的，而非“出世”的。所以才说“枉入红尘若许‘年’”，白去了一回，而毫无建树功业。它不是为了寻求“彼岸”（跳出“火坑”，身入西方“极乐世界”……）的。它想得很多，它看到了很多不幸和不平。它想改变这种不幸和不平的状况。可是，它的愿望不得实现，因此“遂自怨自叹，日夜悲号惭愧”！——这种胸怀心境，在字面上好像雪芹只指“身前”那次“无材补天”的事，其实“身后”的这次“枉入红尘”也正是如此，换言之，两次本是一回事的幻笔。雪芹的一大笔法，就是半笔假，半笔真，真中假，假中真。

深思好学的读者，你读《红楼梦》，或者说，听我讲《红楼梦》，不要忙着要听“故事”“热闹儿”。你要细细地玩味这第一回，好好地体会雪芹写这部小说的处境和心情。

当你深深地为雪芹的这种处境和心情所打动，印下了难忘的铭记时，那就能够在读这部小说的随时随地，辨别出伪续和篡改歪曲者的用心是多么可鄙了。

副篇　注意三个问题

本讲的内容，涉及的问题很是不少，在《小讲》中细讲是不可能的。如今只补充三点：

一是“顽石点头”的故事，要注意本义与俗义。所谓本义，是说这段带有神话文学意味的佛家典故，其事情是讲晋代高僧竺道生，因讲佛法而倡立新义新说，为当世所不容，视为异端，竭力排挤，致使他无有立足之地，连讲坛听众都无从得有了！处境可知。于是他就来到虎丘山上，面对一堆顽石，为它们说法，他讲得是如此的动人，以至这群石头听了都为之点首领会。这本是一段极为感人的故事，说明凡属哲人，自有深解，要想晓谕常人，定遭反对，有时甚至于十分孤立，寂寞难言。这段故事的真精神倒毋宁说是与曹雪芹有相通之处的。但伪续者并不了解这些，他们的水平低下，思想庸俗，他们只将“顽石点头”用来宣扬“佛法无边，可感下愚，脱离苦海，以达彼岸”的“惩劝论”，想让“异端”改邪归正。这就是与曹雪芹的思想针锋相对的一种文学形式的严重斗争。

二是有些评论者时常宣讲《红楼梦》有“色空观念”，并对之加以“批判”。这事到底如何？我的看法不同。在此不能多讲，只将已发表的文章中有关之段落摘引一例于此：

> 不止一位读者向我谈起过，看这部小说，照雪芹写，原是飞鸟各投林，只剩白茫茫大地一片——这岂不就是“到头一梦，万境归空”？如果不是，又是什么呢？所以主张《红楼梦》有色空思想的，还是有根据，有道理。我说，万事须看本质真谛，莫看字面形迹。有一点最不可

忘记的是：曹雪芹由于当时的需要，常常只能采用传统旧词语的这个形式，而表现他自己哲学思想上的独特的内容。忽视了这一点，定会非但无法真正懂得雪芹的原意，抑且非弄到与他原意本旨恰相违反的地步不止。这个问题实在不是一个个别文词问题，是关系全部思想内涵的问题，最是要紧。比如雪芹开卷便大书“因空见色，由色生情，传情入色，自色悟空”。所以有人总觉得即仅仅就此一处而言，也怎能说曹雪芹并未宣扬“色空观念”呢？殊不知，雪芹只不过是借用佛家字眼（可能一为方便，二为遮眼），其所表达的，却是另一种貌同而实异的甚至可以说是相反的思想。

一般理解，佛家所谓的空，是说世间万相皆由幻化而生，“四大”（风火水土）结合，化为幻相。一旦“分解”复原“四大”，一切皆回到空无所有的“本来”去。所以佛家讲究“无生”。色相乃幻相，是假的，故无常，为暂显，而空才是本来的，真的，永恒的，是一切的“归宿”。欲空必先去情，情是最大的祸害和孽障，是幻相的执著者、痴迷者的“症结”，是万种烦恼、痛苦的根源。由此可知，那所谓空，不妨说成就等于是“情的空”，空了情，一切自然随之无着了。但是，请看曹雪芹所抒写的究竟是不是上述的那种思想呢？那“因空见色——自色悟空”的空空道人，为什么又单单改名“情僧”（却不是空僧），连“石头记”也变成“情僧录”了呢？请听：——

“开辟鸿蒙，谁为情种……趁着这，奈何天，伤怀日，寂寞时，试遣愚衷。因此上演出这怀金悼玉的《红楼梦》。”

这虽是托诸仙姑演曲之口，实际谁都能读懂这是雪芹的“夫子自道”。于此我不禁要问：你看那时他写此书的情怀心境，可有一丝毫“悟空”的味道？！情种，奈何，伤怀，寂寞，愚衷，——情之极，情之至矣！完完全全彻头彻尾是和“空”针锋相对的。能说这是一部宣扬“色空”，消极厌世，劝人“悟道”的书吗？！所以我是不认为竟可拿“色空”思想来看待《红楼梦》的。

三是“真假”手法的问题。除了本讲正文所提出的说法之外，还可以换不同的方式来表述：即真中夹假，假中透真。真是目的，假是手段。曹雪芹本是要传那个真，但当时复杂的政治、社会原因使他不得不采取“障眼法”，这是主要的用假的原因。此外当然也有一个艺术因素在内。但其目的是为了真，则是毫无疑问的事情。清代的一位《红楼梦》批点家说："以他书之实者皆虚，知此书之虚者皆实。"另一个满洲旗人小说家文康在作《儿女英雄传》时假托别人的序言中也说："托假言以谈真事。"可见嘉道时代的小说读者都能看出这个"真假"虚实的各方面的道理，现在有的人总把前人看得那么什么也不懂，那么不如自己高明，动不动就是他"批判"人家，其实前人不一定浅薄。

第四讲　石头下凡

我们讲过了《红楼梦》主题本旨，大家务必不要忘记——那本是“历尽离合悲欢、炎凉世态的一段故事”。曹雪芹在第一回书文中，又曾用了“离合悲欢，兴衰际遇”，这八个字所表达的也正就是同一个意思，最是清楚不过。我们也讲过了经历者主人公并非是一块顽冥不灵的石头，而是“灵性已通”的美玉这一要害之点。我们还讲过了这块具有特别灵性的石头，下凡入世是“向人间惹是非”的。对此，雪芹在书的一开头也早有明文了，他说的是“原来近日风流冤孽又将去造劫历世去”。这“造劫”，须当特加注意，它和“惹是非”，说的都是一回事。由此可见，这块“凡心已炽”的石头，不单是消极地去向人间承受加之于它的种种经历，而且更要紧的是还要去积极地干涉人世。这样的石头——不，人物，在封建时代根本不被理解，所以称呼它是“冤孽”。请你记清：等到第三回书中，雪芹写王夫人第一次向黛玉“介绍”宝玉时，就说的是“我有一个孽根祸胎，是家里的混世魔王”！——我们今天已然懂得，这个孽根祸胎岂但只是“家里的”祸害，长大成人后也是那个社会上的“祸害”。

在此，有一点已经约略清楚：曹雪芹是在沿用传统的、正统标准价值观念下的字眼来暗寓一层他独自创造的新的含义。他所用的那些词语，是很“难听”的贬词，然而说的却正是那时人们评价宝玉的那个“叛逆者”的语意。封建正统人士正是因此而特别憎恨他。

读《红楼梦》，这一点异常要紧，断不可被雪芹的笔端给“绕”住了，因为他在特殊环境条件之下，为传其真，却只好要用“假语”。

石头怎么“幻形”成为宝玉的呢？你看雪芹写得迤迤逦逦，断断连连，像似迷离，实甚明白：那被弃不用的大石每日悲号哀叹，这天忽然来了僧道二人，因谈尘世之情状，惹动了石头的凡心，力请助它下凡历世。僧道“大展幻术”将极大的巨石缩成一块小如扇坠的美玉——这里有大段叙写经过的文字，早经佚失，如今“新版”《红楼梦》已然恢复了全文——缩成了小小的美玉，这才纳入袖中，携之下凡。写到这里，雪芹笔便一停，转写别处去了。下面忽然在甄士隐做梦的时候，却又让他遇见了这僧道二人，二人正在讨论携石下凡入世的事。士隐乃向他们求见这石头一面，竟然如愿以偿，正要细看时，梦已惊醒，“只见烈日炎炎，芭蕉冉冉”——笔又顿住了。雪芹用此妙笔“交代”了宝玉的降生，那时节是烈日芭蕉之景，应是初交仲夏天气。所以到第六十二、

六十三两回大书，专写宝玉生辰的盛会时，整个写的都是开始进入仲夏的风物景色。脂砚斋批《石头记》，常说“一丝不错”。雪芹的笔法，是这样令你“不知不觉”地被他引之入胜，你这里还在“莫明其妙”，他那里却是“一丝不错”的呢。

副篇　几大课题

本讲正文，很是简短，所涉及的内容却是既不“简”又不“短”的。隔了一段时间自己再重读时，觉得这样的文字可以说没有什么“水分”了。水分是没有了，可是也就显得太“紧实”，很多话太粗线条了。既然言而不畅（是受当时条件约束所致），未免聆而难明。在实际上，这一讲所包括的内涵，假如写法略一从容，将笔只“铺”开那么一些，就当写成一篇“大”文。

比如，第一个课题就是：有些研红者认为曹雪芹以贾宝玉为主人公，是写他的“色空观念”——世间万物不过梦幻，种种色相只是空花泡影，即佛家离尘出世的人生观、世界观。是否如此呢？大可研究，且莫鲁莽。依我个人之见，正好相反。雪芹开头以女娲补天领起全书，就是济世救民的思想。被弃的大石，为何日夜悲号感叹？正因它不得去参加补天的这场大事业。这已无可如何了，所以它一听僧道讲述人间尘世，就非要“下去”不可。《石头记》记的就是它下世的经过和经历，可是全文的最后，却有一偈子，说道是：

无材可去补苍天，枉入红尘若许年。
此系身前身后事，倩谁记去作奇传？

这说的就是一番补天，一番入世，都徒劳枉费，而毫无建树，白白在“红尘”（人间世）经历了那么多年！这乃是作者的一生叹恨，此怀难遣，万不得已，这才去写一部稗官野史，小说闲书！这是明明白白地诉与读者，难道这种情怀心境，却反而是消极虚无、离尘出世的？我是无法形成这种理解、达到这个结论的。

对这一课题，我在别处也从不同的角度作过一些讨论，在此俱难尽述，不过为本讲正文略加补说而已。

再如，古今中外，作者为了写好他自己的作品中的主人公，不知要费多少心血，除了真是以坏人（或反面人物）为主角者以外，大多数应当选用最得宜最恰切的措词和手法去刻画他自己心爱的中心人物的。雪芹十年辛苦，呕心沥血，为写贾宝玉而奋斗了一生，然而他在全书中对宝玉全用贬笔，几乎没有几句是说他好的话！他为何不去正面歌颂赞美宝玉，反而处处出以讥贬嘲谤之辞？这个特异现象，在我国文学史上应当引起极大注意，在我们的文艺理论上应当有所研析阐述才是。而不应视而不见，置而不论。对此，我曾多次在讨论会议上提出，希望有同志加之研讨。但截至目前，似乎还未见专文论及。所以在此再一申说，盼望能引起更多的研究者留意此事［注］。

关于宝玉的生日，也是一个极有趣的问题。全书对谁的生日都以直接的和间接的（可以推算的）笔法点明是哪月哪日，唯独对主人公宝玉的生日反而绝口不提月日。是又何故？经过仔细研析，我们可以断定是在四月二十六日（此处只说明一句，不详细罗列理由。异日写文细说）。这同样令人诧异：雪芹为什么又如此讳言一个日期？难道其中了无缘故？这些，《小讲》自难备及，但是我可以提端引绪，以供读者思索玩味。

［注］最近承美国普林斯顿大学比较文学专家浦安迪教授（Andrew.H.Plaks）惠示他所写的一篇论文，题目是《中西长篇小说文类之重探》，其中有关段落，引录于此，以供参考：

以上的推论，并非主张长篇小说的主人翁必是一些生不遇时的破坏分子，或者一如许多当代小说里的主人翁那样是一种“反英雄”。我们强调的是，他们几无例外都可列入卢卡契所谓的“矛盾人物”之中。换句话说，他们已不独是一群面对“问题”的人物——其实他们自可依赖本身的潜质来解决任何问题——因为小说家的主要目的，是要透过此等矛盾人物之所见所闻，透过他们所处的环境，以对人生大体的意义发出疑问。在西方的传统里，小说家在探索人生之深意时，大多提出连串与事物的本体及认知有关的问题，诸如，对知识本身的困惑、自我的疏离感、人际传通之艰难等问题，而此类疑难最常以“爱”的题目演现出来——从此“爱”即成为整个西方传统的核心主题。此种内容在中国的长篇里则占比较次要的地位。但归根到底，类似的主题仍可见于君臣、将士、男女，以及朋友之间知人知己的重大提纲之下；此外，亦见于儒家传统下的首要学门之一：文人修心修身之道……从叙事的对象回到叙事的手法，我们又发现长篇小说在人物塑造上的一大特色：以反语修辞为其惯用的、典型的叙事手法；此亦我们界定该文类的另一准则。换句话说，长篇小说家越来越意识到他笔下所有英雄人物的矛盾本质，而此种态度则难免要驱使他运用曲笔反语来反映他一手所创的矛盾人事。辨识曲笔反语的叙事手法以为中国长篇小说的文题特性，一则可使我们理解为什么中国的小说家总是要倒他自己“英雄”的台，并且还要不断地挫折他们的锐志；二则又颇能将长篇小说跟通俗叙事的传统分开；三则也较为切合明末清初时期的思想状况。虽然读者通常把《三国演义》《水浒传》《西游记》《金瓶梅》等作品，视为积极模拟人生各种不同境界的小说，但笔者相信，大家如果对原著详加分析，即可发现四大奇书的作者实际上对民间流传的故事已经作过极富曲笔意味的修改。……在自传式的长篇小说里，无论作者是否隐藏他自传的意图，反语修辞法始终都占有很重要的地位。西方的自传形式，从卢梭、歌德而到20世纪的第一人称小说，一直不停地发展，终于在小说传统中形成一大潮流。也可以说，小说家是把主要的模拟对象推移到他本人身上了，而这只不过说明了长篇小说文类发展所趋向的一个必然终点。有趣的是，我们再回顾中国的长篇时，竟也目睹清代的小说大量地转向自传式的发展。

长篇小说以曲笔反语为修辞的利刃，不但是针对作品里的人物而发，它的刃锋有时更刺向作者本人。最后，小说家甚至要对自己以种种模拟手法所创出的整个小说境界，提出疑问。但矛盾是，小说家越想在处理行文期间所遭遇的困难时，自由地施展他个人的意志，他就越得面对小说创作的基本条则：长篇小说的内容形式，总不能脱离现实主义的固有局限。正因如此，我们即可于中国长篇小说的发展中，观察到小说家渐趋自觉地把各种说书的手法沿用于作品之中。表面上，此等手法（如对句的回目、回末的总结与预告、“说书人”的插语等等）可让读者认清故事情节与人物之间的关系；但实际上，它却不外令读者留意到作家本身的功用——留意到一个作家怎样透过小说的架构而在人类经验的无常变易中套上一副理路分明的骨架。

第五讲　宝玉降生

《红楼梦》不好读。在开头的时候，更是需要细心而耐性。曹雪芹并无意于写得竟然是“从打开书第一句，就把人吸引住了”的那么“精彩”。他是采取了晋人“倒食甘蔗——渐入佳境”的笔法。有不少的读者（包括少小时的我自己在内），头一次试读《红楼梦》，第一、第二两回书不能终篇，就“手倦抛书”，昏昏欲睡了。有人心里会说：“久仰大名，今日一见，原来这般没意思！”劝君少安毋躁，且耐些烦，“坚持”看下去。雪芹早已叮嘱我们说“细按则深有趣味”。连用一点心“细按”都不肯的，就想得到其中之味，那也太便宜了。细按，甲戌本作“细谙”，这个“谙”字尤为吃紧重要。

前几讲，正是为了便于开读第一回而做的“工作”，你看那头一回书，是两个部分。前面的，是“出则”——就是我说的“楔子”。后一半，才是正式书文的开端。可是你留神看他下笔就写什么？写的就是上次咱们讲过的石头下凡，宝玉降生——在甄士隐梦中一现。

雪芹与俗笔不同。他写到此处，并不接叙那宝玉如何“十月怀胎”，如何“呱呱落地”。只刚刚一点到题，他的笔停住了，却轻轻一转，转到了士隐相识的贾雨村身上去了。这贾雨村，是全书中的非常有关系的一个人物，不用说别的，单说黛玉和宝钗两个的进京入府，都是由雨村引起的，就够分量了。不过，此刻我们却还不想多讲他，因为要赶紧“抓”那石头下凡，宝玉降生的线儿，先要讲清。可是说也奇怪，你想讲石头宝玉，竟然也没法“摆脱”这位雨村公，雪芹是“通过”他的耳朵，来“听

说”石头或宝玉如何诞生落世的！

这么一来，头回的事没讲完，就得先撂下它，且讲第二回。

在这第二回书中，文字不多，却写了那贾雨村颇已经历了一番升沉起伏，来到扬州，做了林府的西宾——他是林黛玉的“业师”呢！一日，他跑到外面游山逛景，却无意中碰见了京中的“故人”，古董贩子、周瑞家的令婿冷子兴。

他们二人在酒肆一落座，贾雨村便问：“近日都中可有新闻没有？”

今天的读者青年们，看到此句，除了“字面意义”，是不会引起什么情怀意味的。但是假使你读过清初周亮工的《书影》（亮工是雪芹曾祖父曹玺的座上嘉客，文名甚盛，指点过幼年的曹寅，对曹氏的文学事业有相当影响），就知道那时候士大夫的习气，一见面先问：“都中可有甚新闻否？”而这“新闻”者，原本是指京师政治气候，诸如大官要职的升迁罢黜，人事关系的动态行情，等等之类。周亮工说自己家的家规若干条，头一条便是不许朋友见面问“新闻”。雪芹在此处只用开口一句话，就把这位利禄熏心、钻营奔竞的势利小人贾雨村的“精神”写得活灵活现。而且必俟懂得了这层道理，然后才体会出雪芹在本回回末就特写有人呼唤雨村，向他传报都中已有“起复”罢退的旧员的“喜信”了，其用笔之妙、文心之密，不肯细按者自然是读不出什么“意思”“趣味”的。

可是那个冷子兴好像有点不晓事，“不知趣”，他不答雨村的真问题，却故意“顾左右而言他”。他对“新闻”这个婉语作了字面解释——这样，就引到了一件“小小的异事”上来了。于是雨村这才听知了荣国府中诞生了一位公子，“一落胎胞，嘴里便衔了一块五彩晶莹的玉来，上面还有许多字迹，就取名叫做宝玉……”

作为刚启蒙的读者，我们读雪芹的小说，到这一处，早已忘了士隐做梦那一回事了，忽然又看见衔玉而生的这一句，不禁恍如梦惊，好像“电流”已曾绝断，忽又连通，爆出火花，令人心目为之豁然一亮！

副篇　衔玉而生

曹雪芹写宝玉是一个奇怪的孩子，他事事都显得与众不同，一出世时口中就衔下一块玉来，这个构思尤为奇特。作者从哪里得来的这种想象的线索呢？

由于这很不好找，有人就向外国作品中去寻，说雪芹于此乃是从西方文学那儿借来的。我看不一定。我不反对说因清代早有中西文化交流而予雪芹以某些西方事物知识方面的影响，但我不赞成说雪芹的小说的文学素质中含有西方舶来成分。

衔玉而生的构思来源在哪里？仍然要从我国自己的民间通俗文学里去跟寻。雪芹之前那段时期，小说极盛，可惜在清代多次禁毁之下，所余已经无几，这对研究《红楼梦》与其他小说的渊源关系造成了极大的困难和损失。但是如果细心，仍然不时可以获得一点意外的“隙缝之光”。

我以为，大约《梼杌闲评》，就曾给了雪芹以相当的启示。这部小说是专写明末魏忠贤、客氏二人窃权乱政的丑秽历史——这类“时事小说”（或剧本），当时十分风行（就连《桃花扇》，作时离南明倾覆才多久？其“时事性”也是很强的，此例可以帮助今人想象）。《闲评》所写的客氏，乃是一位“奉圣夫人”，即皇帝乳保。魏忠贤是一个太监，即宫中奴仆。这已给了雪芹以某种感触（因他自己的家世正是宫中乳保奴仆的一种身份）。而《闲评》又名《明珠缘》，它开头就从大禹治水、锁住水怪“支祁连”的故事引起，正有此像雪芹从女娲补天的故事引起一样。此书女主角客印月，是一条赤蛇衔珠而投胎幻化以成的。还有许多蛛丝马迹都显示了两部小说的渊源影响关系。有人说，《梼杌闲评》和《明珠缘》两个名字，正好说明了此书由两种因素构成：一是史实，一是爱情，因此这部野史既是讲史小说，又是言情小说。这一点大约也给了曹雪芹以若干启示。据研究者考察，《闲评》刊刻于康雍年间，正是雪芹少年时得见的小说之一。这个话题细讲即逸出题外，在此不过以极粗略的方法一提，读者也宜善于领会这些小说文学史上的种种来龙去脉——仅仅这一例，也可以说明，大可不必向西方去寻求什么衔玉的“启示”了。

第六讲　两大主角

曹雪芹用笔墨写出来的《红楼梦》，正如汉代那位神奇的建筑大师用土木砖石盖造出来的建章宫。它不是“单摆浮搁”的几间平浅小房院，而是“千门万户”，那里边的复道回廊，曲庭邃殿，萦纡交错，不知凡几，进入者会感到目眩神迷，举步无措。这样的建筑，要画“图纸”的话，平面、立体、总图、局部、鸟瞰、仰观、衔联、广角……大约需要绘成千百种图样，才可以显示出一个概观景象来。曹雪芹这位大师，也画“图纸”的，开头他画了三张，头一张就是冷子兴的“演说”，然后是刘姥姥的“一进”和周瑞家的“送宫花”。不先把这三张“图纸”看清，想游“建章宫”是难的，你入了门口，且慢说迷不得出，就连路径也辨不出首尾起止、南北东西的。

冷子兴“介绍”、贾雨村“审议”的一场对话中，内容异

宝玉

常丰富、重要，《小讲》如何讲个清爽？先就遇到了难题。只好且顾一点，难求“全面”。如今且说这场对话的作用像是简介宁荣二府的家族组织——小说中的人物关系。这原不错。可也远不止此而已。

对话中所涉的人物虽多，重点却只有两个：一是宝玉，一是凤姐。前一个重要无待辞费，是读者都能看得见的；这后一个重点恐怕就不是人人尽解、个个咸知的了。

雪芹给两个人物——全书的最重要的二主角——所作的“绪论”，笔法也不相同。对前一个，用重笔、复笔、映衬笔，读者当下就易得深刻印象。而对后一个用的是轻笔、单笔，而且刚一点到，笔即收住。雪芹在此处对凤姐只给一个最极简单的“轮廓”，无数层次的勾勒、皴染、烘托、叠印……都留给以后的篇幅了。

当然，雪芹写宝玉的用笔，也是如此，不过此刻我所论的是第二回中“介绍”玉、凤二人的手法差异，因为在此头一次介绍熙凤，才出数语，笔便一收，已到回末了——要想“进一步了解”她，就得等到另一场对话，那就是周瑞家的向刘姥姥的一段说辞了。这且按下不表。

单说宝玉的事，他“一落胎胞”，口中便衔下一块美玉来——这就遥遥接连着甄士隐梦中一见此玉的那个“线路”，令人读去如不经意，好像神龙隐现，不见首尾，实在却是艺术大师的意匠经营，精心设计。那块由石头幻形而成的美玉，如今果然降世，取名就叫宝玉，并且转眼已经长到“七八岁”了。这孩子到周岁时，家里大人要观察他的“志趣”，就摆了无数东西让他抓——这叫“抓周”“试晬”，是旧日真有过的风俗。使人惊讶的是，这孩子对别的概无“兴趣”，单单只抓那“脂粉钗环”——说真的，这真是千古奇闻，难为雪芹如何想来！

他不但有此奇想，而且是在二百几十年前，他竟有胆量“写成书面”！

据冷子兴说，一般人因此当然把宝玉这个“怪物”当做一个坏坯子——日后定然是酒色之徒无疑了，独雨村正言厉色地

说：不，不！你们错了，此人另有来历，非俗常之论所能知也。

世界上的事真是奇怪，宝玉最不喜欢雨村，可雨村是他的第一个“知音”。不但如此，雨村除了教过黛玉，也是甄宝玉的“业师”呢！

看来，按照曹雪芹的理解认识，天底下的事是复杂的，不是一个死模式套出来的。他并不把雨村写成一个不学无识、简单肤浅的坏人，也不以其人而废其言。

话又说回来，在雪芹原书中，雨村也是一个关系贾府全局的重要角色，此刻自然不遑备述。

有趣的是，雪芹设计的这个“抓周”的故事，又隐隐地针对着他自己的祖宗曹彬“试晬”的一段历史旧闻。这也须待下回分解了。

副篇　两大奇迹

一部《红楼梦》，引人注目之点极多，难以尽举，首先认它什么命脉筋节呢？我提出，先要认它的两大奇迹。何谓两大奇迹？一个是全书整个故事结构的奇迹，一个是全书众多人物品质的奇迹。结构好比是肢体躯壳，人物好比是魂魄精神，两者原本不可分割，而后者靠前者来体现。但结构的奇迹必待往后讲，越讲越明，很难开宗明义，囊括于片言，所以此处只是点明有此一桩要事。人物虽然也是如此，但只因书中本有明显的安排，有意地先给看官们一个总说或概论，使得我们对人物早具理解——这就是贾雨村反驳世俗眼光的那段重要的“正邪两赋论”了。

对此，《小讲》本难措手，但是一字不及，终为缺点。如今先作一个简单的补充，后有机缘，再为详述。

依贾雨村的理论：世上的人，都是受了天地之间的一种“气”的禀赋才得生成的。这种“气禀论”，是古代哲学中的一种唯物思想。他们认为，气有清浊纯杂之异，人之智愚邪正，是禀赋了不同的气而致此各异的。这带着“先天等级论”的色彩了。但是曹雪芹之所以骇俗惊人，吓倒腐儒，

是在于他借了雨村之口，而发出一段“异端邪说”来。他说，秉正气而生的，是大仁大善、修治国家的人；秉邪气而生的，是大奸大恶、扰乱天下的人；而我这书里所要写的，却是“正邪两赋而来之人”，这种人，本身就带着复杂性，其聪颖灵秀种种可爱处过人，而其孤僻古怪种种可异处也过人。这种人，为世路所不解，所不容，因此大都命运非常不佳，令人痛惜——而我要传写的这些闺友们，正都是这一流人物！

雪芹的这一宗旨理论，是他的宇宙观、人生观、社会观的最精要的表达方式。这种见解，在二百数十年前，是十二分“离经叛道”的骇人之论！这本身就说明了雪芹思想的伟大之一斑。

拙著《曹雪芹小传》中第十一章专题讨论了这个课题，可备参览。我曾说雪芹是站在“社会意识”的总高度去考虑人的，而人的出现、他所能发生的作用与价值，以及他的命运，是雪芹最最关切的问题。我们读《红楼梦》小说的，首先要认识并记住这个要点。

第七讲　正邪两赋

《石头记》书到第二回，咱们读者还没见宝玉这孩子的面儿，只因沾了贾雨村的光，由冷子兴口中得以闻知他才刚满一周岁时，就爱抓那些“脂粉钗环”。我曾说雪芹此处笔底下暗藏着一段他家祖宗的故事。这又是怎么一句话呢？原来，雪芹的上世，本是河北灵寿人氏，始祖名唤曹彬，五代之末，赵匡胤得天下时，帮他下江南、灭南唐（原来是大词人李后主的死对头呢！）、统一全国，就是这位威名震赫的大将军。据说他小时候，才满周岁，家里大人也是让他“抓周”，他左手抓一戈，右手抓一印，别的一概不睬——后来果然成了开国元勋、军国枢府之贵。在过去，读书人肚腹里比咱们“阔”得多，都能知道曹家这段光荣历史，遗闻佳话。谁想，不知过了多少代，出了个后人曹雪芹，这孩子真“没出息”，一点不像他祖宗，不去抓那铁戈金印，却借写贾宝玉，净抓女孩子的“化妆品”！

曹雪芹这个不肖子孙，一生不曾成名成家，立功立业，却去写“闲书”，所谓“盲词小说”“稗官野史”，这也罢了，这闲书的主角，却又从小如此“反常”，使家风颓堕，做的事，说的话，都是骇人听闻，千古未有。即此一点而观，如果你深思细按，就不难看出他是有深刻寓意的了，他从那块通灵的石头下笔，写到宝玉这么一个“孽根祸胎”，不是随便开开玩笑的，是千回百转、千锤百炼之后，以沉痛的心情、严肃的笔墨来写的。

曹雪芹写这样的石头和宝玉的故事，在二百数十年前清代乾隆时期，这需要多么大的思想深度和胆量硬度，今天的人们怎么能想象估量，还是个问题。当时就有人提出他写的这部书是“小说之妖也”。这个“妖”字，含义丰富，《小讲》不及旁扯。我只请读者注意这个“品目”的出现和它的重要，切莫小看。

果然，照冷子兴的“反映意见”，新出世的宝玉这孩子坏透了，先给他戴上了几顶帽子。万不料贾雨村却“罕然厉色”，把他的话顶回去，并且讲出了一篇千古罕闻的大道理——“正邪两赋论”。

也难怪，年轻的读者，开看《红楼梦》不久，就看到了这种莫名其妙的大段议论，怎么能懂得而且领会其中意味呢？我如今却也顾不上为它细讲，只能提醒两点：一是贾雨村不但有抽象理论，而且还举出了一大串人物姓名，具体例证。要理解曹雪芹，这是一把极重要的入门钥匙。二是请回忆我上次讲过的，子兴、雨村二人评介的人物，原本是以宝玉和凤姐为二大主角。你要看雪芹的笔法：他一写到冷子兴说及凤姐，“谁知那琏爷”“自从娶了他令夫人之后，倒上下无一人不称颂他夫人的，琏爷倒退了一射之地。说模样，又极标致；言谈，又爽利；心机，又极深细——竟是个男人万不及一的”。说到此句，雨村立即打断，接话道：“可知我前言不谬！你我方才所说的这几个人，都只怕是那正邪两赋而来、一路之人，未可知也！”

我们读《红楼梦》务必要细心玩索雪芹的用笔之法。他的笔不是漫然轻下乱下的，笔笔有其用意。此处所谓“几个人”，其实只说了是二是一的甄宝玉的顽劣异常、不与众同的例子，而再一个就是熙凤了，雪芹单单在此截住一笔，下了“正邪两赋而来、一路之人”的定论。这似淡彩，却是重笔——在此总括了书中主要人物的性质和意义，让读者才一开篇，早已有了一个“认识准备”。

这“正邪两赋而来”的认识理论，从何而有？是雪芹观察思考了很多很久之后，对宇宙群生，地灵人杰的一种哲理的总结，是一个石破天惊的“异说”。这种哲理的概括，在此一提，好像又随手抹去，然而，它却已将开头所设的神话障眼法，尽行扫净。雪芹真正关心的，正是“人”的事情。人的“质素”、人的际遇，和人的作用。在雪芹看来，这才是头等重要的问题。

《红楼梦》有一个“思想纲领”，就是正邪两赋论，是它统率着全书。

这样重大而复杂的思想理论问题，要想讲得清楚详细，必须有专家来写一部专著才行，这话毫不夸张。咱们这《小讲》，只能点到为止。在这一回中特别要讲一讲的是雪芹一经提出宝玉和凤姐二人，立即下了“一路而来”的品论，则此二人在书中的重要地位与他们彼此之间的重要联系，大略可知。这一要点，却由于读者多是草草翻过，再加上凤姐的形象已遭程、高伪续彻底歪曲改变了，遂而很少人能够领会雪芹的原意了。

副篇　令人神往的人物

曹雪芹让贾雨村宣讲了“正邪两赋论”，然后就举了一串人物的姓名，说这些皆是易地则同之人也，意思就是说他们的时代、地位、身份虽有不同，但其禀赋的本质则是一样的。这是雪芹以古喻今（他那时候的“今”）。让我们看看他举的都是什么人——此事饶有意味。

他列举的人物如下：

许由、陶潜、阮籍、嵇康、刘伶、王谢二族、顾虎头、陈后主、唐明皇、宋徽宗、刘庭芝、温飞卿、米南宫、石曼卿、柳耆卿、秦少游、倪云林、唐伯虎、祝枝山、李龟年、黄幡绰、敬新磨、卓文君、红拂、薛涛、崔莺、朝云。

这其中除了“王谢二族”是一种例外，共举了二十六个历史人物。细分时，似可分为几组：

1. 许由——一听要做官的话就连忙去“洗耳”，极憎厌功名禄位的高人逸士，亦即为世俗视为“乖僻”的奇人。

2. 嵇康、阮籍、刘伶——六朝时“放浪形骸”，不守世俗礼法的狂放之士。

3. 王谢二族——多为大艺术家、文学家，也是脱俗的风流人物，“落拓”家风。

4. 顾虎头——顾恺之。大画家，最出名的“痴绝”之奇人，佳话流传甚多。

5. 陈后主、唐明皇、宋徽宗——皆亡国之君，又皆是一流的艺术家（歌舞、音乐、书画……）。即诗人艺术家类型的天才人物而错做了政治头脑。

6. 柳耆卿（永）、秦少游（观）——宋代一流词人，各有风流事迹。其词天下传唱，脍炙人口。

7. 倪云林（瓒）、唐伯虎（寅）、祝枝山（允明）——元、明两代的高士、艺术大家。各有个性（倪号曰“迂”，即乖僻不谐世俗之义）……

8. 李龟年、敬新磨、黄幡绰——唐代名伶。

9. 卓文君、红拂、薛涛、崔莺、朝云——自汉及宋的历代出名女流，或“私奔”；或为妓；或私婚；或病夭……而各有才貌性灵，俱非凡庸之辈（如朝云，乐籍“官妓”，质如玉，擅琵琶，后为苏东坡侍妾，学诗词，学佛法，东坡远谪，众皆散去，独她一人不避艰苦，始终随伴，相依为命。卒于惠州万里边荒。奇女也）。

综上而观，此即“两赋”之异禀，才情节操，皆超众轶伦，而世俗加之歧视，被以恶名者也。

是故雪芹所写之情痴情种、高人逸士、奇优名倡，贫富贵贱不同，而本质则一，俱为抗俗离尘，“怪诞乖僻”，不为人解，不为世容的悲剧性人物。然而，这类奇才异品，乃是中华文化大背景所产生的精华宝物——所谓“物华天宝，人杰地灵”。雪芹著书传人的大旨本意，正在于此。

第八讲　甄英莲——真应怜

曹雪芹一部《红楼梦》，开头除了要写明这“石头”之“记”的来由原委之外，人物故事，由谁领起，并且其精神命脉，贯注全书呢？这就是甄英莲。这是一部大书出场的第一个女子，你念几遍她的名字，不由你不想：这声音怎么就像“真应怜”？一点不错，如甄英莲者，其命运可悲可悯，真应怜也！

这可以说是笼罩全书的一个谐音寓意的总纲领。在曹雪芹看来，她是有代表性的，“平生遭际实堪伤！”对她寄以无限的同情，很深的悲感。只要看这一点，也就知道雪芹的立意何在；用这一条线去贯串全书，则对于理解雪芹的思想感情，文心才调，他是为了什么样的人和事，才显示出那样境界崇高，那样文章璀璨的，问题就会迎刃而解，就会左右逢源了。

反过来，只要你细细体察，如其笔墨的内涵既没有这种思想感情，也没这种文心才调的，反而是在宣扬封建“女训”的实质的——什么节烈，什么贞淑，什么殉主，什么劝夫……这一套，并且站在一个“在上”的立场来对这些不幸的女性劝善说教的，那就不可能是什么“曹雪芹的原稿”；正相反，那必然是针锋相对地来歪曲、来“改造”这部伟大小说的东西。对这个核心要害，要眼明心亮，勿为所惑，最是要紧。

英莲是独生女，从小长得粉妆玉琢，父母爱如掌珠。正月十五，元宵佳节，家人霍启抱了她去看那花灯社火（社火即过去的民间歌舞）的热闹，不想竟被拐子拐走了。什么是“拐子”？在我幼小时，还常听大人叮嘱说不要自己上街，怕有拐子。今天的儿童早已不必担这个心了。曹雪芹所写的那个时代，旗人富贵之家以占有最大数量的奴婢为最有势派——这是满洲社会风俗的遗迹。所以拐卖儿童妇女的人贩子，就应运而兴，这是清初一大社会问题，在雪芹的笔下获得了反映。人贩子将少女卖与有钱之人，为奴做妾，命运最是悲惨。曹雪芹对这种不幸之人，借僧道之口，称之为“有命无运”。他借用旧时“子平”推命的术语，表述了深刻思想内容。

什么是有命无运？脂砚斋在批语中作过变相的注解，说是“生不逢辰”。这是雪芹的又一条极重要的贯串全书的思想线路。“正邪两赋论”是本质问题，而“有命无运”是客观环境——时、地条件问题。雪芹对于“人”的认识，归纳而为这两大方面的结合。他从这一哲学认识出发，立意要写他所熟悉的（最理解的）一群生活在18世纪中的女子，以“十二钗”为之代表，而实际上是有“正”“副”“又副”……的很多组“十二钗”。

想真正读懂《红楼梦》，恐怕不能不先明白这一层道理。明白了这层道理，才能明了为何雪芹之写作一部“闲书”“野史”，却是怀着那等的沉痛心情而落笔的——“研泪为墨，滴血成字”，“字字看来皆是血”！

说到这里，对于争论不休的一个问题：《红楼梦》的主题主线到底是什么，我看也可“思过半矣”。

此意未尽，留待下回，再讲香菱。

副篇　有命无运

有命无运，是雪芹借用“子平学”的术语而来巧寓其深刻痛切的哲思的一例。

这四个字，雪芹用来加之于全书出场第一位女子的身上——香菱（英莲后改名香菱），她是全书一百零八个女子的代表或象征人物。所以特以此四个大字点醒全部的意旨，不妨说，《石头记》的灵魂即此四字。

当僧道来到甄士隐面前，见他怀抱英莲爱女（真应怜也），便说出："你将这有命无运、累及爹娘之物抱在怀中作甚？"在此，脂砚连加数批，其一则云：

八个字屈死多少英雄！屈死多少忠臣孝子，屈死多少仁人志士，屈死多少词客才人！今又被作者（雪芹）将此一把眼泪洒与闺阁之中，见得裙钗尚遭逢此数，况天下之男子乎？

又一则云：

看他所写开卷之第一个女子，便用此二语以订终身，则知托言寓意之旨，谁谓独寄兴于一情字耶？

又一则云：

武侯之三分，武穆之二帝，二贤之恨，及今不尽！况今之草芥乎？

所以这一切言辞意念，都集中在一点：人才不得尽其展用而抱恨以终，所谓“出师未捷身先死”，“三十功名（南宋人谓克敌复国之大业为‘功名’，非一般科举俗义）尘与土”者，其痛一也。

若能晓悟了这些，怎么还会把一部《石头记》说成是什么“色空”“解脱”“情场忏悔”“爱情悲剧”等等之类？

当第二十二回写到宝玉于黛、湘等人之间各受责怨，乃自思“目下不过这两个人尚未应酬妥协，将来犹欲为何？”脂砚便批云：

> 看他只这一笔，写得宝玉又如何用心于世道！——言闺中红粉，尚不能周全，何碌碌僭欲治世待人接物哉？视闺中自然如儿戏，视世道如虎狼矣！谁云不然？

这是愤世反语，其本怀原为入世用世，尚不彰明乎？宝玉，作者自况也；至于女子，则有一回尾联，题曰：

> 金紫万千谁治国？裙钗一二可齐家。

这是盛赞凤姐协理秦氏丧事的才干的感叹之言，那么请问：雪芹写书为诸女之才如此感叹，不是用世之思想，难道反是为了一个“色空”“解脱”之道？

书中写探春之兴利除弊，同属此旨。戚序本有一则回后总评，说道：

> 噫，事亦难矣！探春以姑娘之尊，以贾母之爱，以王夫人之付托，以凤姐之未谢事暂代数月，而奸奴蜂起，内外欺侮，锱铢小事，突动风波，不亦难乎？以凤姐之聪明，以凤姐之才力，以凤姐之权术，以凤姐之贵宠，以凤姐之日夜焦劳，百般弥缝，犹不免骑虎难下，为移祸东吴之计，不亦难乎？——况聪明才力不及凤姐，权术贵宠不及凤姐，日夜焦劳弥缝不及凤姐，又无贾母之爱，姑娘之尊，太太之付托，而欲左支右吾，撑前达后，不更难乎？！士方有志作一番事业，每读至此，不禁投书以起，三复流连而欲泣也！

我愿天下关切“红学”者沉思而熟审，那种能引起批者这样一种巨大感慨的一部书，难道其本旨只是为了一个“空”和“脱”吗？悟“空”而能“脱”的人，大约不会再洒泪研血而十年辛苦地去写这“稗”史吧？

雪芹正是惜才痛才，深叹才之难、才之贵，与才之不幸。故此他将一部小说的主眼化为一个美词，题之曰“沁芳”。

沁芳者，“花落水流红”之变换语言也。他痛哭闺中脂粉英才，一个个如残红落水，随流而逝，是一大象征，一大咏叹，一大抒写。

然而，世人于“沁芳”（主景主脉之总命名）却以为是并无所谓的“香艳”之饰词、文人之绮习。岂不大可悲乎！

第九讲　薄命女——香菱

上回咱们曾讲到了贾雨村。切莫小觑了这个人物的作用。在他身上穿着好几条重要的关系全局的线儿。已经说过，甄、贾二玉的线儿由他引起。林、薛二姑娘的进京入府的线儿，也由他引起。不但此也，一荣俱荣、一损皆损的护官符中四姓人家，还是由他穿着这根线儿，因为，照曹雪芹的原书所写，贾府被罪，抄家系狱，人散园空，贾雨村乃是一大关键角色。这些后话，将来自会讲他一讲。如今且说，全书开卷，笼罩全盘的两个不同命运的女子，也还是由贾雨村这条线儿引起。这两个女子是谁？就是形成对照的英莲和娇杏。

这二人，一切都成“对”，连名字都对仗工整的——奇的是，英莲后来被拐卖，到了薛家，给取的名字是香菱了，可仍然与娇杏二字是十分工整的对仗。雪芹文心之细，可谓细入毫芒。

娇杏本是一个丫环，英莲则是这个丫环原应侍奉的小姐。但旋踵之间，两人的身份地位发生了变动，不久，小姐做了婢妾，丫环做了太太。雪芹写她二人，说一个是“有命无运”，一个是“命运两济”。这就是一种对比，对比不一定等于“并重”。那被贾雨村看在眼里，讨了去做二房，生子，扶正，当了官太太，成了“人上人”的娇杏，也许是个好人，我们不得而知，但她的命运并引不起我们读者的美感或“美学享受”。而香菱这少女则令人发生美好的感受，可她却正是全书领头的第一名薄命之人。

我这样说，并不仅仅因按人物出场次序而云然，最使人注意的是，雪芹在书文回目之中有意给每个人加上一个“评定”，他给香菱加的，正是“薄命女”三个字。不应忘记，按雪芹之意，他所写的这些女儿都隶属于“薄命司”，但是唯独香菱得到了“薄命女”的称号。这种特例，岂不值得瞩目？

香菱为人，最是可疼可爱。论人才品貌，是第一流，实与可卿、黛玉、晴雯、三姐、龄官等相提并论。所以回目中又特标其品曰“美香菱”。论灵心慧性，独她读诗作诗曾得到宝玉的赞语，说：“这正是地灵人杰，老天生人再不虚赋情性的。我们成日叹说可惜他这么个人竟俗了，谁知到底有今日。可见天地至公。”这在全书中，也堪称特笔，不是无意的。然而就是这么个人，正如周瑞家的所评论的，“倒好个模样儿，竟有些像咱们东府里蓉大奶奶的品格儿”，却连本贯何乡，父母何在，自己已经是十几岁了，通不能知，摇头表示茫然无从答对，使得周瑞家的和金钏儿都为之叹息感伤。这就是上次讲到的她的“册子”上注明的话了：“平生遭际实堪伤！”

香菱是“副册”中第一人。自幼落于人贩子的魔掌之中，“被拐子打怕了的”，幸遇冯渊，自谓得脱火坑，“我今日罪孽可满了”！谁知冯渊又被薛蟠打死，她亦落入这位霸王之手。几年以后，薛大傻子娶了正妻悍妇夏金桂，遂将香菱折磨致死——按雪芹原书，八十回以后，她很快就命终了。

她那“册子”上画着的一幅画，是何景象？雪芹写道是：

只见画着一株桂花，下面有一池沼，其中水涸泥干，莲枯藕败。

要知道，这不止是香菱一人的悲剧图，也是黛玉、晴雯等一干人的悲剧图。甚至说它是全书的象征画，也无不可。

我再说一遍：一部《红楼梦》，由这样一个人物领起，它的悲剧力量笼罩着全书。作者对这些人的心情和态度，是分明的，《红楼梦》的主题思想，也是分明的。有些人看这部小说单看“爱情”，岂不令人有买椟还珠之叹乎。

副篇　《红楼梦》一百零八钗情榜

正榜　十二名

林黛玉	薛宝钗	贾元春	贾探春
史湘云	妙　玉	贾迎春	贾惜春
王熙凤	贾巧姐	李　纨	秦可卿

副榜　十二名

甄英莲	尤二姐	尤三姐	薛宝琴
邢岫烟	李　纹	李　绮	四姐儿

喜　鸾	瑞　珠	宝　珠	傅秋芳

又副榜　十二名

晴　雯	花袭人	金鸳鸯	平　儿
琥　珀	紫　鹃	白金钏	白玉钏
翠　缕	翠　墨	麝　月	素　云

三副榜　十二名

珍　珠	玻　璃	彩　霞	彩　云
抱　琴	司　棋	待　书	入　画
绣　桔	鹦　鹉	黄金莺	茜　雪

四副榜　十二名

媚　人	檀　云	林红玉	紫　绡
碧　痕	秋　纹	绮　霰	佳　蕙
春　燕	小　鸠	柳五儿	春　纤

五副榜　十二名

龄　官	芳　官	藕　官	文　官
药　官	葵　官	蕊　官	艾　官

茄官	宝官	玉官	荳官

六副榜　十二名

雪雁	碧月	丰儿	翡翠
傻大姐	坠儿	蝉姐儿	莲花儿
靛儿	小鹊	鹦哥	卐儿

七副榜　十二名

绣鸾	绣凤	彩鸾	彩凤
彩屏	小舍儿	文杏	小螺
小吉祥儿	篆儿	臻儿	良儿

八副榜　十二名

嫣红	娇红	偕鸾	佩凤
文花	翠云	秋桐	善姐儿
银姐儿	豆儿	同喜	同贵

外副榜　十二名

张金哥	青儿	智能	二丫头
袭人姨妹……			

《红楼梦》的原本，卷末标有“情榜”。此事由脂砚斋批语而得知，今已人人尽晓，但一直未见有人认真加以研索。此榜虽然是雪芹的独创，但从文学史的角度来看，也不是无源之水，须知脉络根由，自有所在。

第一应知，明清之际的章回小说，末尾多有一个“总名单”，包列全书人物，名之曰“榜”。榜原是评品高下、昭示名次先后的一种形式，所以《封神演义》末尾列有三百六十五位“正神”的名单，是为“封神榜”。《水浒传》末尾列有梁山泊一百单八条绿林好汉的“忠义榜”。《儒林外史》末有“幽榜”，尽管考据者认为并非原作者之真笔，但也正好说明当时的这一通行的体例，非同生制硬造。至于《镜花缘》，写了一百个女子应试科考，更是列有一张大榜，就无待详言了。

由此可见，雪芹作书，末附一榜，列出全部重要人物的名次，自然就“顺理成章”，不劳专家们去考证此榜究竟有无，争论列榜是否“蛇足”了。

然而，有榜属实，无可惊异，也还罢了；至于为什么非是“情榜”不可？难道说这也有“来历”“出处”不成？答案又将如何呢？

我说，雪芹之所以名其榜曰“情榜”，也并非偶然“心血来潮”、忽发“奇想”，确实也有来历，也有出处。若问来历如何？我将答曰：这个“典”就“出”在明朝小说家冯梦龙所编的一部书里。

这部书，名叫《情史》，这听起来真是十分俗气；因此虽然久闻其名，知它在清代也在禁书之列，却不想到图书馆去寻它，看看究竟是怎样的一种“坏书”。做点学问，总免不了有成见偏见，自划自限。所以我很晚才得一见《情史》之面。及至一见之下，便大吃一惊，我说：果然找到了雪芹“情榜”的根源来历！

原来，冯梦龙将他所见的古今之情事，无拘小说正史、经籍杂书，一一摘采出来，加以分类，编成一书，是曰《情史》。他将辑得的八九百篇故事，分编为二十四类，亦即自从开天辟地以来，他是第一次“整理”了我们中华民族的“情”的记载，并且作了“系统的研究”。这真是一位奇人的创举，无怪乎他这一部奇书惊动了雪芹的灵台智府。

《情史》一名《情天宝鉴》。雪芹曾把他自己的小说取名叫做《风月宝鉴》，已经说明了他是从冯梦龙那里取得的启示。

《情史》的二十四个品类，本身就构成了一张“情榜”：试看那细目，便十分有趣——

一、情贞；二、情缘；三、情私；四、情侠；五、情豪；六、情爱；七、情痴；八、情感；九、情幻；十、情灵；十一、情化；十二、情憾；十三、情仇；十四、情媒；十五、情芽；十六、情报；十七、情累；十八、情疑；十九、情鬼；二十、情妖；二十一、情通；二十二、情迹；二十三、情外；二十四、情秽。

这就是冯梦龙按他自己的理解和感想，对古今一切情事做出了首创的分类法。（在这里，或许马上就又有高明人士出来议论了：冯某的分类法“很不科学”，不值得介绍！）

这个大分类，自是前无古人，堪称独绝。但是，“后无来者”吗？就不尽然了——就是该改“后有来者”，来了一位曹雪芹，受了施耐庵先生和冯梦龙先生的启发，写了一部小说，为一百零八位女子传神写照，正与一百单八条英雄成为“对仗”，即“绿林好汉”对“红粉佳人”，而他又对每一位女子作出了“评定”“考语”，其方式正是如同冯氏的办法，都用“情”字领头。我们已经知道的，黛玉是“情情”，金钏是“情烈”。

如果不妨揣断，那么鸳鸯可能是“情绝”，晴雯可能是“情屈”。至于宝玉是“情不情”，薛蟠是“情滥”，雪芹或脂砚也有明文点出。由此可知，“情榜”虽以一百零八位女子为主，可又“附录”了“男榜”，大约柳湘莲是“情冷”，冯紫英是“情侠”。一时当然不能尽知其详，有待研求，但此事实，已无疑义。

冯氏是将若干人一“群”分为若干类，雪芹则是以个人为“单位”而分订品评，这是他对前人又继承又翻新的一贯精神。由一百单八条绿林好汉，“生发”出一百零八位红粉佳人，也正是同一种精神的表现。

雪芹的一部分艺术构思，来自《水浒》，很是明显。例如，施公写绿林好汉之降生，是由于被石碣镇压在地底的“黑气”冲向外方，而成为一百单八个“魔君”下世的。雪芹则因此而创思，写出“正邪两赋”而来的一百零八个脂粉英豪，闺帏奇秀。施公在一百单八之中，又分为三十六天罡、七十二地煞。雪芹则写宝玉神游之时，在太虚幻境薄命司中看见许多大橱，储藏簿册，注明了那些女子的不幸命运。宝玉只打开了三个大橱，看了正钗、副钗、又副钗的册子。每橱十二钗，所以他看了三十六人的“判词”，正符“天罡”之数。他没有来得及全看的，还有七十二人之册，那相当于“地煞”之数，痕迹宛然可按。

由脂砚透露，全书写了正、副、又副、三副、四副……这就表明：情榜分为九层，每层皆是十二之数，十二乘九，正是一百零八位。

雪芹全书回目分为一百零八，榜上题名的诸钗（也可称为群芳，代表着“千红一哭”“万艳同悲”），总数也是一百零八。这是一个精心设计的艺术结构。但二百几十年来，无人正解，所以必应为之大书特书，以见原书真面。谈论雪芹的整体思想，倘若连这一结构法则也不能明了，更何从而谈起呢？

第十讲　秦可卿

上回咱们讲了红楼全书中第一个出场的不幸女子——甄英莲的地位和意义。若除去黛、钗二人不计（这是因为林、薛两位姑娘的重要文字都在后面呢），那么曹雪芹安排的第二个不幸的薄命女是谁？就是秦氏可卿了。对她，大家的理解认识，也不是很一致的，咱们这《小讲》，也不免要略加叙议，看是如何一番见解。

可卿与香菱不同：香菱的正式文字，其实也是远远在后面的；而可卿却是由第五回起，出场露面，笔墨似断似续，到第十三回上就结束了她的一生。这可卿，也是金陵十二钗中的一名正钗，并非次要人物，可是曹雪芹却把她摆在书文的最靠前的重笔特写的地位，而且紧凑地了结了她的故事。这种结构，是不一般的，先就引起我们思索，其故安在？

提起结构，让我岔开话头，插说几句：现代研究文学

可卿

的，海外很重视结构学。说来也巧，中国香港、美国等地，有两三位女学者来访，她们研究的都是《红楼梦》的结构！结构并不是一个不必过多费神讨论的小节目，它是伟大作家的整体构思的艺术表现，决定着很多的写作方法的问题；不懂结构，就不能对作者的文心匠意有较好的（深刻的、正确的）理解。所以它不是一件小事。一位青年最近写信对我说起，曹雪芹的最独特的创造性贡献是什么？是全书的结构！因为别的方面还都可以找到他所继承的历史的痕迹（因此就还不能说是他一个人的独创）。他这个见解，我还未见他人谈过，深有意味。

秦可卿为什么出现在书的最前部分？只因这关系着《红楼梦》全部书中两个最重要的主角。二人是谁？咱们上次也讲过的，就是宝玉和熙凤。按照雪芹的设计原意，只有他们两个才是全书的真正主角。——这种认识，也许你一下子不易接受，但不要紧，日后自会明白。

如今且说，秦可卿怎么关系着宝玉和凤姐儿的事？其意义又是如何呢？

讲《红楼梦》的事，要想一口说尽，那是办不到的，若能那样，《红楼梦》也就简单得很了。咱们只能论其大者。先说为何与凤姐有关。批书者早曾为我们点破：雪芹为秦氏丧殡一事，费却如许笔墨（他是惜墨如金，绝不肯浪费一字的），原来只为写凤姐一人。这一点，你是否有意外之感？

曹雪芹对凤姐这个人物——这样的女性，又是喜欢、赞美，又是惋惜、批评。他并不是像有些作家那样，从概念模式出发，人物必定分属红脸白脸两派，非此即彼，是此则万不能彼——好的万般好，坏的坏得从头顶烂到脚心。曹雪芹从不搞这个的。在生活现实中，人具有何等的复杂性，他就写得他（她）何等的复杂。这是不是“镜子”？镜子太客观了，它自己没有思想感情。雪芹可不然。只要你细细玩味他的笔墨，则他虽不掰瓜露子，却是“态度鲜明”。话扯远了，我想说的是，雪芹对凤姐这样的女子，首先是惊叹和赞赏她的出众的异样的精明强干。照雪芹看来，凤姐真当起是一位“脂粉队里的英雄”！请你注意：这正是秦可卿对凤姐的认识。

人的才干，在日常琐碎中，不是一点也看不出，但毕竟难得鲜明。所以必须遇上大事、在盘根错节上，才愈显出过人出众之才的光彩夺目来。秦氏之死，东府无人能办此大事（旧社会，婚丧大礼，非同小可，一般人是顶不起这个繁难的差使的），于是就从西府借来了凤姐儿，代理重任。

她是理家的一把好手，办事的一个奇才，可到后来荣宁二府之败，她也正是负有主要责任的人。在《红楼梦》中，“家亡人散”是相关联又相区分的两条大线路，在家亡这条线上，凤姐是持“纲”者。

秦可卿是很可爱怜的一位女子，东西两府，无人不对她有好感好评，她死后上上下下一齐痛哭，可为明证。这个女性又实在可怜，她出身“微贱”，是从育婴堂里抱来的一个不知爹娘的弃婴。她生得好，性格更好，聪明善良，知人识事，在两府中也是数一数二的出众之才。只有凤姐能赏识她的真才干，而她也是凤姐这个奇才的第一个知心和知音。因此二人感情最好。可卿一死，凤姐哭得最痛，雪芹有特笔叙写，惺惺惜惺惺，正所谓只有英雄方识俊杰，一点儿不错。读《红楼梦》，要看曹雪芹这位大师的真思想，著书的真精神，须向此等处着眼，方不为次要的东西所迷乱。

这样一个从育婴堂出来的穷人家的好女儿，嫁了宁府长孙，其结果是悬梁自缢而死的！她是书中最早结局的薄命女。有不少讲《红楼》的，把她只讲成了“风流”“香艳”的人物，恐怕是有负于雪芹的苦心匠意吧。

当可卿一死，荣府中的云板传出了深夜丧音，首先惊醒了两个人——是谁？一是凤姐，一是宝玉。这证实了我上文的话。雪芹的这种特笔，不是深可注意的吗？

副篇　家亡人散

在荣宁未败之先，预感巨变将临的只有秦可卿与王熙凤两位少妇，其余的——特别是男人们无一远虑长筹之人，都只知安富尊荣，每日高乐不足，还要生事。秦可卿临终，警诫凤姐，有云：婶婶，你是脂粉队里的英雄，怎么忘记了古训和那常听说的“树倒猢狲散”那句俗话？

这句话，原来就是作者雪芹家里祖传的一句亦庄亦谐的老话：他爷爷曹寅在世，正当贵盛繁华之际，就常举此言（源出宋代）以儆示座客和家人。

到这时，大树已倒，众猢狲们——倚势寄生的、趋炎附势的、赖衣求食的、效忠服役的……一下子都纷纷散去，避之唯恐不及了。自己家里上上下下，也是如此。刁奴恶仆，勾结外敌，也来一齐趁火打劫。

小红早就说过：千里搭长棚，没有不散的筵席。又说：不过三五年后，就会“各自干各自的”去了。

这时，一一应验。

在此之先，已经有迎春之嫁、晴雯之死、司棋之逐，宝钗之迁……大观园早非往年盛景，已是一派凄凉寂寞的气息了，接下去的，就是探春的远嫁、黛玉的自沉、袭人的遣遣、小红的配婚、五儿的惨局、惜春的出家、妙玉的落难……一个接一个，正是第二十三回里象征的——

落红成阵

花落水流红

流水落花春去也

水流花谢两无情

也就是秦可卿向熙凤永诀时念的——

三春去后诸芳尽，各自须寻各自门。

第十一讲　第五回

你还记得，上回讲秦氏可卿，我说她是关系熙凤和宝玉这两大主角的一位重要人物。如果换个方式说，也就是关系着“家亡人散”这两条分纲的一个“启蒙”者。这话怎么讲呢？且听我略陈鄙见。

秦可卿是个少妇，可是她不同于凤姐做了当家理事的少奶奶，然而心细眼明，虑深识远，都远超凤姐而过之。她梦中与凤姐诀别，一句杂言亦无，却都是警诫提撕，为长久之计作打算，为日后获罪抄家、子孙度命而预先筹划，这都不必多说；最易为人忽略放过的，乃是“三春去后诸芳尽，各自须寻各自门”这十四个大字，这一条全书总纲领，却是由可卿口中道出的！想一想看，这是何等的构局，何等的用笔？所以无怪乎甲戌本上的眉批说：“不必看完，见此二句，即欲堕泪。”一提可卿，就只想到什么风流香艳的读者评者，至少是“失去了一只眼”。

我所谓的“启蒙”，就是指可卿给凤姐上了一课，让她开始注意荣华瞬息，富贵无常，跟着即有大变来临。那么，她对宝玉，又是启了他的什么蒙呢？很明显，她就是现实中的警幻仙子，警幻就是她的梦中幻影，或者精神境界中“仙化”了的可卿。是她，在宝玉幼少之时，第一次教给了他一些人生路途上的关键道理，这是宝玉平生所接受的第一堂重要课程。

由于曹雪芹所处的那个时代，使他对此无法直写明叙，他才采用了一个非常特别的手法：神游幻境、梦遇仙姑。这就是第五回这一段书文的故事的真正内容。

在这场梦境中，宝玉遇见一位“神仙姐姐”——秦可卿，这个美好的女性给幼少的宝玉的深刻而又异样的印象所造成的一个梦中之影像。是她，教导他尘世中许多事物和哲理，像是一个警觉、劝诫人的正统说教者，然而又是最能欣赏、理解、体贴宝玉的一位最聪慧、最大胆、最有情的知音莫逆。对宝玉的成熟、成长和一生，可卿是个关键性的启蒙大师。我认为，曹雪芹小时候，曾是经历过这样类似的人物和事情，否则他是写不出的。

是她，引导他领略了声色之乡、命运之府，在“薄命司”中给他展示了全部书中一切少女的（包括已为少妇的）不幸身世和悲剧归宿。从生理的成熟到心理的成长上，都给予了这个早慧早熟的男孩子以巨大的深远影响。

这难道还不是一个比甄英莲类型不同而更为重要的总领全书的女性吗？

从早以来，有些人专门喜欢向《红楼梦》书中寻找“隐秘”，说它是变相的《金瓶梅》（写了很多男女不正当关系），而可卿和宝玉如何如何，就是一例，云云。我要提醒你：千万莫被这种“精神境界”弄得迷失了康庄大道，专去觅索黑暗角落。雪芹确实也很有隐讳之笔（为尊者、为爱者、为惜者讳），但他写可卿，并无此意。用现代心理学的观点来理解一个早慧早熟的孩子（这在历史现实中是很多的，唯物者应该承认事实），他在将近某个生理阶段时，对外界和异性的感受，开始有了朦朦胧胧、自己难解的某些动变。这样认识，就不会用“色情”“黄色”的眼光来看待这第五回一篇异样文字了。真的，我不知道：二三百年前哪个作家，曾经和胆敢来写这样的现象和内涵？雪芹之书一出，被人骂为淫书邪说，罪孽深重，自非偶然了。

近来我见上海《新民晚报》刊出一则篇幅不大，却命意极新的文章，内中提出一个见解，认为《红楼梦》具有“启悟学”的主题意义。启悟学是人类学上的一个术语，原指古代人民的成年到来时所举行的礼仪而言。对一个个人来说，也有其启悟这个成长经历。作者认为全书都有这种启悟性质。此意极新，向无人道。我早年向家人、友好也说过类似的意思，不过当时还不会用科学术语，只能用一般语言来解释第五回的意旨。今天想来，也许从这个崭新的角度会引出更好的理解来。

《红楼梦》作于二百数十年前，但它确实已经跨出了近代甚至现代文学所设的藩篱，这真是一个不可思议的奇迹！

副篇　贞淫美丑

理论评价雪芹笔下的主角人物，是一个异常复杂的问题。读者看过本讲，不免就有人出来说："书中明明对秦可卿有'曲笔''微词'，例如写她屋中陈设，涉及武则天、杨太真、赵飞燕等一串女性，都是历史上尽人皆知的淫乱女人，还要替她辩护，岂非强词夺理，徒劳无益？况且可卿因何而死？不正是红学家考证明白：皆因与贾珍有染，被丫环撞见，才悬梁自尽的吗？这又何以为她洗刷呢？"这问得原是不为无理。但问题正在于：一概用传统正统伦理道德价值观念来看待《红楼梦》人物，是永远也得不出什么科学结论的。女子的贞淫问题，正是书中不止一次用情节故事来"探研""讨论"过的一大妇女问题，最显著的例子就是秦可卿与尤三姐。她们的悲剧是：那社会逼她们丧失贞操，而那同一社会又因她们丧失贞操而百般贱视，使她们不齿于人类，除死之一途别无出路。“饿死事小，失节事大”——程、高伪续搞的正是这一套，这绝不是曹雪芹的思想感情。秦可卿是十二钗中第一个不幸人物，痛惜之，而不是笑骂之。我们已然讲过：他无意写什么“金要足赤，人要完人”，相反，他要写的却是“正邪两赋”之人。可见这里有个价值观念的标准的根本问题。本节讲的又另是一种价值意义，也并不是为了“替淫乱者辩护”——差之毫厘，失之千里了。总之，用世俗眼光去看雪芹的书，大约总是难免格格不入的吧。

脂砚斋在评论可卿时题有回前标题诗，说是：“一步行来错，回头已百年。古今风月鉴，多少泣黄泉！”这头两句是化用“一失足成千古恨，再回头已百年身”的俗语，封建时代女子一旦失足，至死也难“超度”！脂砚是一位女评家，她正是以一种极为复杂的心情来慨叹像可卿这样的悲剧人物的。《小讲》毕竟是“小讲”，这种种问题，只能抽绪提端而已，深思以求，是在有心有识的读者。

第十二讲　千红一窟　万艳同杯

上回正讲到秦可卿，因她一死，却引出了两大“路线”：一是家亡，二是人散——此两者虽相联系，实有区分。这两者，才可以说是曹雪芹原著《红楼梦》的全部的整体的内容。在前一条大线路上，透露一个看似闲笔、实极重要的消息（这是雪芹的独擅的笔法，最宜留意）。这就是，因秦氏之丧，贾家竟然动用了无人敢碰的一副出奇贵重而又危险的棺材板——棺材板怎么还会“危险”呢？

这副板，是惹祸的根芽。这里边牵扯着一桩重大事故，它对贾家来说是存亡荣辱、生死攸关的事情。不过这事说来话长，此刻只能花开两朵，单表一枝，先按下棺材一案，且说可卿在后一线路上给全部悲欢离合的情节所预显的种种投影。

“三春去后诸芳尽，各自须寻各自门”，话是可卿向熙凤提出的警号，而她的化身或幻相警幻仙子，又亲向宝玉提出了这个“问题”。试看警幻给他安排的奇茗叫做“千红一窟（哭）”，异酒唤为“万艳同杯（悲）”，对这种新奇的名色，在先是少有人思索的，却是《老残游记》的作者刘铁云，早就领会了其间的含义，你听他是怎么理解的：

……《离骚》为屈大夫之哭泣，《庄子》为蒙叟之哭泣……李后主以词哭，八大山人以画哭；王实甫寄哭泣于《西厢》，曹雪芹寄哭泣于《红楼梦》；……曹之言曰：满纸荒唐言，一把辛酸泪……名其茶曰“千红一窟”名其酒曰“万艳同杯”者，千芳一哭，万艳同悲也！……

看来刘铁云这位小说家，很能理解他的先辈同行雪芹曹子。这已说明，是秦可卿引导宝玉，他才开始认识了那些千芳万艳、无数女性的不幸命运，她们都是隶属于“薄命司”中的人物，这些可怜可爱、可歌可泣、可敬可佩的女流，没有一个能逃脱那一历史社会给她们安排下的极其惨痛的人生遭遇，是可惊可叹、可骇可愕的悲剧结局。从此，宝玉这个聪颖早慧的孩子，更加留意和思索这个使他痛苦而不解的巨大问题——这是宝玉的最主要的探索课题，自然也就是《红楼梦》的中心主题了。

雪芹的小说，笔法丰富异常，他写出了那么多有血有肉的活的人物，可是也巧妙地运用了象征的手法。你有没有想过：群芳诸艳，萃聚名园，这本身已然是一种象征了，而黛玉的生辰是二月十二日，这一天名叫花朝，乃是百花生日，所以她是花的象征，她是“花魂”，她是《葬花吟》的作者，她联句时说出“冷月葬花魂”的新奇而不祥的语言，而最可注意的是，她作《葬花吟》之日偏偏是芒种节，书中注明：尚古风俗，闺中举行饯春之会，盖至此日，诸花谢尽，花神退位了！

请看，这些还不是象征手法，那什么才叫象征手法呢？

不懂得这些丰富变化的艺术手法，只讲形象、性格等等，恐怕也很难说就能懂得了《红楼梦》的真正整体。关于诸芳陨落、群艳凋零这一方面的极为精细的艺术构思和笔墨表现，还有许多饶有意味的事可讲，咱们只好留待下回，再续此题了。正所谓：欲知花落春残事，须识才人意匠心。

副篇　笔端隐现

千红一窟，隐哭字；万艳同杯，隐悲字。这是我们发现了脂砚斋批注本才知晓的。刘铁云那时未必见过脂批，他全凭慧悟而得之，而能解得一丝不差，这看来似乎只是一种“谐音”法，其实也属于中国小说传统中的隐笔和暗写的范围。这种例子在《红楼梦》为数甚多，非作专题讨论是说不尽的。

“谐音”法较为简单，至于暗写，则情形复杂异常，更难用《小讲》讲清了。比方葬花之日，正是“饯春”之节——把芒种节唤做饯春节，这里面便又有一层隐笔。请参看第十三讲的附录，可以明其概略。至于秦氏之丧，开头便引出一副奇特的棺木来，是“坏了事”的一位老辈亲王的东西。所谓坏了事，乃是当时隐语婉辞，就是指在政治上倒了台，凡沾了挂累的，祸生不测。这还不算，到发殡时又引出了一位现居爵位的小郡王，而他家祖上功最高，与贾家交最深，不但可以不论“国礼”，而且是“共难共荣”。这都是“王爷一级”的大关目。这一切，都是隐笔暗写之法。在雪芹原书中，这些都是“草蛇灰线，伏脉千里”，那事故就非常重大了。《小讲》体例所关，难以备述，在此一为点破，所望细心的读者自去参会。

第十三讲　象征手法

我们上一回讲到雪芹之运用“象征”手法时，其实未及深谈，仅开端绪；我提出的这样一种理解，也许还有些读者听来颇觉新奇，不免尚存疑虑。因此还得再往细里讲上一讲，以观究竟如何。这确是一个十分有趣的问题，用雪芹的话来说，洵所谓“说来虽近荒唐，细谙则深有趣味”。甲戌本作“细谙”，胜于他本之作“细按”。读《红楼梦》，“一目十行”不是个好办法，定须细谙，方能解味。

我说雪芹确实是用百花来比喻他笔下的这些少女的，这一点，证据太多了，如不相信时，去看“群芳开夜宴”这一回书，那就加倍清楚。群芳正是“诸芳尽”所指的那些人，而每个人所掣得酒令牙筹，都各有一枝名花作为标志。“点花名”虽是一种酒令，但雪芹安排的是各人所得之花各自切合她的性情风范的——这不是象征，那什么才是呢？

若从头说起，那么群芳所住之地虽名大观园，而此园实由贾府的后花园改建而成，改建之前，其园何名？岂不正是“会芳园”三字（“会芳”，又作“汇芳”）？会芳者，聚群花于一处之意也。所以大观园落成，众姐妹题咏，亦称之为“芳园”——“芳园筑向帝城西”，闲中点破，正在不即不离之间。

在这座芳园中，屡结诗社。几次最重要的题目，都没离开咏花：海棠社，桃花行，菊花题，红梅咏，是为明证。而临近八十回原书的末尾，出来了一篇光芒映射、动魄惊心的芙蓉诔！芙蓉者何？岂不又是花名？可见雪芹借花写人，象征取意，事理分明，还须多赘繁词吗？

是以海棠者，湘云也；桃花者，袭人也；杏花者，探春也；牡丹者，宝钗也；老梅者，李纨也；荼蘼者，麝月

也……这么些名花，一起来写，须用哪一条“线”串起来才成其为文呢？这“线”儿，就是宝玉一人——所以群花因为他祝寿而会集一堂，他的从小起的一个别号就叫“绛洞花王”。这名号，《鲁迅全集》里作“绛洞花主”，是时代局限。脂砚斋批语中也曾道出：“宝玉系诸艳之贯”（“贯”，一本作“冠”，恐非）。那意思就“了然不惑”了。

然后，脂砚斋又曾抉示：费如许工夫，修造一座大观园，原来却“只为一个葬花冢”！

这话乍听有似离奇，细思无比恰确。葬花一段故事，大家被图绘、搬演等艺术形式弄得形成了一个错觉——至少忘却了事情的一半：总以为葬花嘛，除了黛玉，不干别人之事。殊不知葬花的主角，原是宝黛二人，而书中特笔叙写的，正是宝玉出场先来葬花，换言之，如果说宝玉才是真正的葬花人，倒更合雪芹的原意。这缘故，只要看群芳夜宴，共寿怡红，最后麝月掣得了荼蘼花签，上面写道是：“开到荼蘼花事了”，并又特笔注明：“在席各饮三杯送春”，就可以明白：宝玉的生辰实为四月二十六日芒种节日，也就是上回咱们表过的那个至此春神退位、百花谢尽的饯春之节！

由此看来，方知雪芹在整部书中运用象征的意义，那亲尝“千红一窟（哭）”“万艳同杯（悲）”的，不是别个，正是宝玉一人。是宝玉眼见三春景尽、百卉凋残、大地茫茫，堪称“干净”——深可悲痛。鲁迅先生有言：“悲凉之雾，遍被华林，然呼吸而领会之者，独宝玉一人而已。”看来，大家虽然七嘴八舌，真能解红楼、知雪芹的其唯先生乎！

最近有一位研究者提出：曹雪芹名其轩为悼红；悼红者何？即饯春是，即葬花是。所以雪芹在书中安排黛玉葬花——埋香冢畔，暗泣残红——实是让黛玉来“代表”他，一抒悼红之恸。这一提法，未经前人道过，堪称会心不远。我是很赞同的。

黛玉是“花魂”，花是美的结晶、春的象征。宝玉是饯花送春的“花王”，由他的经历，宣告了三春美景即将结束。

由此而言，雪芹运用了多样的艺术方法，包括象征手法在内，流着辛酸之泪而写下的一段“荒唐”的主题，这就是：春的践踏，美的毁灭。

副篇　饯春之节

雪芹书中明写“尚古风俗”以芒种日为饯春之节，闺中皆盛装集会，到此日诸花谢尽，花神退位云云。这是真有此古俗，还是小说的一种艺术点染？愧未及详考。以理推之，芒种是立夏、小满二节之后第三个夏日之节，亦即四月已过、正交五月的节气了，是否饯春要到这么迟？真不敢说。脂砚斋也批云：饯春节的事，不问其典与不典，只取其韵罢了。这样看来，脂砚也没有呆看此义。但是雪芹为何单单选上了芒种之日呢？原来其中大有奥妙。我们经过多年的探索，最后弄清了这一缘故：四月二十六兼芒种节本是雪芹自己的生日，讳而不肯直书，却在借宝玉寿辰曲折暗写。

我们考定了雪芹实生于雍正二年（1724）甲辰的闰四月二十六日。当时正是大旱已极。生他后，从五月初一甘霖沾霈（曹頫奏折原语），所以雪芹取名为霑。在旧时，并无所谓公历，凡生在闰月的人，没法子过真生日，必须等到第二年的“所闰之月”的月份——在雪芹即用四月二十六日为生日了，而次年即雍正三年（乙巳）的四月二十六日，恰巧是芒种节，因此给这小孩过周岁生日，就带上了芒种节的“烙记”，谁也不会忘的，并且等于说如果记不住四月二十六这日子，就只拿芒种当生日，也无不可。谁知到了乾隆元年，偏偏四月二十六这天恰好又是芒种！于是雪芹在“小说年表”中就巧妙地运用了这个好日子。

书中写日期而出现两次明文的，只有一个四月二十六。一次是饯春会，一次就是同年五日初一在清虚观，张道士说：

前日四月二十六是“遮天大王的圣诞”。这是一种隐语。书中暗写此日实是宝玉生日，以探春与宝玉说做鞋的事为明证。盖清代习俗，小孩子生日亲眷送礼都首先是鞋袜，细心的读者再去看看“寿怡红”一回的季节和诸多送鞋袜的礼数，就明白了。

这里只是极简略地一谈，委曲详尽，须俟专文方可。

第十四讲　落红成阵

一部《红楼梦》，从大布局来看，不妨说在修造大观园这回书以前的诸般情事，总不过是一种序幕的性质，那开头的十几回书文，牵起了条条纲维脉络，伏下了种种事故因由，一到建园省亲，这才算真入了正文，另换了笔墨。可是，在雪芹这样的艺术大师的笔下，没有一人一事是“单打一”的。那座大观园，写时全由元春而起，一究实际，方知乃是为了那一大群少女们所设计的一所人间乐土，世外桃源。你看，经营缔造了一两年之久才得竣工的这一处胜景名园，贵妃娘娘本人只能流连几个时辰，她一回宫，就须“敬谨封锁”起来。于是，娘娘一道谕旨，传命府中哥儿姐妹们，都进园居住，庶免泉石荒凉，林亭冷落。贾府遵谕，这才择定二月二十二日吉辰，让宝玉和众女儿搬入园中——雪芹在此处写道是：“登时园内花招绣带，柳拂香风，不似前番那等寂寞了。”试看寥寥数笔，着墨无多，却早是满园淑气，触目生机了。

然而，这以下的笔法安排，更应留意玩味。雪芹写宝玉自从进入园中，真是“心满意足”，“倒也十分快乐”，——但是他如何快乐满足，却只不过四首即事诗泛泛写来，随手“揭过”。要讲雪芹笔下的实写，又是从何落墨？这就是读《红楼梦》的人所当用心之处了。

原来，那书文是这样说起的：“那一日，正当三月中浣，早饭后，宝玉携了一套《会真记》，走到沁芳闸桥边桃花底下一块石上坐着，展开《会真记》，从头细玩。正看到落红成阵，只见一阵风过，把树头上桃花吹下一大半来，落的满身、满书、满地皆是……”由此这才引起对这成阵的落红如何处置的问题。也就是说：《红楼梦》的真正的“时”“地”“人”都点明之后，那真正的“事”是什么？就是葬花。由此而言，说葬花即为《红楼梦》的主题，实无不可，语无过分。

说到此处，不免有人暗笑明嘲了——既然如此，那你这《小讲》为何又单单提出雪芹著书非为“爱情”，并说只晓得盯住“宝黛爱情悲剧”的是买椟还珠呢？

事情的症结正在这里。

脂砚斋有言，费偌大力气盖造大观园，却只为一个葬花冢。但这绝不等于说是盖座园子只为了“宝黛爱情”。我想，这种理路是可以分疏清白的。请看脂砚的又一处批语：“《葬花吟》是大观园诸艳之归源小引，故用在饯花日诸艳毕集之期……”

这一段话，真是直抉情源，总括情局，重要无比。大观园中诸女儿——包括使女、优伶、尼僧，最后都要“归源”，正像风坠芳英，落红成阵，而葬花诗句，只是这个总纲大局的一个小引而已。

《西厢记》的一支《混江龙》曲子，写道是：

> 落红成阵，风飘万点正愁人。池塘梦晓，栏槛辞春。蝶粉轻沾飞絮雪，燕泥香惹落花尘……

在王实甫笔下，这只是一位闺秀千金的伤春寂寞之心境，雪芹用来，大而化之，他的一支椽笔所写的，早已不再是莺莺小姐的一己之怀、个人之感，他流泪而书的，乃是为千红一哭、与万艳同悲的一种极其博大崇高的感情境界。也许，我们竟可以说雪芹是站在历史提供的一个最高的眺远瞻弘的立足点上，为几千年的封建社会的妇女而赋咏的一篇至为伟丽而沉痛的“葬花”之词！这绝不是什么一男一女、相见钟情、不幸未遂……的这种社会内涵、精神世界。

因此之故，辞春，送春，饯花，葬花，造语有不同，总归于一义。这才是《红楼梦》的真主题，总意旨。雪芹自表：一部红楼，“大旨谈情”。所谈何情？岂鸳鸯蝴蝶、卿卿我我之谓乎？这是读《红楼梦》的每一个人都须作一番认真思索的课题，切不可随波逐流，耳食道听，错领误会。不然，那才是宝山空入，赤手而归了呢。

雪芹书中对妇女的理解、同情、关切、体贴，是与他以前的小说大大不同的，他对她们的态度与以前诸作者截然相反，泾渭分明。正因如此，雪芹很难为当时的传统观念所解，为当时的社会环境所容。而他把葬花一事特别安排在四月二十六日芒种节，又另有深意。——那就更不是别的小说中所能有的故事情节和艺术手法了，研读《红楼梦》而需要“红学”，就指这种奇特的问题，它绝非一般小说学的内容所能理解、包纳，因此知者至稀。

副篇　西厢警句

本讲引了《西厢记》的一小段曲文。虽是一小段，细心的读者定能看出：字字句句，都有艺术上的脱化痕迹可寻。比方，“池塘梦晓”，可看宝玉奉题蘅芜苑的“谁谓池塘曲，谢家幽梦长”，“蝶粉轻沾飞絮香”，可看黛玉的“落絮轻沾扑绣帘”，“燕泥香惹落花尘”，自然也与《葬花吟》中咏及燕子的艺术联想有关。而《西厢记》的词句，又熔铸着前代大诗人词人的好语名句。这就是中国文学的又一特点，没有丰富的民族文学历史传统知识，只搬西方教条的，能够读懂这样的意味吗？

第十五讲　精密的章法

咱们前几回，费了三讲，才算把“葬花”的意义大致说个明白：葬花的内涵十分丰富深刻，绝不是黛玉的一点身世之感，悲伤之至。葬花是全部书中的一大关目。这层意思粗粗交代完毕。但还要追补一点，这就是在大作家雪芹写来，葬花虽只是一题，行文却分作了两笔勾勒：一笔在第二十三回，一笔在第二十七回。前一回中，宝黛共同合葬那成阵的落红——桃花；后一回，宝黛各自分葬那凤仙、石榴等各色落花——“锦重重铺了一地”。仅仅两回书，那时光节序的推移、人物心情的变换，已然是写得如此的微而显，细而深：那前番尚是“人值残春”（借《西厢》语），这后番已到“节逢芒种”，早是清和将过、夏景渐深了。

这些地方，笔致的精纯美妙，很多粗心人却“流水看过”，漫不经心，失掉多少灵心慧性、墨彩笔花。但是，我此刻想提醒“看官”的，倒是另有一种文心匠意要细加领会。你有没有想过：在这两番葬花故事的中间，却费了很细致的笔墨去写了另外两件“毫不相干”的事，这却所因何故？哪两件事呢？说来有趣：一件是小红和贾芸相思缱绻，情意缠绵；一件是赵姨娘和马道婆鬼蜮居心，邪魔行事。

如果你的理解和兴趣由于种种缘故而只会集中在“宝黛爱情”上的话，那么你就会心生疑惑：怎么曹雪芹号称大才，其笔下却是这等的不知考究？两番葬花中间隔开了三回书文，而这三回书文却是这等的无关宏旨！这纵然不叫它做败笔，也是庞杂零碎，大大地乱了章法。

章法乱了吗？笔法败了吗？切莫高估了我们自家的“评论水平”，而小觑了雪芹大师的才情意度。原来，在这三回书中，细笔写小红，重彩画赵姨娘，一点也不是“闲”

文“碎”事。正相反，这两件事紧紧地扣住了一部书的后半，而遥遥地牵伏着全局中的一大关纽，这就是：作为大观园诸艳之“贯”的宝玉（记住：还伴同有凤姐，前回我们略曾涉及过的），他日后的命运正是被这三回书文夹叙的小红和赵姨娘所“掌握”——或者说“左右”！这才是全部《红楼》的一条最关重要的大脉络，它才既非闲文，也非碎义，既非乱章，又非败笔呢！

若问此事的详细如何，须待《小讲》风雨无阻，逐次讲来。如今只说一层：赵姨娘（和贾环）是一心一意要谋害宝玉（包括和宝玉亲近的所有的人）的一方势力，而小红（牵连着还有一大串侠义之士）是搭救宝玉脱离灾难的主要力量。这不同两方面的人物，在尖锐复杂的矛盾斗争中，“演出了这怀金悼玉的《红楼梦》”！

《红楼梦》并不是一件什么“单摆浮搁”的廉价的小玩意儿。它是一座多线交织、繁复无比的宏伟建筑结构。它的章法极严整精密，它的笔法极飞扬变化，不是一般小才庸笔所能望其项背，——可惜的是，这个宏丽绝伦的艺术结构的奇迹，都被程、高四十回狗尾续貂给彻底破坏无余了。

副篇　结构奇迹

曹雪芹写小说，打破了历来的窠臼，处处有独特的创新，全书结构也不例外。深细研究的结果已初步显示出许多特异之点。比如，他的原书是“十二乘九”为结构法，就是以每九回书构成一个“单元”，到第十二个九回完毕，即一百零八回时，全书收煞告终。这一百零八回书，共分两半，每半是五十四回。从开卷到第五十四回过年过节，是为写“盛”的一半；从第五十五回到百十回，全书结束，是为写“衰”的一半。非常整齐。还有，每到“九”的倍数时，必有重要关目为之标志，例如第十八回为“二九”，乃是元妃省亲；到第二十七回为“三九”之数，即写宝玉与众女儿入园、葬花；到第三十六回为“四九”之数，则写的是“梦兆绛芸轩”“情悟梨香院”；到第四十五回为“五九”之数，故事是秋窗风雨词，与葬花吟同为重要关目。再往下数，即到“六九”五十四整整一半之数，故为庆元宵的大节目。自此以后，笔墨情景皆一变而进入“衰”境，逐步露出悲音（鲁迅先生语），例如“七九”之数为六十三回，即是我们讲过的“寿怡红群芳开夜宴”，这又是全书的一大象征性的收束之笔。

这些，请参看拙文《红楼梦原本有多少回？》（载《社会科学战线》创刊号）。

不但如此，有两位青年研究者发现，每九回的“中心回”（即居九数之当中的那一回）必然是宝玉的事。而且全书结构具有严格的对称组织法则，前后两半互为呼应。所以他们依上述各种规律还能推断出八十回后已佚书文的故事的轮廓——十二钗结局的次序及若干情节的安排。

“十二”这个数，已包含在小说原书中——最明显的就是“十二钗”了，因此读者或者不致惊讶。至于“九”之一义，则可能认为有点陌生，突如其来了。他们没有想到我们的民族文学艺术传统上的“九”字，诸如《九歌》《九辩》《九章》《九思》《九招》《九奏》，等等，“九”是被重视的一个“数之终”，从来就被运用。

这只是非常简单的一作粗解，《小讲》是包容不下这个内容的。

我们讲“十二”，讲“九”，不免有人又表惊诧。其实事情都是少见多怪。比方莎士比亚的十四行诗，已被研者发现“诗中隐诗”—每首的头一行摘出，依次便是一首新的十四行诗；每首的第二行也是如此……此事已是举世皆知了，信与不信？听见曹雪芹运用数字结构法则就觉太离奇吗？须知大艺术家与大科学家的灵感到最高阶段是相通的呢！

第十六讲　刘姥姥

万事“开头难”，读《红楼梦》岂能例外，“从打第一句第一个字就把人吸引住了”的作品大约是有的吧，不过《红楼梦》并无这种“特色”。为数不少的人，都说《红楼梦》开头似觉散缓，一下子不得其味，往往“卡”住了，未入佳境而止。这事情，除了读者本人“性急”之外，曹雪芹自然也要负点儿“责任”的。不过等你读了后文再回顾开头的时候，你才明白他那看似散缓的“闲”叙，却是在紧张地为全书正文奠基铺路，他实在并无“喘息之暇”，怎么却看做了“散缓”？所以说赏文析笔，原非易事。咱们的《小讲》已经过了十五讲，这十五讲，谈的还都是雪芹的伐山引水，绘月烘云的一个开端或序幕，这也足见他的一支笔，是如何的龙蛇夭矫；他的一部书，是如何的丘壑遥深。如今且说直到此刻还未讲到的另一条重要的伏线——这就是那位乡屯老妪刘姥姥。

刘姥姥的久负盛名，那实际上是不亚于林黛玉的，记不住别人，准记得清这姥姥。姥姥很“有趣”，这是真的。不过姥姥是否真的只是一位写来好玩、供人取乐开心的角色？便又得思索一下才好。读雪芹的书，总是只知“字面意义”，不知其他，是要误事的。姥姥的出现，真是一件大事，要从这里体会雪芹的用意和用笔。

我还想说一次：谁要总是习惯用“单打一”的思想方法和眼光去看雪芹的笔墨，谁就是不想真懂《红楼梦》。刘姥姥在全部书中的作用，也正是“单打一”的反面。现传的八十回真书中，已经写了她的“一进”荣国府，“二进”大观园。但原著中还有她的“三进”文字，只是我们已经无福看到了。倘若只从“一进”“二进”看，姥姥原是为了生计来求财借当，并打点些农田土味来走动人情的。从这个角度讲，全书乃一富贵人家贾府之事迹，却偏从一贫苦人家刘妪写来——这大约是可以被文艺家称为“善用对比”的例子了。但是我要说的，不是这些，切勿错会。我们更要留心的，还有一层道理，就是雪芹写一个人也好，一件事也好，一个府也好，他从不像一般庸常作者那样，总是急于用自己的眼光口气去“表态”。他写一个贾府，先是从冷子兴口中和贾雨村口中、耳中隐约于远处，又从林姑娘心中、目中呈现于当前。雪芹的小说，已经有点像现代电影艺术，很懂得运用“多镜头”“多角度”“多层次”“多衬染”的手法。刘姥姥的出场，其作用之一即是要再从一个村屯老婆婆的目中、心中，来显现一下这个全书中心对象贾府。雪芹的神奇本领就在于：他好像能站在任何一个“立场点”去观察事物，又好像曾和任何一个阶层的任何一个人都在一起“生活过”。在刘姥姥这个例子上，就是他既能以富者的心目去看穷人，又能以穷人的心目去看富者。

荣国府毕竟何等情景？由姥姥先作一番感受。好像由她先来向我们“传达”这一人家的服装、住处、饮食、礼数、习尚、心肠……一切跃然纸上，一切不离穷人对它的衡量和评价。

姥姥的作用尚不止此。她第一次入府，看的是凤姐儿。我们讲过了：凤姐是全书中“家亡”这一条大线路上的主角，正像宝玉是全书中“人散”这一条大线路上的主角一样。即此已可明白，姥姥之来，是和荣府上的家亡遥遥相关的。试看第五回中巧姐的册子判词：

> 势败休云贵，家亡莫论亲。
> 偶因济刘氏，巧得遇恩人。

这就证明，雪芹原书，姥姥“三进”时，荣国府已是势败家亡——再次明白提出“家亡”这个标目来，而刘姥姥王熙凤之会见，看似开卷闲文，却是后来关纽。

要领会曹雪芹的艺术，切不可忽略这种笔法的深细处。和别的小说一作比较时，便知道了其间的区分和高下。

手写此而目注彼，看似为当下情节费工夫，却不知实是为日后的巨变作映衬。河有源，山有脉，所谓“伏线千里之外”。这说来容易，实际上却是难极了的事情。试想：前面写的刘姥姥，我们只看见她“好玩”“有趣”，而在雪芹，笔叙欢愉，却心牵惨痛——如脂砚斋所常说的：“不知多少眼泪，洒向此回书中！”流着泪写“乐事”“良辰”“欢情”“妙绪”——这该是多么难以想象的创作之境啊。

副篇　伏线千里

伏线，可以说是我们民族小说学上的一个术语，自从被小说评赏专家们（如金圣叹等人）发现了之后，予以揭示其后的小说作者当然会更有意识地发挥这一个艺术特色，而曹雪芹在这一方面堪称独步说坛，罕有伦比。《小讲》，实际上尽拣“大”的讲，本节所涉的艺术问题，都极不“小”，若将笔稍稍铺一铺，放开一点讲，那就“大”极了！

伏线的手法，有没有人反对？我不内行。但鲁迅先生就非常重视伏线。他在20世纪20年代创撰《中国小说史略》中设专章评述《红楼梦》时，就提出雪芹原作只存八十回，到末幅仅露悲音，其后具体情节如何，尚难详决其究竟，传闻诸续书中，有异本两种，都是写的衰亡败落，“长夜无晨”，——这样才是“与前书（即雪芹原著）伏线亦不背”。可见先生的见解就是要了解和重视前半部的伏线，以定后半部的种种结构结局。我看先生才是最有识力的“红学家”，因为他懂得中国小说具有自己的特点特色，未必都能以西方理论的几条概念来“套”它完事。

雪芹在写刘姥姥一进荣国府时，早就安排好了一条伏线：姥姥带的外孙子板儿，将来就成了她这次求见的王熙凤的令婿—女儿巧姐所嫁之人。巧姐后来命运甚惨，被狠舅奸兄卖入烟花巷，几乎沦落火坑，多亏刘姥姥仗义搭救，投往农家，做了夜灯纺织的村妇。

只此一例，我们也就可以从中体会一下雪芹原书的境界是怎样了，他写的是一场翻天覆地的大变化，而绝不是像现行的“百二十回本”这么一个样子。

第十七讲　一笔多用

曹雪芹的一支妙笔，如龙跳虎卧，习惯于“单打一”的作者读者怕是难于见赏的，还许对之大有“意见”。因为那支笔总是手挥目送，四照玲珑，一笔常作多笔用——和“单打一”正是君向潇湘我向秦。即如上回咱们讲刘姥姥早早地出现于书中的作用，就是一个好例。姥姥一上场，原是和女儿女婿筹划贫家如何挨度寒冬的生计问题，却于千里之外设下了一条伏线，牵引着荣国府的势败家亡、子孙流落的巨大悲剧结局，而且遥遥地映射着她外孙村童板儿和王熙凤的掌上明珠巧姐的一段异样姻缘的故事。再看姥姥之来，欲入荣府，那前面大门是不让她进的，她走的是名副其实的“后门”。要说她如何就能那么容易地见着琏二奶奶，这全是周瑞家的一力相扶之故，因为周瑞家的是太太的陪房，地位身份，非同一般仆妇。但是，为什么非让这个不常出场的周瑞家的充此重要引线呢？这就至少又有了两层用意，——总之，处处有“多棱镜”“万花筒”的妙境，而迥异乎“单打一”的那种庸常呆笨之笔。

周瑞家的为了显示自己的“得脸”，破例多事，给姥姥打通了关节，得见了“真佛”。姥姥的事一完，她要向太太报告首尾的——却又偏偏引出了另一件全不属她分内的差使：分送十二枝宫花。让她送宫花的用意又是何在呢？你只重读一下第七回吧，且看那周瑞家的自从为向王夫人回话起，直到宫花送了为止，依次走的路线、见的人物，般般样样，清清楚楚：她先找到梨香院，看见香菱、宝钗（谈了冷香丸），并且引出了金钏儿；然后来到王夫人正房之后小抱厦内寻找三位姑娘，并引出了司棋和待书（不是“侍”书，侍字是俗本妄改），又看见四姑娘和水月庵的小尼智能儿玩笑，隐隐暗

示着她日后也出家为尼、缁衣乞食的结局；然后路过李纨的玻璃后窗，见李纨正在歇午觉；然后“越过西花墙，出西角门”，这才来到凤姐的院门，并且引出了丰儿、平儿、奶子、大姐儿几位人物。宫花交代黛玉姑娘这一份，须得到老太太这边来——因为这时还没盖大观园，黛玉和宝玉是跟着老太太在一起住的。而从凤姐院中出来，“穿过了穿堂”，才能到贾母院中——贾母之院，是荣府西路第二进正院落，位置正在凤姐院之南。这一切，人物的伴侍、闺中的闲情、住处的方位、道路的布置，都已了如指掌。

常言每云“一击两鸣”。照我看，雪芹的笔，常常是一击而三鸣、四鸣，甚至“数鸣”！怪不得早就有慧眼之士赞叹他的文章，洵为神乎技矣！

然而，犹不止此。周瑞家的刚刚穿过了穿堂，“抬头忽见她女儿打扮着才从她婆家来”，便知一定有事情，问时，果然是女婿因酒后起了纠纷，被人家告到官里，说是“来历不明”，要“递解还乡”。

你道这周瑞家令婿又是哪个？原来就是“贾雨村好友”冷子兴！

这不但交代明白了为何单单冷子兴“演说荣国府”时，对内情如此清楚，备知底细，而且还有一层缘故在此点清：到后来，贾府的势败家亡，雨村是个背义忘恩、“落井下石”的重要角色，而冷子兴，在这一翻天覆地的大变故中，也不是一名等闲之辈！

这些“后话”，有根有据，不是谁虚构编造出来的。可痛惜的是，这些后话的真书原稿，已不复可见，就连我在此粗粗讲述的雪芹这种超妙绝伦的文心结撰，起伏错综的文章脉络，竟都被后四十回程、高伪续破坏得一干二净！——可是说来也怪，有一等程、高派的捧场者，对这些一概不见不知，却依然为程、高二人抬轿吹打，说他们才是得到曹雪芹“真传”的红楼“功臣”。岂不令人想起嗜痂的这类典故乎。

要谈曹雪芹的成就，理所当然是指他的思想的伟大、艺术的奇丽，可是不要忘了，也还有一个前所未见的整体的美学观体现在他的笔下。这一切都是完整的，不容破坏的。割裂肢解，偷梁换柱，存形变质，什么都不是曹雪芹的了，还把这些破坏的结果硬说成是高氏的“伟大”。在评价一部像《红楼梦》这样的作品时，我们究竟应该去假存真还是以假乱真？在刘姥姥的这一例中，就已需要认真思考一番了。

宝玉在太虚幻境看了册子以后，又听演唱曲词，有一支曲名唤《留余庆》，其文有云：

> 留余庆，留余庆，忽遇恩人；幸娘亲，幸娘亲，积得阴功。劝人生，济困扶穷。休似俺那爱银钱忘骨肉的狠舅奸兄！……

这正是巧姐的声口。再次标举的这位恩人，就指搭救她脱离危难的刘姥姥。仅仅是一个引线人物，而刘姥姥的身份作用——那雪芹的笔法文心，已经让我们严肃地去想：那雪芹真书的全部精神境界，究竟是如何地与程、高改本大异其趣了。

副篇　手挥目送

曹雪芹把一部大书的开端引绪，介绍荣宁的重要“任务”安排给两个人，一个是贾雨村，一个是冷子兴，而二人是故交相识，贾雨村的一切，不可说不受人注意，为人“了解”了，可是冷子兴的事却未必能与他的朋友相比。冷子兴身份不同，只是都中古董行的一个商贾或贩子。但贾雨村竟然“最赞这冷子兴是个有作为、大本领的人”。这已经令人感到诧异，也许不免疑惑雪芹“用词不当”，赞一个古董行老板用了这种话，岂非有点儿不伦不类。这里边就大有文章。脂砚在这个夹空中也不无所感，所以她批道：“不赞则文不灵活，而冷子兴之谈吐似觉唐突矣。”

这显然是为那句赞语的出现而特作解释，可见确是令人蓄疑。冷子兴为什么对荣宁二府的一切底细如此清楚，如数“家”珍？原来他是太太的陪房周瑞家的之乘龙快婿！这就似乎完全好懂了。然而事之可异犹不止此。当刘姥姥初向荣府求告，得到了慷慨的救济，周瑞家的把引领刘姥姥的差使等全部交代完毕之后，还未及回家，忽见她女儿顶头找来，抱怨到处找妈找不见。问有何要事时，女儿说出女婿——冷子兴——被人“放了一把邪火”，告到官府，说他“来历不明”，要“递解还乡”！这些话，听起来都很不一般，隐隐约约，有无限“丘壑”在内。我以为这又是雪芹的一个“伏线千里”的巧用。

看来，冷子兴与贾雨村一样，都远不止是为了“引起”“介绍”而设的无关紧要的人物。贾雨村是后来荣府势败“落井下石”之人，这是确知的。他起先是帮贾赦作恶，谋害人家，诈取古董文物；等到贾赦罪发，贾雨村不但不负主谋陷害的责任，反而打击贾府，“墙倒众人推”，他变成了“大力推者”。由此可想：这冷子兴素与他“投机”“契合”，古董行的人可以到豪势贵家去串行走动，兜贩物事。这是一种耳目杂、关系广的易惹是非之人。那么他这样的人，与荣府既有密切关系，与雨村又相交往，将来贾府诸般罪状揭开时，冷子兴必然也是一个大有关系的角色。他的“来历不明”和要被“递解还乡”的纠纷，大约也就遥遥地与贾府之祸变相为关联了。

这些故事情节，由于雪芹八十回以后书文失落，被装上了一个假尾，于是原来的整体性全被破坏，冷子兴也就成了一个“赘疣”人物，不见了雪芹的一切匠心密意，而只剩下了令人莫名其妙的“一堆文字”了。

第十八讲　赵姨娘，坏女人

前面有一讲讲到了两番葬花的当中，夹写了两条伏线，至关重要：一是小红——本名林红玉，一是赵姨娘——还有她的宝贝儿子贾环。在前讲之中，只能都“按下慢表”。如今倒要先从赵姨娘这一条线上，小讲一番。

我常说，雪芹的小说所以与以往前人的故事不同，端在一点：就是对妇女的态度有了根本的区别。古代作品，下焉者把妇女只当做一种作践的对象，上焉者也不过是看成“高级观赏品”，悦一己之心目，供大家之谈资而已，都没有真正把她们当“人”来对待，更不要说体贴、慰藉、同情、痛惜……了。自有雪芹之书，妇女才以真正的活着的人的体貌心灵，出现于人间世界。因此，在全部书中，极少用重笔写一个坏女人。——你可能要说：王熙凤如何？她是被程、高伪本大大地篡乱歪曲了，其在雪芹，也并不是当一个什么“反

面人物”来写她的——尽管雪芹对她的过失罪恶并不曾稍留情面，也是直笔实录，从无讳饰。再找雪芹以不敬之笔来写的妇女，就只有凶悍的夏金桂、淫乱的多姑娘、肆意欺侮无辜少女的蛮横无情的蠢婆子。然而，要说雪芹真是从居心不正，存心不良，专门以谋害宝玉、黛玉、凤姐……为其“事业”的坏女人，则只有赵姨娘，只她一人而已。真的，像这个政老爷的小老婆，雪芹才真是作为一个名副其实的坏女人来写的！

全书中只此一例。那么，也就不难体会这在雪芹是何等的不同寻常的一个特例了。

由于妈妈的心田坏，把孩子也“教导”得十分的不良。宝玉这一生倒霉就倒在贾环身上。这孩子处处嫉妒他那天真善良的哥哥宝玉，他从小就想方设法地坑害他这位哥哥。

在雪芹笔下，矛盾的春云乍展，是在第二十回书中，省亲的大事刚刚结束。贾环这下流恶毒的心性，在大新正月里大家“玩钱儿”嬉戏中表现出来，硬赖人家薛家丫头莺儿的几文钱，莺儿据理以争，却有主子宝钗的压力，不许她争，满心委屈就拿宝玉作比来讲理。贾环说的什么？请听：

“我拿什么比宝玉呢。你们怕他，——都和他好，都欺负我不是太太养的。”

偏偏宝玉正来了，见他在哭，便说了他几句，也完全够不上什么“申斥”“教训”，只不过开导之词而已。然而，这个坏孩子在大庭广众之下出了洋相、讨了没趣回去，妈妈歪火十丈，就把最拿手的歪话来“教育”贾环。事出凑巧，正被路过的凤姐听入耳中——她是深知赵姨娘母子的，就义正词严地问着贾环说：

“……时常说给你：要吃要喝，要顽要笑，只爱同那一个姐姐妹妹哥哥嫂子顽，就同那个顽。你不听我的话，反叫这些人教的歪心邪意，狐媚子霸道的。自己不尊重，要往下流走，安着坏心，还只管怨人家偏心。”

这一段话，洞穿七札，戳穿了赵、环之心肺。熙凤又给了贾环钱，叫丰儿领他到后面姐妹们那里去玩。于是又说道：

> “你明儿再这么下流狐媚子，我先打了你，打发人告诉学里，皮不揭了你的！为你这个不尊重，恨的你哥哥（贾琏也——引者）牙根痒痒，不是我拦着，窝心脚把你的肠子窝出来了……去罢！”

这一场面，是全部书中第一次写这个复杂的尖锐的家庭内部矛盾冲突，每一句话都是非常重要的，莫当闲文看过。——其所以重要，就是因为它直接关系着咱们几次讲到的那个“家亡人散”的天翻地覆的极大变故。

话未说完，且待下讲，接表此中情境。

副篇 《红楼》写人

小说名作家刘心武同志，出其新著《秦可卿之死》，再次引起我与他通信讨论的兴致，所谓“读后感”，已大略见于信札中，因此本文并非“文评”的续篇，却是由它引起的另一种思绪。

数十年来，不断倡导学习马克思主义，不但治国安民，而且文化文艺，概无二致。其中要义包括教人看事情勿表面、勿孤立、勿静止、勿僵化、勿机械……可惜，这倡导很多停留在口头与字句上，一究行事论文的实际，就往往大相径庭，直接违反。这种“违反”，就表现在对人对物对文，都是用的“单层单面单一直线逻辑”的思想方法去对待、去实行、去观赏、去评议、去批判……这种现象，涉及《红楼》的问题，那就益发显得“突出”了。且举小例——

心武同志怎样看待贾珍的？他能从两府所有男子中作出分析比较，看出贾珍的不凡的一面，评许他是最有男子汉气概之人，我自惭寡陋，还未见有谁能如此具眼，别人总是把贾珍只当做一个“最坏”的人，最下流的伪君子假家长。谁肯为他“说几句好话”呢？

刘心武独识独解独肯。

这就使我深为佩服。

这儿，所涉及的复杂问题之中，有一个问题乃是雪芹的“笔法”的问题——当然，也还有我们能不能晓悟领略这一笔法的问题。

记得鲁迅先生在20世纪20年代之初讲《红楼》，就给人指明：雪芹打破了传统的写法，不再是好人一切皆好，坏人一切皆坏（大意）……那时，哪里有什么“红学评论家”出来给人“指迷”？先生却目光如炬，一语道破——雪芹笔法的“奥秘”与魅力正就在“不单一”这点上！

然而，七十年过去了，我们大多数人还是在用“单一直线”的思路与眼光去看去“评”雪芹的“不单一”！

这，不值得我们“共思”一番吗？

论男子，贾珍而外，似乎也没人以为贾琏也有“另一面”——他年轻就有理家办事的超众干才，而且极有正义感：一次，他父亲多行不义，为了强取豪夺几把扇子，陷害石呆子，贾琏不忿，竟敢当面批驳贾赦（当时是礼法绝不许可的），说：为了几把扇子，害得人家家破人亡，也算不得本领……（这以骂贾雨村为名义。贾琏的爱妾平儿也骂贾雨村“这饿不死的野杂种，结识了他不到十年，惹出了多少事！”请听听贾琏房中上上下下的“舆论”，正反映了主人的义愤感。）

再有薛蟠，京剧里把他弄成一个“不成人形”的下流小丑。其实这都是不能深识雪芹笔法的结果。薛蟠是个直性正义热肠人，在芹书后半部中，与柳湘莲复交和好，亲如手足，日后还有义侠的重要情节。可惜，大抵因高鹗的伪续而破坏了原著的严谨巧妙的结构法则。

论女子，一提秦氏，世人只从“淫妇”上做文章，但她为什么“托梦”与凤姐时却无一字“淫情”？她关心的是兴亡荣辱之大事！而且又借“警幻”（可卿的化身幻影）来教导宝玉，深虑他将来世路上难行！请你想想，雪芹这支笔，是如何的丰厚深刻，丘壑层层，气象浩浩！我们若只会“单一”思维、“单一”鉴赏，那如何能说是“用马克思主义”去看待雪

芹那种打破传统的笔法（与意旨）呢？

凤姐的例子，更是具有极大的代表性，因前函已然略及，如今不必多絮了①。

赵姨娘——这大约是雪芹最不肯原宥的一位“坏女人”了吧？但雪芹在后回借写“攒金祝寿”时，也让尤氏把“份子”还给了她，透露出她是个“苦瓠子”。你看雪芹这支笔，够不够个“科学家”的精神？他“单一”吗？

一句话：我读心武之新作，却发生了这些非他原旨所包

---

① 前函略云：雪芹最赏凤姐超众的才智，但又绝不隐饰她的过错——是痛惜小过小错掩了她的最宝贵的奇才！必须抓住这一点（至于伪高续丑化污蔑她，以致今日一般认为她是“最坏女人”，雪芹在鞭笞揭露之。这离雪芹的境界十万八千里，他绝不同于晚清“暴露小说家”）。晓此，则悟芹写贾珍，正是此同一意度。

在原书整体大悲剧中，凤代表女，珍代表男，二人为贾氏获罪的替罪羊与牺牲品，结局最为惨痛悲感，感人肺腑。我并非要“净化”贾珍，但他在秦氏问题上，是屈枉的！你“突出”了他的“乱伦”，正冲淡了你自己对贾珍的评价（两府唯他真男子，英才掌家气概，敢作敢为！这认识现今俗眼是看不见的，所以极佩服你此点）。我以为贾珍在此事上正是悲剧的关键——因素行与女人不洁净，又为保惜秦氏，不避形迹，才引致了恶名（焦大的骂……），你疑他，但不能忘掉了大格局、高境界——此方是雪芹之不可及处——亦难为人理解、大受歪曲处。

千万莫用什么“暗《金瓶梅》”这类眼光去看雪芹的伟著，那太不懂雪芹是哪号人了！

我的感觉，《红楼梦》的人物都具有这种“双面性”，因此，才个个受屈枉、被恶名，而芹之泪亦何能干耶，悲夫！

括的思绪。我确实觉得心武同志是个有眼力的作手。他的新篇，有多方面的意义，我不遑备议，只是想借此小文，说一说他给我以思索很多问题的良好机会，他有贡献，我很感谢他这种贡献——这不是专评他的小说本文的意思。

不知他今后还想写写《红楼》的哪些“佚稿”？

第十九讲　结党为奸

荣府的忽然一旦“家亡人散”，其故缘何？内忧外患，势败财空，罪状重重，仇家悻悻……原因极为复杂。倘不嫌烦，《小讲》自然也都是要讲上一讲的。如今单说“内忧”一项，毕竟所指何也？一般的说法，大约离不开子弟不肖，胡作非为之类。其实，那也还是似是而非，不免隔靴搔痒。若论“内忧”的真正主角人物，就是上回咱们讲的那位环儿贾三爷。此人卑鄙龌龊，人称“小冻野猫子”者便是。不过，单木不成林，论他一个，也断无这等慧眼才情。全部书中，谁最“赏识”贾三爷？曰，赦大老爷是也。因此，勾结成党，狼狈为奸的，乃是贾赦、贾环这两位“难伯难侄”！只因这二人，才弄得荣国府家破人亡，一败涂地。

若问他们结党为奸的“共同基础”又是什么？说繁了话长，说简了我却只有一句话两个字：就是上回讲到的凤姐说的“还只管怨人家偏心”！偏心二字是他们所以“气不忿”的一致所归。正是人以群分，物以类聚，古往今来，概莫能外。

你道这“偏心”论的矛头，指向谁何？不是别个，正是老太太一人。

原来，在“文”字辈中，赦大老爷一味好美色，贪宝货，正事不做，贾母不喜欢他，他就怨老太太偏心——有一年中秋赏月，轮到这位赦老给大家讲个笑话听，讲的还是讽刺他母亲偏心呢！此前为了要讨鸳鸯做妾，碰了一鼻子灰，把老太太气得浑身乱颤！这就是老太太之下的大房二房之间的矛盾。

再说，在“玉”字辈中，贾环也怨老太太偏心，因为都捧着宝玉为尊，看不上他这个猥猥琐琐的“人物”。所以，凤姐一语道破，“只管怨人家偏心”。这是政老爷这二房之内又有嫡子庶子之间的矛盾——而这两层矛盾恰好又固结在一起了——就酿成了大祸之真胎！

这并不足为奇。足以为奇的，还另有所在。

这两层矛盾之中，却又夹着一层矛盾，而这矛盾十分特别，异常要紧。这就是贾琏王熙凤一对刚过二十岁的青年夫妇，他们原系贾赦大房之亲子亲媳，却被“借调”到二房来当家主事，而他们夫妻二人虽够不上“完人”，却既有才干，也颇有正义感，殊不以贾赦、贾环之流的行事居心为然，竟弄

到为了贾政和宝玉这边的利益而惹恼了大房的亲父母公婆。贾赦一顿毒打，差点儿把贾琏打瘫了——只为儿子向老子顶了一句——说了一句真理，替石呆子抱不平，憎恶贾雨村仗官势害好人。邢夫人则对凤姐儿越来越不痛快，蓄怨恨于心怀。

因此，请你再读我上回引的熙凤之言：她警诫贾环，说“你哥哥”贾琏恨你这种下流心性恨得牙根痒痒，要窝心脚窝出你的肠子来呢！读者大概已然看得出：贾琏熙凤，从来“站在”谁的“一边”了！

赵姨娘深知：欲为自己亲生子谋求“正式地位”，继承“冠带家私”，必须锄掉了宝玉这棵灵芝草。而要除宝玉，又必须先除两个：一个是凤姐儿，一个是林姑娘。

假如你一时弄不清这是何道理，那证明你“看棋”还不如赵姨娘看得透，她知道：宝玉是个“废物”，不能自保之人；保他的，老太太不在言下了，还要先数两个人：凤姐是他实际利益（物质）的保护人，黛玉是他感情利益（精神）的保护人。没了凤姐，宝玉便不能“自理生活”；没了黛玉，宝玉便要神经狂乱，变为疯傻。

所以老太太、凤姐、宝玉、黛玉，这四个是全书中绝对不可分割的人，他们的命运，是紧紧地连在一起的。

然而，说来可惜——也可气：如此重要的大脉络、大关键，也被程、高伪续本破坏得一塌糊涂，全归紊乱。

副篇　几个大关目

“家亡”一线，最重要，最复杂，说来至非易事。

这条线的主线人物是王熙凤。她的悲剧性何在？在于贾家之势，当其衰危，而且敌情四伏之际，无一男人力能挽此颓局，独凤姐一女子，力支大厦之将倾，不但才干足以扶倾，而且智谋足以制敌。不幸她有术而无学，识短而贪利，遗下后患，做出了一些错恶之事，为敌者抓住把柄，致其死命，于是贾氏事不可为，凤身亦陷于惨痛之境。至此方是她的悲剧之所在。

书中有凤姐之设，全为“家亡”一线做主脑。试看冷子兴开端一介，即所以使读者知其为掌家之人，所系最重。而贾雨村亦独于闻听介绍熙凤之后，特再点明“此皆正邪两赋而来之人”，意义最为深刻。再看全书故事的真开端，是从刘姥姥一进荣府写起，而刘姥姥之入府，所见何人？就是凤姐。此时目睹她的娇贵尊荣，正为日后家亡之际“三进”荣府，一切预作反跌映衬，到那时凤姐之处境已奇惨无比矣。复次，全书情节中第一件大事故，是秦可卿之死之丧，而可卿托梦于凤姐时，又曾无一语及于私琐，整个儿告诫的是亟须提防不久即势败家亡，获罪籍产！循此以推，当你再温读关于她的那首曲子，便更觉百倍清楚了：

〔聪明误〕……生前心已碎，死后性空灵。家富人宁，——终有个家亡人散各奔腾。空费了意悬悬半世心。好一似荡悠悠三更梦。忽喇喇似大厦倾，昏惨惨似灯将尽。呀，一场欢喜忽悲辛，叹人世，终难定！

请看她费却了意悬悬半世心血，将此心使碎，所为者何来？只是为了力支大厦——盖此贾姓，男女老少，能够富而且宁，实皆托赖她一人的庇佑，在她的疲神尽瘁的心血滋养中生存生活！家之存亡，人之聚散，所系于此人者最多，岂非至明至白之事？

那么，从“家亡”这条主线看，凤姐的全部经历层次又是如何的呢？可以说，她的册子判词已然说得清楚：所谓——

> 凡鸟偏从末世来，都知爱慕此生才。一从二令三人木，哭向金陵事更哀。

这告知我们，雪芹原书是将她的一生分为三段来写：一从者，谓初嫁时遵守“三从四德”，从夫贾琏，琏被借来二房里当家主事，是一个十分重要的人物，她一切依琏意而行。二令者，是权威渐重，深得倚重之后，便成为号令全局之人，连贾琏也在她摆布之下了。三人木者，谓最后被休回金陵母家——其结局如此，若叙经过，则甚为复杂，兹略陈涯如下：

通观凤姐之处境，有上、中、下三种关系，这种关系决定着她的命运。

“上”者，是老祖母的异常喜欢宠爱，婆母的信赖倚毗，这本是有利之情势，但也成了丛嫉之根由。赦邢原是亲公婆，对她日益不满，说她奔高枝儿，一切为二房效忠，不顾大房任何私利。贾琏亦深不以其父交结雨村、多行不善为然——由平儿口中骂出“饿不死的野杂种”“惹出多少事来”可以知之矣。于是赦邢之恶凤姐，与日俱积，至“嫌隙人有心寻嫌隙”一回书，写有意与凤姐为难，形势已显。再则二房公婆虽信之赖之，不幸又有侧室赵姨娘之衔恨入骨，正如对于宝玉，日夜向贾政耳中吹其枕边风，可知政亦必日益疑凤之非善。

“下”者，即婢仆下人，皆怨其严厉寡恩，是以后来贾环与大房赦邢勾结以陷凤姐，而两府下人皆伺机已久，起而报复，事端蜂起。

以上两点，已足以致凤姐于死命，然只要贾琏与她相与始终，事犹不致一败涂地。最使贾琏伤心而导致夫妇感情破裂的，乃是凤姐害死尤二姐一桩大事。尤二姐一死，琏得悉其情，知她死得冤，声言要替她报仇——此语明见于芹书原文（程刊俗本妄为删去）。如此一来，凤姐遂又为其夫所深恶而不复有转圜余地。于是众叛亲离，敌者乘之，遂致不可收拾，陷于绝境（贾琏之休她，题目不仅是害人致死，而且是她己身不育，又害二姐所怀男胎，此在当时，乃是断人宗祀的至大至恶之事）。此即我所谓“中”层的关系者也。

所以凤姐的一生，分为三个阶段，“一从二令三人木”，说的正是这个内容。

然后再看宝玉这另一条主线。我们细读芹书，发现一个规律，即：写凤姐时，常常兼及宝玉；写宝玉时，又常常兼及凤姐。二人身份、地位、境界如秦与越，似各不相涉，殊不知其呼吸相关，命运联在一条线索上。例如开头写东府小宴，是凤宝同往；探望可卿之病情，又是凤宝同往，及可卿丧讯传来，立刻过东府哭吊的，又是凤宝同往；以至为可卿送殡，同在城郊下处暂息的，也还是凤宝一起。再看马道婆作法，所害者何人？正是她他嫂叔二位。所以到贾府事败，一同入狱，而贾芸、小红前去探慰的，仍是凤宝二人。我说雪芹的小说，主角有两个，是为熙凤与宝玉，读者可能不解，然倘能于此等处思之绎之，或者不再以拙见为疑了吧？

如今且说宝玉的故事上，也有一种“三阶段”，较焉彰明，晓然可按。

雪芹写《石头记》对《水浒传》是又承又翻，这个道理雪芹也用之于《金瓶梅》，而且更加明显。《金瓶梅》写的是一个西门氏家庭中的三个妇女，可以说是妻妾婢三级式，其书名即采此三妇女的名字中的各一字，连缀而成，使之别生意趣，——这是汉字文学的一大特色，我想在西方语文中，就很难有这种异致妙趣产生了。现在人人都能知道：没有《金瓶梅》在先，《红楼梦》这样的也以一个大家庭为中心，也专写众多妇女的大部头小说的出现是不可能的事。此理不差。但人们却不大注意指明：雪芹对《金瓶梅》一书，是又承又翻，而以翻为主，一切内容、风格、境界，都有意与之背道而驰。其实这一点，雪芹在开卷时即已申说明白。他说：历来野史，专以“谤人君相”（传说“隐射严世蕃”）、“贬人妻女”为能事，而且“更有一种风月笔墨”最能坏人子弟，这就是不点名式的指斥《金瓶梅》而言。然而，《金》书给他的启示，处处可寻，就中“三妇”一义，也发生了很重要的影响。

如果仿照《金瓶梅》的办法，也替雪芹的书另取一个异名，那就正好是“玉钗云”（云有“鬓云”一义，所以字面也自成文理）。

在《石头记》中，宝玉这条线上，紧紧地贯系着三位薄命司中不幸之女，即黛玉、宝钗、湘云。假使把她们的姓连缀起来，便是“林薛史”——可能暗隐着“淋血史”，谓《石头记》一书乃是作者流着血泪而写成的一部史传。

足够的记载和多家的考订，都说明了宝玉一生意中最钦敬倾慕的少女就是玉、钗、云三人。黛玉未嫁而夭亡，宝钗成婚而早卒，湘云别适而为孀。仅存的湘云，经历了千辛万苦，曲折险难，最后又与宝玉意外地重遇。这末后一点，我在他文中曾屡屡论及，此处故不多述。

以上所列，是全书两大主角的各有三段的纵向结构。从横向看，他们嫂叔二人的各自的“三段”也应有某种关联的显示，因为这是合乎情理和规律的，只要看清了前半部书中凤姐处处是宝玉的利益的维护者，而处处严密提防赵姨娘贾环母子的加害于宝玉的情势，便可毋庸置疑了。

这第三条大线就是“人散”。人散虽与家亡相联，又自成体段，前文已经说过。秦可卿与凤姐托梦的结语，说了两句七言诗——秦可卿也能诗！岂不甚奇？须知所谓“正邪两赋而来”之人，大抵皆属于诗人型。这是个专题，宜有专文讨论。如今只说可卿最后说道是：“三春去后诸芳尽，各自须寻各自门。”署名“梅溪”的，于此便批：“不必看完，见此二句，便欲堕泪。”可知这人散一线，是书中最后的一局——也就是结局，所以它独自构成一大经纬。

“三春去后诸芳尽”，有几层含义。一即字面义：三春（孟、仲、季，即“九十春光”）过去了，百花凋谢。二是“三春”又指书中所叙三次重要的元宵佳节——第十八回省亲，第五十四回夜宴，与八十回后某回的一次元宵节（大约是巨变的发生）。三是“三春”又指贾氏姊妹，元、迎、探，特别是探春一去，方是人散的总溃之始。这两句诗总括地表述了大势。我们当然还是“欲知其详”。我以为这就要向雪芹给我们留下的另一段曲文去参会——就是第五回《红楼梦曲》正曲第末支，那首惊心动魄的《飞鸟各投林》：

为官的，家业凋零。富贵的，金银散尽。有恩的，死里逃生。无情的，分明报应。欠命的，命已还。欠泪的，泪已尽。冤冤相报实非轻。分离聚合皆前定。欲知命短问前生。老来富贵也真侥幸。看破的，遁入空门。痴迷的，枉送了性命。——好一似：食尽鸟投林。落了片、白茫茫大地真干净。

单只这“飞鸟各投林”五个大字，已然道尽了“人散”的意味。这曲子笔大如椽，音调悲慨，总结了全书，我说是“结局”，全书的结局就是“人散”，大约不是我的一时的错觉吧！

这首极端重要的曲文，是探佚学和结构学的一把关键之启钥，纲领之提挈，把它研究透彻、的确了，将是“红学”的一大贡献。但就我个人来说，一时还未能做到。只有一些零碎的看法，姑且提供参考。

这首曲文应是每句暗切一人之事。例如“有恩的，死里逃生”，是指巧姐，正谓“偶因济刘氏，巧得遇恩人”者是矣。又如“欠泪的，泪已尽”，人人都能指为暗切黛玉。即此二例，其曲文体例确然可知，非我们穿凿可比。循此体例，就可以试作推寻了——鄙意如下：

为官的，家业凋零
富贵的，金银散尽 } 总括“家亡”

有恩的，死里逃生——巧姐

无情的，分明报应——宝钗、妙玉

欠命的，命已还——元春

欠泪的，泪已尽——黛玉

冤冤相报实非轻——迎春

分离聚合皆前定——探春、湘云

欲识命短问前生——凤姐

老来富贵也真侥幸——李纨

看破的，遁入空门——惜春

痴迷的，枉送了性命——秦可卿

以上十二句，本以为恰好分属十二钗，但首二句并非妇女之事，而脂批于此正有总括荣宁的语义（其实应是总括贾王史薛四门），那么可知此二句是先从“家亡”领起，以下才是每句分属。又由于只剩下了十句，而“分离、聚合”明明是两者

的合词并咏，这又明白了还有一句应该也是合咏二人，于是我寻找这个可能性时，发现“看破的，遁入空门”也可能包括妙玉惜春二人而言。但细味其言，终以指惜春更为切合，盖妙玉之出家，因幼年多病，为父母所舍身，又因避权势仇家之难，方进京入园的，并非“看破”之故，因此我仍以本句只指惜春，而合并妙姑宝钗于“无情”一句之内，理由全在不能忘记“报应”二字是眼目。宝钗属于“无情”，书中有明文点破（她抽的花名酒筹是“任是无情也动人”，是为力证），这样是合榫的。

另需说明的则尚有元春、凤姐、迎春三人的分属，以其容易招来争议，所以也是研讨的题目。我将凤姐隶于“命短”句下，理由也是书有明文暗示之处。元春原系死于非命，实因政治变故而致，受逼而亡（如书中暗示如杨贵妃），故为“欠命”。迎春为何隶于“冤冤相报”之下呢？这并非指此无辜少女本身，而是罪孽在她父亲贾赦，贾赦多行不义，贪货好色，害人性命，如姜亮夫教授所见旧钞本，贾氏之败实由贾赦之罪发而引起，他害了两条人命。我以为这两条命案皆是女子，其一即鸳鸯。另一条女命当然也是因他好色图淫而致某女于死（疑是嫣红）。所以冤冤相报是说他害人家的女儿，孙绍祖也害了他的女儿，是即曲文的本意。

以上的推断，不敢望条条妥帖，然而大局亦可概见。“人散”是“金陵十二钗”的主调与终曲。当然，“人散”的实际，所包远比十二钗丰富得多得多，举凡两府一园中的众少女，皆在此数，是全书一大收场关目。本节不及多述了。

由上可窥，雪芹的一部大书，是以三大主线为经，以“大对称”为纬，纵横交织出一幅巨丽惊人、奇致万状的锦绣图画！可以张贴，可以舒卷，而其间法度井然，节拍整肃，极天工人巧之妙境，可谓一大绝诣，一大奇迹。

第二十讲　贾环

前者咱们《小讲》，因"葬花"一题，提到了"象征"手法在雪芹艺术中的巧妙运用，——当时还不免估计有人会半信半疑。如今讲到了"三爷"环儿的事，这和林姑娘埋香冢畔泣残红作比，真是一雅一俗，判若云泥。那么，必有人问：在贾环这样人物的身上，难道也有"象征"手法吗？

这一问，问得真好。如果专门搞点"单文孤证"的，定是张口结舌。可是无巧不成书，偏偏在贾环身上，确实也有象征。我们倒不必因此就写一个什么"象征主义"的标签给曹雪芹贴在当胸，但是如果认真研究统计一下，他毕竟运用了多么大量的象征手法，其"数据"倒也会使一些怀疑者大吃一惊！

闲言少叙。如今且说，贾环既也有象征，那又是什么呢？答曰：大螃蟹是也。其证何在？请你翻开第七十回，看那一段十分精彩的放风筝的文章，就会明白：原来，时当春日，贾府上的有身份的大管家娘子、老妈妈们为了孝敬哥儿，送来了风筝，赖大娘送到怡红院的是一个大鱼和一个大螃蟹。鱼，让晴雯给放走了。螃蟹呢？丫环的话：“袭姑娘说，昨儿把螃蟹给了三爷了。”风筝一段故事，各有其象征寓意，暗示着后来诸人的悲欢离合，所以宝玉贾环兄弟俩，一个是翛然于红藕清波之间，一个是横行于浊水污泥之地！

贾环的横行霸道，活像一个蛮横凶恶的螃蟹，还有对证。这就是书到第三十八回，写出了菊花诗社的重要笔墨（每一首诗都暗寓诸芳的收缘结果），在此末尾，特别又加写了一段“螃蟹咏”，而首倡此咏的，竟然是宝玉——他在社中是从未领唱过的！宝玉在他那篇诗里明言：“横行公子却无肠。”无肠公子是蟹的别号，典出六朝的《抱朴子》。不但如此，连向来

温厚的薛宝钗也作了一首“讽刺世人太毒了些”的蟹诗，其中又说：“眼前道路无经纬，皮里春秋空黑黄。”这都正是说那位贾三爷恣意横行，存心险恶，后来威逼宝玉，（黛玉的诗有云：“铁甲长戈死未忘。”）并加种种陷害。

雪芹在这条脉络上原本笔路牵引甚紧，只是我们粗心的看书人不加体会罢了。看他从第二十回“正言弹妒意”（即上回讲的那段故事）正式让贾环“上场”起，紧跟着第二十四回写因贾赦不适，众子弟前往问安时，邢夫人特别“待见”宝玉，贾环一旁，“早已心中不自在了”，坐也坐不住，竟拉了贾兰告辞而去。又紧跟着第二十五回，又写贾环“素日原恨宝玉”，“每每暗中算计，只是不得下手，今见相离甚近，便要用热油烫瞎他的眼睛”。你看，这个孩子的心是多么狠毒险恶！他是个“实干家”，这一回把蜡灯推向宝玉的脸上去，只听宝玉“嗳哟”了一声，众人看时，已是满头满脸都是滚烫的油了！

这还不算厉害呢。书也只到第三十三回，便又写宝玉被父亲一顿毒打，几乎送命。这气头儿固然不打一处来，但是最使贾政无法再忍受的是，贾环正和盛怒的严父撞个满怀，正要倒霉，他却立即心生毒计，马上跪下，秘告宝玉，说出了这样一段伤天害理、激怒贾政的话：“我母亲告诉我说：宝玉哥哥前日在太太屋里，拉着太太的丫头金钏儿强奸不遂，打了一顿。那金钏儿便赌气投井死了。”有些评红家，一讲宝玉挨打，就只写贾政这个“封建势力”如何“压迫”叛逆者，云云；却不论一论，漫说贾政，今日的“不封建”的父亲，聆此一席话，不知可也“支持叛逆者”？

贾环是毒极了，他的上面的一番讲话，分明是要置“宝玉哥哥”于死地——而这时他才多大？何况日后“人大心大”时，又当如何？

书到第三十三回，这条线路达到一个顶峰高潮，之后，上述第三十八回别出一笔讽咏螃蟹。自此，此脉暂缓，留待后文再见，另有异峰突起，其势最明。

自然，我一支笔只顾了讲贾环“本人”的事，就没有“照顾好”他母亲赵姨娘——她已在第二十五回和马道婆定下毒计，要害她所念念在心的“不忿凤姐宝玉两个”了。并且第二十七回就又特写探春批评她这生母的大段文字。你回头再看，这笔墨是何等紧凑紧张？

第三十三回回目初次标明是“手足（弟兄也）眈眈，小动舌唇”。仅仅小动唇舌，差点儿要了哥哥的命，则可想日后还要大动干戈时，那将是何等之情景！

副篇　“二老爷”这边的侧室

赵氏是贾政屋里大丫头收房做了侧室的，生了个儿子，是为贾环。这母子二人，都对宝玉心怀嫉妒，总安坏心要害了宝玉——那么贾环就成了“正支正派”，荣国府的“冠带家私”就都归他了，赵氏也可望成为“正果”夫人了。

宝玉是个“傻瓜”，不知世上有坏人坏事，这种人极好对付。但无奈有了个王熙凤挡在前头，是宝玉的“护法神”，又精明又厉害，故此她母子最怕熙凤——也最恨她，总想将她除掉。

这就是赵姨娘请马道婆用魇魔法害凤、宝嫂叔二人的缘由，只差一点儿就送了他们姐儿两个的命！

贾环呢，别看人小，心眼儿可大，他抓住了金钏儿投井的事故，在严父面前私陷宝玉，说宝哥哥是“强奸母婢”——这才激怒了贾政，要将宝玉打死。你看这孩子可够多么毒！

这也“罢了”。谁知他又与邢夫人那边“气味相投”，勾结在一起，共同图谋贾政这边，处心积虑，日有所增，月有所益。

这就是因何书中总是贾环与贾琮（赦、邢之幼子）同行同坐，形影密切的道理了。

东院“大老爷”那边一条脉，与西院本身侧室一条脉，两脉通联，合力下手，目标是向熙凤和宝玉开刀，以便取而代之。

在第七十一回书中，特写“嫌隙人有心生嫌隙”，邢氏已经在公开场合给熙凤以很大的难堪局面——事势昭然若揭了。

贾赦也被调唆得恨上了自己的儿子贾琏，把他毒打了一顿，打得卧床不起——与贾政打宝玉遥相呼应。

这就是我早说过的：大房与二房的摩擦、正室与侧室的矛盾，共同构成了“内祟”，伏下了“家亡人散各奔腾”的基因——也引致了“外敌”的乘虚进攻。于是荣宁二府遂一败涂地。

荣宁彻底破败，大观园墟为衰草寒烟，众女儿如残红落水，纷纷凋尽。

宝玉初到“幻境”，闻警幻仙姑歌曰——“春梦随云散，飞花逐水流……”这方是全部《红楼梦》的真正主题。

所以，我们想要知道八十回后的“后事如何”，必须从这两条大脉络讲起。

第二十一讲　谗言

上回讲的是赵姨娘贾环母子几次三番、使心用计，务欲铲除她们的碍路人凤姐和宝玉嫂叔。那种矛盾冲突，发展到宝玉受诬、苦遭毒打一回书，事态已达到一个爆发点，在全部书中也是一大事故。贾政听信谗言，气得立刻要将亲生爱子置诸死地；众门客苦劝时，他竟然说出："你们问问他干的勾当可饶不可饶？素日皆是你们这些人把他酿坏了，到这步田地还来解劝。明日酿到他弑君弑父，你们才不劝不成！"

雪芹写出了这句话之后，接言："众人听这话不好听，知道气急了……"在那时候，谁要口中说出"弑君弑父"的话——这岂止是好不好听的问题？！那是太令人震撼魂魄了！可是，在读《红楼梦》的时候，总要懂得雪芹的言无虚设，笔不苟下，这几个字，在这里用这种方式来给宝玉硬"按"在头上，绝不只是为了写贾政的急不择言，正是预示着日后的陷害宝玉之人，所列的罪状中就是有弑君弑父之心的这一条款！

赵姨娘与贾环母子两个，因条件不同，自然手段各异。如已讲过的那样，贾环就敢直接伤残宝玉的肉体，而赵姨娘却只能遥施毒计——间接谋害。但是进谗“灌风”的鬼伎俩，她二人却能“精神一致”，贾政既能听信贾环的“跪堂告密”，自然更能听信赵姨娘的卧枕吹风。赵氏深知，欲害宝玉，有一要着，就是诬谤宝玉和黛玉有了“不才之事”。这一着，既可致黛玉之命，又可激贾政之怒。她知道宝黛二人的感情深、形迹密，故而无时不在“私访”窥探。她到秋爽斋去看女儿探春，都也要“过路的人情”，绝忘不了进潇湘馆，明是“关切”姑娘可安，暗是观察宝玉可在。黛玉心里一切了然，所以格外留神。一次正赶上宝玉在屋，赵姨娘一步闯来，就赶紧使眼色，让宝玉快走。一次见宝玉脸上溅有淘澄胭脂的痕迹，就告诫他说：你干这些事也无妨，却非要脸上挂出幌子不可。让别人看到眼里，又当件事，吹到舅舅（贾政也）耳里，又闹得大家不干净。寥寥数语，千回百转，苦心蜜意，忧谗畏讥，持身励品，都包括在话内了。“大家”者谁也？千金闺秀，出语最要分寸，岂能直言“连我也不干净”乎？“别人”者谁也？赵姨娘之外，岂有他人乎？要懂得雪芹的笔法，须向此等处留心体会，才能读得《红楼》而得解其中之味。否则，又有甚收获心得可言？其实，宝玉屋里的一言一动，“上房里”都知道的。证据是多的，比如宝玉让李奶妈领进贾芸来，李奶妈就顾虑：明儿让上房里听见了，可又是不好！连本家一个侄男的来往也是受注意的，而况其他哉？

那赵姨娘，就是这样日日夜夜向贾政枕畔吹风送雨。

贾政本是极喜欢宝玉的，生生让小老婆的谗言浸灌得渐渐对宝玉起了疑心，生了憎恶。而中心问题是“男女之事”。

于此，应当重新温读一次宝玉被阴谋陷害、命在垂危之际，贾母痛骂赵姨娘的那一段话：

> （赵氏）这些话没说完，被贾母照脸啐了一口唾沫，骂道：“烂了舌头的混账老婆，谁叫你来多嘴多舌的！你怎么知道他在那世里受罪不安生？怎么见得不中用了？你愿他死了，有什么好处？你别做梦！他死了，我只和你们要命。素日都不是你们调唆着逼他写字念书，把胆子吓破了，见了他老子不像个避猫鼠儿？都不是你们这起淫妇调唆的？这会子逼死了，你们遂了心！我饶那一个！”

这一席话，真不啻快刀利刃，句句直戳赵姨娘的一颗黑心，见理最明，因老太太对事势大体是清楚的。骂得淋漓尽致，可称大快人心之笔——然而也就可见其间矛盾之尖锐万分了。

雪芹书中明言：贾环原不怕宝玉，只因贾母之故，才让他三分。其次最怕凤姐。这两人才是宝玉的护法真神，和宝玉的仇人时时处处作针锋相对的斗争。可是，到了程、高伪续后四十回中，硬把贾母、凤姐变成损害宝玉的罪魁祸首！——必将雪芹原书的一切命脉，通通彻底破坏净尽而后快。我们中华民族文学史上如有最可痛愤的异事，那么还到哪里去寻找第二个例子呢？

副篇　王善保家的，费婆子，夏婆子，秦显家的

她们是一党。她们眼黑着这边，天天寻觅什么风吹草动，嘁嘁喳喳，吹向邢夫人的愚昧的软耳朵。

有一种七十八回本流传过，书到宝玉祭雯，在池边泣读《芙蓉女儿诔》，便失掉后文了。从这种本子来看，书中最末部分所写的一件特大事件——不祥的预兆，即是抄检大观园，那是第七十四回的事了。这件丑事与闹剧，正是鲁迅先生所说的“已露悲音”，“凄凉之雾遍被华林”，关系至为重大。这场剧是谁“导演”的？就是王善保家的，是她挑动了王

夫人的惊吓与怒气。

王善保家的本心是要害她素日不对头的人，兼可立功受赏，博取太太们的青睐。不想出了自己亲戚的丑——她外孙女司棋的私情一案却发露了，而且还断送了晴雯的性命！

其人之恶，罪在不赦！所以宝玉的诔文中说——

> 呜呼！固鬼蜮之为灾，岂神灵而亦妒？钳诐奴之口，讨岂从宽；剖悍妇之心，忿犹未释！

此外还用了许多厉害的字词来咒骂那些“奸谗”“蛊惑”。这在全书中也是特例！

这个王善保家的，就是日后挑唆使坏的一员干将，发挥着异样恶毒的作用。

王善保家的为何有这么大的“身份地位”？原来她是邢夫人的陪房。陪房者，旧时姑娘出阁，嫁到婆家，一切陌生，要从娘家带过来一位媳妇照料扶持她。包括教导指引家务礼数，种种关系，也是她的“保护者”，因此是姑娘平生中最贴身贴心、得力得用的亲人，故此最得宠信。可知所遇所选陪房为人的良莠，必然严重影响姑娘（俗称嫁后的女儿为姑奶奶者是也）的心性品德。

王善保家的还掌管着爱财如命的邢大太太的私房财富！此妇为人极不善良。她是个毁家的蠹虫和帮凶，名之为“善保家的”，大概正是反语讽词。

有王善保家的这么一个就够坏了，还又添上了一个费婆子，她也是邢夫人的陪房，是她向邢夫人告状（为了搭救她的儿女亲家、在大观园管看门失职被罪的婆子），而让邢当众给了凤姐一场“没脸”，而致凤姐羞愤哭泣。你听雪芹怎么“介绍”这位费婆子——

这费婆子原是邢夫人的陪房，起先也曾兴过时；只因贾母近来不大作兴邢夫人，所以连这边的人也减了威势。凡贾政这边有些体面的人，那边各各皆虎视眈眈。这费婆子常倚老卖老，仗着邢夫人，常吃些酒，嘴里胡骂乱怨的出气。如今贾母庆寿这样大事，干看着人家逞才卖技办事，呼幺喝六的弄手脚，心中早已不自在，指鸡骂狗，闲音闲语的乱闹……

即此可见，这也不是善类，都是滋生祸端之人。

全书已过七十回了，事情已是瞬息之间便生变故，所谓一步紧似一步。在费婆子身上交代的这些话，总非浮文虚设，处处关联着后文的大端重案。姑且单就费婆的亲家而言，她们深夜吃酒聚赌，园门管理不严，也隐伏下外贼的侵入。

这也“罢了”，为什么我又拉上夏、秦二婆呢？

夏、秦都不属于“大老爷那边”。夏婆子是荣府西院怡红院春燕之母何妈妈的姐姐，藕官的干娘。但她是迎春房里蝉姐儿的姥姥（外婆），这就沾上了“那边”的关系。此婆也善生事，调唆赵姨娘演闹剧——气得探春要查调唆之人可又查不着她。

秦显家的是司棋的婶子，所以虽在园子角门当差，实属“那边”一“党”。她因争管内厨房，嫉恨上柳嫂子。

这是“知名度”大的。一定还有别的人们。这群人在后半部书中却成了暗中牵动成败大局的重要角色。

第二十二讲　赵姨娘一伙儿

《小讲》的上两讲，讲的是赵姨娘和贾环母子的事情。讲了也不算很少了，却意犹未尽。这原因并非是我“欣赏”环三爷和他妈妈这样的人物，故而“津津乐道”。这实在是因为，两位人物在雪芹原著全部书中的关系是太重要了。

要体会这个“重要”，却有一个很特别的办法，用它来看一看问题毕竟如何，倒也发人深省。

原来《石头记》主体是一百零八回，而不是像程、高本拼配的一百二十回。这部书的结构很特别：又复杂又简单。复杂的容后细讲。简单的，说到最简单处，就是全部书共分前后两大扇，每扇恰是对半，即五十四回书文。不信时，你可翻开书只消看一看回目，那第五十四回是“史太君破陈腐旧套，王熙凤效戏彩斑衣”—这连接上一回书写到了过年过节，诸般热闹，达到了盛况的顶峰，所以是前半部的收尾。那第五十五回，回目是什么呢？道是“辱亲女愚妾争闲气，欺幼主刁奴蓄险心”——只要看此二句，便知从这回为始，那笔墨神情、景况意味，都与前大大不同了。这乃是后半部之始，即由盛变衰的开头。这是全书的一个最基本，也是说起来最简单的一个结构。

那么，这个大分水岭，这个大变化，是由谁而叙起的呢？请看，就是由“愚妾”赵姨娘！

那么，赵姨娘在全书的盛衰变故中是不是一个关键性的角色，不就不待烦言而自明了吗？

赵氏母子之坏，是全府皆知的。宝玉遭到严父毒打之后，大家纷纷议论，都明白是“三爷使的坏”。这在书中有明笔正写。然而，那是在一次大事故中的事件，还算不得意外之笔，因为读者不难看懂。最要留意的——而大抵为人忽略过去的，却是重大风波以外那些书文中的细笔暗写。

比如第三十七回，看起来全像琐碎家常，闲情逸致。可是写到怡红院里大丫环们为要给史大姑娘湘云小姐送东西时，发现槅子上碟子和瓶不全，有的没收回来，你看这段话：

> 麝月道：那瓶得空儿也该收来了。老太太屋里还罢了，太太屋里，人多手杂，——别人还可以，赵姨奶奶一伙的人见是这屋里的东西，又该使黑心，弄坏了才罢！太

太也不大管这些，不如早些收来是正经。晴雯听说，便掷下针黹，道：这话倒是，等我取去！……

这些怡红院里得力的少女们，凭着不止一次的经验教训，深知这屋里的东西一到王夫人屋，便有人使心用计，毁了为止。而且，话已叙明：赵姨奶奶虽然像是人微势单，可也莫小觑了她——那也是“一伙”呢！天下之事，坏人必有一伙，这是“规律”。言之可叹可恨。

又比如，你看那第四十九回，写薛宝琴这个特别的人物刚来到大观园姊妹群中，史湘云便对她说：

“你除了在老太太跟前，就在园中来，这两处只管顽笑吃喝。到了太太屋里，若太太在屋里，只管和太太说笑，多坐一会儿无妨。若太太不在屋里，你可别进去，——那屋里人多心坏，都是要害咱们的！”

湘云这个心直口快、磊落英多的豪爽姑娘，把大家都说得笑起来，连宝钗也赞她“有心”和口直。

只此二例，已然显示，“闲文”背后，隐隐约约，有无限丘壑，无穷事故在！这才是大艺术家的手笔。

我讲至此处，不禁又要提醒“看官”们：你们可曾转念，这两处例子都涉及赵姨娘时，恰好又都牵连着史湘云。

看来，赵姨娘一伙，后来害的，不只凤姐、宝玉、黛玉，也害了湘云！这几个人是一条藤上的，是赵氏的眼中钉。

这就重要极了，因为，从这里可以确知在雪芹原书中，宝玉的两位最亲厚的表妹和意中人（脂批说明：宝玉“素厚者唯颦、云”），都遭到了“三爷”母子的阴谋诡计，辣手黑心！

副篇　暗线·伏脉·击应

雪芹写《石头记》，明面之下有一条暗线，这暗线，旧日评家有老词儿，叫做“草蛇灰线，伏脉千里”，其意其词，俱臻奇妙，但今日之人每每将有味之言变成乏味之语，于是只好将“伏脉”改称“暗线”，本文未能免俗，姑且用之。鲁迅先生论《红楼》时，也曾表明：衡量续书，要以是否符合原书“伏线”的标准，这伏线，亦即伏脉甚明。

伏脉暗线，是中国小说艺术中的一个独特的创造，但只有到了雪芹笔下，这个中华独擅的手法才发展发挥到一个超迈往古的神奇的境地。

如今试检芹书原著，将各回之间分明存在而人不知解的例证，简列若干，让我们一起来看看雪芹写书是怎样运用这个神奇的手法的——

当然，开卷不太久的《好了歌解注》，第五回的《红楼梦曲》与金陵十二钗簿册……都是真正的最紧要的伏笔，但若从这些叙起，就太觉“无奇”“落套”了，不如暂且撇开，另看一种奇致。

我想从盖了大观园讲起。

全部芹书的一个最大的伏脉就是沁芳溪。

“沁芳”，是宝玉批驳了“泻玉”粗俗过露之后自拟的新名，沁芳是全园的命脉，一切建筑的贯联，溪、亭、桥、闸，皆用此名，此名字面“香艳”得很，究为何义呢？就是雪芹用“情节”点醒的：宝玉不忍践踏落花，将残红万点兜起，送在溪水中，看那花片溶溶漾漾，随流而逝！

这是众人搬进园子后的第一个“情节”，这是一个巨大的象征——象征全书所写女子的总命运！所谓“落红成阵”，所谓“花落水流红”，所谓“流水落花春去也”……都在反复地点醒这个巨大的伏脉——也即是全书的巨大的主题：“千红一窟（哭），万艳同杯（悲）。”

第二十三回初次葬花，第二十七回再番葬花。读《西厢》，说奇誓，“掉到池子里”去“驮碑”，伏下了一笔黛玉日后自沉而死，是“沁芳”的“具体”表象。黛玉其实只是群芳诸艳的一个代表——脂砚批语点明：大观园饯花会是“诸艳归源之引”，亦即此义。

这还不足为奇，最奇的是：宝玉刚刚送残花于沁芳溪收拾完毕之后，即被唤去，所因何也？说是东院大老爷（贾赦）不适，要大家过那边问安。这也罢了，更奇的是：宝玉回屋换衣，来替老太太传命吩咐他的是谁？却是鸳鸯！

就在这同一“机括”上，雪芹的笔让贾赦与鸳鸯如此意外地“联”在了一条“线”上！

读者熟知，日后贾赦要讨鸳鸯做妾，鸳鸯以出家，以死抗争不从。但读者未必知道，原书后文写贾府事败获罪，是由贾赦害死两条人命而引发的，其中一条，即是鸳鸯被害。贾赦早曾声扬：她逃不出我的手心去！借口是鸳鸯与贾琏“有染”，为他借运老太太财物是证据（此义请参看拙著《红楼梦与中华文化》卷尾）。

两宴大观园吃蟹时，单单写凤姐戏谑鸳鸯，说：“二爷（琏也）看上了你……”也正此伏线上的一环！可谓妙极神极之笔，却让还没看到后文的人只以为不过“取笑儿”“热闹儿”罢了。

胡适很早就批评雪芹的书“没有一个Plot（整体布局），不是一部好小说”云云。后来国外也有学者议论雪芹笔法凌乱无章，常常东一笔西一笔，莫知所归……这所指何在？我姑且揣其语意，为之寻“例证”吧：

如刚写了首次葬花，二次饯花之前，中间却夹上了大段写赵姨娘与贾环的文字。确实，这让那些评家如丈二金身，摸不着头脑！殊不知，这已埋伏下日后赵、环勾结坏人，陷害宝玉（和凤姐）的大事故了。二次葬花后，又忽写贾芸、小红，也让评家纳闷：这都是什么？东一榔头西一锤子的？他们也难懂，雪芹的笔，是在“热闹”“盛景”中紧张而痛苦地给后文铺设一条系统而“有机”的伏脉，宝玉与凤姐家败落难，到狱神庙去探救他们的，正是芸、红夫妇！

这是杂乱“无章”吗？太“有章”了，只不过雪芹这种章法与结构，向所未有，世人难明，反以为“乱”而已。

雪芹是在“谈笑风生”——却眼里流着泪蘸笔为墨。

所以，愈是特大天才的创造，愈是难为一般世俗人所理解。雪芹原著的悲剧性（并且为人篡乱歪曲），也正在于此。

这种伏脉法，评点家又有另一比喻：“如常山之蛇，击首尾应，击尾首应——击腹则首尾俱应。”雪芹的神奇，真到了这种境界，他的貌似“闲文”“戏笔”的每一处点染，都是一条（总）暗线（包括多条分支线）上的血肉相连、呼吸相通的深层妙谛。

第二十三讲　史湘云

上一回因为续讲《红楼梦》中一大关目——赵姨娘、贾环母子陷害宝玉、熙凤、黛玉等人，不知不觉地把话头落到了史湘云身上。

贾环一伙，也害史湘云，这可能是大家都不曾想到的吧。说起史湘云，一般印象，除了“醉眠芍药裀”（特别是绘画），几乎什么也说不上来，真是个在一部书中陪衬帮“闲”、可有可无的点缀性人物。事情难道真是这样子吗？我一讲这些，不禁又是感慨万端。要知道，湘云是雪芹原著中的一位极为重要的女主人公，是值得我这《小讲》来“大讲”一番的！

不过，要讲湘云，事情并不简单，头绪格外纷繁——其实，这不止讲湘云是如此，讲《红楼梦》的任何一点一面，都令人感到不知应该从何说起才是最好，执笔沉思，久久不得即

下。我想，这也正是雪芹的文笔才思的特别伟大的一个特点吧。“不幸”的是，我们《小讲》实在太“小”了，怎样容纳这般异乎寻常的丰盈伟丽的内涵，并且还要讲出一点“道理”来？——讲者的“本领”能有几多，自然总是在“捉襟见肘”的窘况下日益难于胜任了。

闲话且置。如今且说史湘云。

史湘云是在哪一回书中，又是怎么样出场的，你的读后印象中可还清楚否？如果印象清楚，那真是了不起的细心而聪慧之人。如果并不清楚，倒也不必自恨心粗思钝，因为在湘云的身上，雪芹之笔法确与他写钗黛等人完全不同，难怪看官一时弄它不清。

这个不同何在呢？第一，湘云是晚到书文已至二十回时才上场的——你看此是何等出奇的布局安排！委实令人诧异。第二，她出场时，并没有“准备”“序引”“先声”“预兆”……一概皆无。只听叙事正在热闹中间，丫环忽然来报，说了一句“史大姑娘来了”！她就是这么样异常突兀——然而又是那么异常“自在”地，就出现在我们的眼前了。你道奇也不奇？

说来又怪。尽管雪芹写这位少女的笔法是如此的别致新鲜，读者却谁也没有认为“全不可解”，或表示什么“不然”之意，却是十分地“顺利接受”了这一笔法，反而有“理所当然”“早已熟识”之感。说真的，这就更是奇上加奇。除非你没想过这些“问题”，否则怎会看到这一奇异笔法而不拿它当“问题”呢？

其次，我还要说一点真实的读书感受。我读《红楼梦》，觉得雪芹写小姐这一等级的少女，虽然各有千秋，咸呈众彩，但是终不如他写丫环写得异样精神，令人无限倾倒。讲《红楼》的，爱讲林黛玉。说句老实话，写她的笔墨虽多，却总不如写晴雯、写鸳鸯、写麝月、写平儿、写司棋……乃至写最不受人注意的小丫头们那样沁人肺腑、爱不释手。——这可能是我一人之偏见，如今也不遑备论。单说姑且只论“小姐一级”之中，写谁写得最好，最是精彩倍出、精神活脱呢？我以为，写湘云是第一等出神入化的超妙文字！

湘云出场最晚，已如上述。她为何出场如此之晚？因为她是后半部书文的真正女主角。她出场，不在盛会之前、之中，而在盛会之后。这意思就是：湘云原不属于盛会中人，而是家亡势败、人散园空之后的唯一的女主人公。不明白这一点，自然就觉得雪芹之笔法布置为不可解了。

但在程、高伪本中，这一大构局也不复见了。

副篇　《红楼梦》中的女性美

一部《红楼梦》，呕心血，濡大笔，开生面，谱奇情，主意却说是要使“闺阁昭传”，写出作者“半世亲睹亲闻的这几个女子”，为的是“闺阁中本自历历有人，万不可因我之不肖，自护己短，一并使其泯灭”。然而“百回大书”，若想从现代小说家所谓“描写”的角度去寻找，看曹雪芹是怎样“描写”这“一干裙钗”的体貌形容，那结果或许要大“失”所“望”。

曹雪芹有他自己的理想的女性美，更有他自己的理想的艺术见解。描眉绘鬓，品头论脚，这些地方，他不屑写；纵使有之，也是轻轻点到为止，一笔带过。他着意而写的是她们的神情意态、苦乐悲欢。其实，就连这，你若不懂他的笔法，专从“正面落墨”处去找寻，大约也编不成一部《〈红楼梦〉描写辞典》的。《红楼梦》之不同于流俗笔墨，自具其超妙文情，恐怕这也是原因之一。

以上是总言其大略精神命脉。若搜索特例，务窥一斑而尝一脔，那么，自然也不无可说的话头。

林黛玉，是读者最熟悉的女主角吧，可是你能闭上眼睛，想象出一位面貌体态清楚分明的林黛玉来吗？不知别位，我就不能。我所知于林姑娘的，仍旧是“两弯似蹙非蹙罥烟眉，一双似泣非泣含露目”（据诸钞本合参，当是如此。其详请看拙著《石头记鉴真》），“态生两靥之愁，娇袭一身之病；泪光点点，娇喘微微；闲静时如娇花照水，行动处似弱柳扶风……”那几句话传其神情而已。

至于薛宝钗，除了“脸若银盆，眼如水杏”之外，大约我们就会想到她那种会使宝玉欣赏羡慕的“雪白一段酥臂”（第二十八回“薛宝钗羞笼红麝串”）。这真是曹雪芹的特笔，破例地写到女性的肉体之美。——这就难怪过去曾有人说，林、薛是“灵”“肉”之别，贾宝玉在这点上也不是完全能免于内心上的矛盾的，云云。我不是要来谈这个的，我要说明的还是曹雪芹如何来写女性美的笔法问题。

然而，曹雪芹又不止如此，他居然还写到“曲线美”呢！——读者若觉我这是荒唐之言，故作惊人之笔，哗众取宠，则请看真凭实据，便可分晓。

曹雪芹写香菱，只写到她那一颗胭脂痦；写鸳鸯，只写到她脸上的几点碎麻子；写平儿……那我实在想不出到底是什么“特征”；写司棋，会写到她的“高大身材”；写晴雯，我们记得她有点“水蛇腰”；写迎、探、惜三春，也只说过“肌肤微丰，合中身材”，“削肩细腰，长挑身材”，“身量未足，形容尚小”等话；到写凤姐，是“身量苗条，体格风骚”了。这就有点儿接近于现代所谓“曲线”了。然而还只是“接近于”，还并不真正是。

真正是的，是写史湘云。

大家一定记得：第四十九回书，“琉璃世界白雪红梅，脂粉香娃割腥啖膻”时，“一时史湘云来了”，大家起先看她从头到踵，一色重裘，以致黛玉打趣她是个“小骚达子”（当时满洲人呼蒙古人的轻蔑语）；湘云却笑道：“你们瞧我里头打扮的！”说着卸了外衣一看，只见她：

> 里头穿着一件半新的靠色三镶领袖、秋香色盘金五色绣龙窄褙小袖掩衿银鼠短袄，里面短短的一件水红妆缎狐肷褶子，腰里紧束着一条蝴蝶结子长穗五色宫绦，脚下也穿着鹿皮小靴：越显的蜂腰猿背，鹤势螂形！

脂砚斋十分凑趣，在此最后句下便批道：

> 近之拳谱中“坐马势”，便似螂之蹲立。昔人爱轻捷便俏、闲取一螂，观其仰颈叠胸之势。今四字无出处，却

写尽矣！——脂砚斋评。

这是“书外”的一种“反应”。而书中人物对此却也有“反应”，因为“众人都笑道：偏他这爱打扮成个小子的样儿！——原比他打扮女儿更俏丽了些”。

看官们读到这里，一定笑说：看你扯到哪里为止。你举的不管“书外”“书内”，都不过是说湘云的男装样式罢了，这怎么和女性“曲线美”拉到一起。所谓适得其反耳，君将何以自圆其说?

我说，且慢，不要忘记了乾隆时代的女装是什么样子。曹雪芹笔下的女儿，虽然大都是满洲旗人，她们所穿的旗装却是无一处和我们今天的可身而裁的“旗袍”相似，正相反，那时却都是宽袍大袖，那种宽大衣装不是要“显露”，而正是要“掩藏”女性体态上的线条。

明白了这一层，就会想到，湘云的体态美，只有在“打扮成个小子的样儿”的时候才得以例外地显现出来，——只有这样打扮时才使得众人耳目一新，突然叫妙。

湘云的体态，雪芹交代得分明：蜂腰猿背，鹤势螂形。螂形二字最妙，其中包括了“蜂腰”，又经脂砚指出了“叠胸”，还有……那就也要加上读者自己的“反应”，不必我一一点破，大嚼无味。

我不知道现代人对“曲线美”一词的共同确切定义究竟何似，如果里面包括着女性肩、胸、腰、臀等躯体部分的丰、煞、起、伏的特点所构成的线条的美，那么，曹雪芹所写于史湘云的那几句话，恰恰就是指的这些。

曹雪芹写了“曲线美”，分毫不虚，而他写来竟是一点也不令人肉麻的。同时还使我们“看到”，史湘云是最合乎现代女性审美眼光的“裙钗”之一。

第二十四讲　贾府事败的根由

上一回，我们《小讲》的话头刚刚接触到了宝玉挨打这一重大关目。但的确仅仅是“接触到”而已，若要正式讲它，还得颇费言词。比如这一回的回目，就可注目，那是叫做“手足耽耽小动唇舌，不肖种种大承笞挞”。雪芹于此，已然点破：这次毒打，全是有一位手足兄弟素常虎视眈眈，此际乘机诬陷之所致。我们已经说过：环三爷只消区区小动唇舌，已足使哥哥苦头吃尽，差点儿赔上性命；到他将来再对令兄来一番“大动干戈”时，那该是何等形景，岂不令人不寒而栗哉。这些一时也难细表。如今单说，回目中那另一句的“不肖种种”又是毕竟如何呢？显然，除了环三爷诬告的“强奸母婢”逼出人命这样的“逆伦”大案之外，那另一桩干系非小的刑条，就是窝藏王府优伶，也构成了一个浮浪放荡、行为不端、胆敢“犯上”的罪款——因此贾政才说宝玉日后非得酿成“弑君弑父”才罢！这分明已然将事端接连到皇家的干系上去了。只讲这一桩，也就足够使贾政惊心动魄、夜不成眠了，他如何会小觑此事？

“交结戏子”这本身就被当时的人看做是十分放浪、不务正业的下流行径。在清代，富贵人家，自己都养一个戏班，上起王公，下至商贾，蔚成风气。“千家养女先教曲，十里栽花当种田”，虽说是扬州一地的题咏，也代表着那一时的社会习尚。梨香院中芳官等十二个女孩子，就是佳例。至于蒋琪官，则是男伶。虽则男女不同，然而彼时同属“贱籍”，是不齿于良家的。少年子弟与这种人来往，自然为礼法所不容。

以上这种历史情状，尽管今日的读者未必尽晓了，毕竟还不难看懂。但是宝玉与琪官的事故，比表面文字要复杂得多，则读者更是不易领会，这才是《小讲》宜为解说之点。

原来，忠顺王府突然来人，向贾府寻查琪官的下落，本与宝玉的干系不大。所谓“窝藏”之主，实际另有户头在。试想：宝玉初识琪官，事在第二十八回，时为四月之末；宝玉与金钏儿玩笑，事在第三十回，时为五月初四；至宝玉遭父笞打，则事在第三十三回，时为端阳节后并不多久——盖至第三十五回中，紫鹃犹言“如今虽然是五月里”（以上详见拙著《红楼梦新证》第六章所列，最为清楚）。那么，宝玉从认识琪官起，到为他而遭笞止，中间最多也不过是兼旬阅月而已，请问，一个宝玉，平时等闲不准私出大门，又无钱无权处置庶务，他怎么可能就把琪官窝藏在“离城二十里”的紫檀堡，并且还使琪官自置了房子？这岂不是“诌掉了下巴”的信口胡云？难道雪芹大才，竟会写出这等败笔文字吗？如此说来，可见得事情内幕是复杂得多得多了。要问复杂何在？只消举出两条就够：第一条，宝玉初会琪官，彼此以礼物相赠，那琪官是一条大红汗巾子，乃是茜香国女王所贡的罕见之奇珍——一个“戏子”，又何从而得此？原来那是“昨日北静王给我的，今日才上身”的。第二条，忠顺王府长史官前来追诘宝玉，宝玉不敢吐实，以常言支吾，那长史竟然说出：“现有证据，何必还赖。必定当着老大人说了出来，公子岂不吃亏！既云不知此人，那红汗巾子怎么到了公子腰里？”

只这两条，已可看出，那北静王才是结交忠顺府之伶人的“先进”，并且只有他才有财力势力能给琪官置办下逃离本府、别处躲藏的地点房屋。所以，真正的“窝主”是北静王，而不干宝玉之事。忠顺王府深知底细，只不过碍着情面关系，不好直找北府，却来贾政这里寻趁，为的是捉蛇先得芟草罢了。真正的矛盾斗争，却是在“王爷一级”那里，其人其事，并非等闲之辈、芥豆之微也。你再听宝玉的“心声”：“宝玉听了‘长史’这话，不觉轰去魂魄，目瞪口呆。心下自思：这话他如何得知？他既然连这样机密事都知道了，大约别的瞒他不过，不如打发他去了，免的再说出别的事来。”他因这般盘算，这才说出：“听得说他如今在东郊离城二十里，有个什么紫檀堡，他在那里置了几亩田地，几间房舍，想是在那里，也未可知？”真真切切，一笔不乱。这分明说与我们：除了汗巾子，还有更怕说出来的机密事情。咱们很久以前讲过了，因秦氏之丧，引出了一个“坏了事”的“义忠亲王老千岁”来。什么叫坏了事？就是政治上的失败。到此方知：《红楼梦》的字里行间隐约着一段诸王之间的大事，而这大事，才是贾府事败的真正根由。

副篇　双悬日月照乾坤

雪芹为什么要运用“日月双悬”这个典故？原来，书中正隐含着一层“两个皇帝”的政治事件，这事件与贾府生死攸关。

雪芹用笔，从无“单文孤证”之例，处处皆有起伏映照，前后呼应。请看看他这一串词句吧：

双悬日月照乾坤；

日边红杏倚云栽；

御园却被鸟衔出。（以上湘云所说）

双瞻玉座引朝仪；

仙仗香挑芍药花。（以上黛玉所说）

我要着重地提醒读者诸君：你看，全部书中什么时候雪芹曾用过这么些一连串的涉及皇帝的事情的故实？如今一大回书中写黛湘这二位最关重要的女主角的酒令时，却集中地使上了这么些皇家辞藻，凡稍能知悉雪芹之超妙笔法的，难道还会不明白这儿定然有他的用意存焉吗？这可不是什么单文孤证、偶然现象等可以为之辞的事情。“双悬日月照乾坤”为始，“处处风波处处愁”为继（宝钗酒令），尤其令人注目。所以我们该当思索推求其中之故了。

雪芹的笔，绝不苟下，处处有用意，句句有牵引，不过粗心者往往视而不见，见而不明罢了。总是用读别人的小说笔法的眼光来读雪芹的书，就更难理会这种高明超妙的艺术手法。《石头记》有一个特点，就是凡在前面只予东一鳞西一爪，粗笔勾勒点染，隐约于“幕后”为多的人物，其作用与重要性不显于读者心目中，以为“次要”“陪衬”“杂见”“偶及”的笔墨角色，愈到后半部才愈加显示明晰。这类人物有一大串，本文也不及逐一详叙，如今只从一个北静王说起。

北静王，他有甚重要？他的重要，全在他与宝玉的关系。昔者大某山民（姚燮）之评语曾说过：

北静王为玉哥生平第一知己。

这句话可谓一矢中的，洞穿七札，山民是有眼力的。宝玉一生的好友，如蒋玉菡，如秦钟，如柳湘莲，如冯紫英，身份贵贱虽各不同，但最“高级”的也只是少爷公子之流；若论王侯，其贵势威权仅次于皇帝的，则唯有北静王一人。是为特例特笔，而凡写北静王的地方，读者却又多是轻轻看过，常在“似注意、不注意”之间。

北静王何等样人也？这个你得细玩雪芹文意。他的“介绍”着墨也是不肯多的，只言：

> 原来这四王，当日惟北静王功高，及今子孙犹袭王爵……
>
> “小王虽不才，却多蒙海上众名士凡至都者，未有不另垂青目，是以寒第高人颇聚。”

再不用多，只这两条，熟悉清代史的，大概就已明白其中有事了：盖宗臣旧勋，功愈高，得祸愈速；而家里“高人颇聚”的，最是一种不安静，不守分，犯忌惹事的祸端。这种情形从康熙朝就已成为诸王的风气，到雍乾之际，更是如此。其现象是常聚高人，其实质是招致人才、培植势力，内核是政局上的斗争。再看雪芹怎么写宝玉和静王的关系，事情就一步步地显示清晰了。如今我再提醒读者一下，你有没有注意过书中所写“王爷一级”的种种事故？如果你未曾留心或者根本看不出什么，那就证明你对雪芹的笔法还缺少理会，那样而读《石头记》，常常是买椟还珠。

雪芹在全部书中，早早地设下了一条关系重大的伏线，其事恰恰就在“王爷一级”上。第一次是因书中第一名贾家先死的少妇秦可卿之病、之卒、之殡，伏下了许多事故。秦氏是什么人？是向王熙凤宣示不久即将有大祸临头的人，也是第一次念出了“三春去后诸芳尽，各自须寻各自门”的人！她之一死，先就因选觅上好棺木而引出一个“坏了事”的“义忠亲王老千岁”，然后就来了这位特别亲自路祭的北静郡王！第二次是因荣府死去的第一名丫环金钏儿事件以致宝玉被笞，几乎丧生的大风波中出现的一个“忠顺亲王府”！

事情的麻烦由哪里可以窥悟一二呢？

贾政一听说是忠顺王府来了人，就惊疑不小，心中暗忖：素日并不与他来往。少刻，他斥骂宝玉说：

> “该死的奴才！你在家不读书也罢了，怎么又做出这些无法无天的事来！那琪官现是忠顺王爷驾前承奉的人，你是何等草芥，无故引逗他出来，——如今祸及于我！”

毫无疑问，这个“忠顺”王爷实是宝玉一生的一个凶煞恶神，命运之仇家，精神之敌对。但令人吃一大惊的是，那蒋琪官初与宝玉相会，赠与他的那件奇珍——茜香国女王所贡的那条大红汗巾子，却是“昨日北静王给我的”！

原来，北静王才是“勾引”忠顺王驾前宠幸之人的“先进”！琪官胆敢逃离本府，原是有“后台”的呢！

如今，就可以看看这个北静王与宝玉的关系，又是如何了。

首先是北王与贾府的关系也应理解清楚：原来他们两家“当日祖父相与之情，同难同荣，未以异姓相视”。这是什么话？懂得清代历史的，不是立刻就又会明白：这说的正是满洲皇族中有与汉姓人民曾经生死与共的情谊吗？“异姓”正指满汉主奴之别，是清代特用语。由此也就明白：他们之间的要紧人物如果“坏了事”，也定然是一案相连，彼此“同难”的！

书中写北王家与贾家之密切，还有特笔，就是当一位老太妃去世办丧之时，在“下处”寓居的，独独北王家与贾家两院相邻，彼此照应。也就是说，他们的命运总是连在一条线上。

至于宝玉，对现下袭爵的“年未弱冠，生得形容秀美，情性谦和”的北府小王，“素日就曾听得父兄亲友人等说闲话时，赞水溶是个贤王；且生得才貌双全，风流潇洒，每不以官俗国体所缚。每思相会，只是父亲拘束严密，无由得会……”那北王对宝玉恰好也早已“遥闻声而相思”——正说明是一流人物，“正邪两赋一路而来之人”也。北王亲口向贾政说了话，要宝玉常去相会，自然不敢违拗，从此宝玉就是北府之小客人了，形迹日亲日密，——不过雪芹在书中总是东鳞西爪，点染勾勒，不肯以正笔出之罢了。

在雪芹原书中，“虎兕相逢”，两雄较量，元妃致死，贾府败亡——正是“王爷一级”的政治巨变的干连结果。

有一位读者对我说：“北王写得就像个小皇上。”一点儿不差，在清史上，乾隆四五年之时，正有这样一件特大事故发生，我在《红楼梦新证》中已加叙列，那一次，废太子胤礽之子弘皙，已经成立了内务府七司衙署等政治机构，实际上自己登了皇位——要与乾隆唱对台戏，并且曾乘乾隆出巡之际布置行刺。怡亲王之子弘皎（宁郡王）等也在内。很多人都在案内牵连，并且也涉及外藩。这恰恰是“双悬日月照乾坤”的背景。

“三春去后诸芳尽”，正是这个“双悬日月照乾坤”的总结局。

第二十五讲　清虚观打醮

《红楼梦》的结构又简单又复杂，又错综又整齐，实亦别家小说所绝未曾有，所绝不可及。简单的一面是“两大扇”，分扇对半，各占五十四回书文，这是咱们上回讲过的了。稍一留心，便可看出雪芹布置巧妙之处，还在于暗暗以九为数而组织章法，构成段落。例如书到第十八回，乃“二九”之数，事情是元妃省亲，大观园正式建立于作者笔底和读者心中，是全部书的一大关纽。书到第二十七回，是“三九”之数，写的则是葬花泣冢，实为大观园诸女儿“归源小引”，这又是一个至极重要的节目，我们也曾详细讲过。书到第三十六回，正达“四九”之数时，笔已点破情缘“分定”，梦兆绛芸——下一回乃是海棠诗社，初结吟坛，笔墨全从另一角度重起新篇了，可知“梦兆”一回也是一大段落的收束之笔。仅此三例，雪芹的布局结构的艺术中，实以九回为一个“单组”，已见分明。全书共计十二个单组，合成一百零八回大书。伪续者是不懂得这层道理的，所以不但续出的四十回本身不合“九”数结构法则，连前面的原书章法也给彻底打乱了。这些将来自有续讲之日。如今且说这第四个“单组”的内容，即从第二十八回起，到第三十六回为止，这九回书文，写得最是十二分紧凑曲折，灵活精彩，其笔笔变化、仪态万方，真达到了令人眼花缭乱、应接不暇的境界。而且这九回书没有一回不是关系全局、草蛇灰线的关键文字。我觉得，要想研读欣赏这部奇书，不向这九回深玩细味，却去注意于一些浮光掠影之谈，那将会“一叶障目，不见泰山”，也就成了“当面错过”了。

这九回书，包蕴太丰富了，笔笔可讲，事事当明。上回我们提到了宝玉遭打、王府斗争等重大事情，就都在这“四九”数内。这数内，再一件大事，就是清虚观打醮祷福这一回目。

从时序上看，打醮这一场面紧接在四月二十六芒种节日之后。前回讲过，这一天，园中举行了韵致非凡的饯花盛会，而这一天，实在又是宝玉的诞辰，其中隐寓着一层深意。关于宝玉生在四月二十六这个节日，此刻不遑多及，须待日后专篇补叙。如今只说这个重要的日子一过，元妃就传谕旨，说是要从五月初一起，在清虚观打三天“平安醮”。醮为何义？道教设坛举行祈祷之礼式是也。可见元妃此次，乃为祈求平安而作此举动。由此，又可见“平安”须待祈求。这一笔正是写她的大不平安，如是方有平安之醮。

然则，四月二十六芒种佳节饯花盛会一过，那不平不安之兆已然隐现于宫闱之内、府第之间了。此其一。

要打平安醮，为何选定的日期单单落在五月之始？这又使我们不禁想起元春的簿册判词，其句云：

> 二十年来辨是非，榴花开处照宫闱。三春争及初春景，虎兕相逢大梦归。

这第二句里的“照”字，用的乃是唐代大文学家韩退之“五月榴花照眼明”的句义。一个照字，说明事故生于五月（古称榴月者是也）。而这五月，恰恰就是打平安大醮之月。此种巧妙的关联，岂为无意而设？

因此之故，我颇疑后来元春丧命，就在五月端阳之际。打醮这一盛会，却遥遥映射着势败家亡的巨变。此其二。

“看官”们都应记得：在全部书中，这是一次极为特殊的全体女眷及其丫环侍女，一齐出动，跨出了荣国府和大观园的门槛！这是何等的罕见之事，真可说是千古小说正史中未有之奇情奇笔。然而，此中也就暗示了另一种情景，将来有朝

一日，众多妇女，都会在势败家亡之中纷纷离散，跨出府园槛外了。此其三。

以上只讲的是“平安醮”背后的不祥之远景，早已在此时隐隐透露于盛会之中。至于由于清虚观打醮，还引起了无限的奇文妙笔，牵涉着黛、湘、钗等三人的错综复杂的相互关系，并且伏脉千里地伏下了金麒麟这一桩更为重要的公案，那就越发使《小讲》手忙脚乱，不知怎样安排“讲次”才好。我真不知道世界上哪一部书，在一项情节回目中能有这么多的“一波才动万波随”的神奇不可方物的艺术表现？

我们这个伟大的民族，自古最讲究“文心”，比拟为雕龙绣虎。雪芹的一支笔，真是虎跃龙腾，够得上是生龙活虎。这犹不足为奇。而他的一笔能牵万丝，文心细于毫发，则实为仅见之奇、绝伦之异。时至今日，还有少数人事事奉洋为上，唯外是尊，对自己的文化遗产，妄自菲薄，以为了不足观。我意不妨纡尊垂顾，一阅《红楼》，或者也会另有一番受用乎。

副篇　双星绾合

曹雪芹对金麒麟的出现、离合，笔致甚曲，它出现在五月初一清虚观打醮之日。此际而张道士（国公爷的替身——有“代表”的属性呢）要为宝玉说亲，勾起贾母的心事，说了一席话，大旨是只要姑娘本人好，不论财势，这是说给王夫人听的，合家听的。偏偏这时就又把笔锋转到了“玉”上——把玉传看了之后，由它引出一盘子珍贵的佩器，宝玉都不要，单单只拣了一个金麒麟。而这个金麒麟，首先是由老太太注了意，宝钗点破“史大妹妹有一个，比这个小些”，马上被黛玉讥诮：“唯有这些人带的东西上‘他’越发留意！”宝玉听说是湘云有一个，连忙揣在怀里——然而他又怕人觉察出他是因湘云之故而揣这个物件，所以一面“瞟”人，看有无理会的人，也巧，单单只有黛玉在那里“点头”“赞叹”呢，他又不好意思，就推说：“这个东西好玩，我替你留着，到了家，穿上，你带。”黛玉却“将头一扭”，说“我不希罕”。宝玉这才“少不得自己拿着”。情事已是极尽曲折细致，用笔真是尽态极妍。

还不止此。因张道士一提亲，惹出了一场极少见的风波，宝黛又因“心事”吵起来，这回连老太太都真急了，为全部书中所仅见。跟着，醮事一毕，湘云即又来府小住——在雪芹笔下，她的出场都不是偶然的。湘云一来，便写她“女扮男装”的往事——此乃特笔，预示后来她在苦难中曾假扮男子而得脱某种危险。然后，一说明“可不住两天”之后，立即问：“宝哥哥不在家么？”以至宝钗说：“她再不想别人，只想宝兄弟……”黛玉则首先点出一件事：“你（宝）哥哥得了好东西，等着你呢！”湘云问：“什么好东西？”宝玉答：“你信她呢！”这一切都如此好看煞人。

可是，还有妙文。等宝玉听湘云讲话清爽有理，夸她“还是这么会说话，不让人”。黛玉就又说：“他不会说话，他的金麒麟也会说话！”一面说一面起身走了，“幸而诸人都不曾听见，只有宝钗抿嘴一笑”。

紧跟着，就是湘云、翠缕来到园中，畅论了一回“阴阳”之妙理，来到蔷薇架下，却发现了一枚又大又有文采的金麒麟——而翠缕立即“指出”：可分出阴阳来了！

此下的文章，接写湘云主仆二人如何争看麒麟，到了怡红院，宝玉如何说："你该早来，我得了一件好东西，专等你呢！"掏摸却已不见……却到了湘云手中，反是由湘云让他来看："你瞧，是这个不是？"下面是"丢印"的打趣语，而宝玉却说："倒是丢了印平常。若丢了这个，我就该死了！"这话何等重大，岂容尽以戏语视之？

犹不止此。紧跟着，袭人就送茶来了："大姑娘，听见前儿你大喜了！"——湘云对此如何反应的？"史湘云红了脸，吃茶不答。"

试看，为此一事，雪芹已然（且不说后半部）费了多少笔墨？这是何等的曲折尽致，而无限丘壑又已隐隐伏在其间。难道雪芹费如此机杼，只为湘云后来"嫁了卫若兰"？我是不相信的。

《红楼梦》原本的结局，是宝玉与湘云二人最后重逢聚合，结为夫妻。

第二十六讲　一喉两声

前回讲到的是，仅在清虚观打醮一件事上，我们就看到了雪芹的文心之细密，手笔之神奇。还在乾隆时代，早有读者被雪芹的用笔之妙，惊得目瞪口呆了。署名的戚序本《石头记》，卷端就有一篇不太长的序文，其中说：古时候有个绛树，一人能作两歌，一声在喉，一声在鼻；又有个黄华，能为二牍，左手写楷，右手写草——这种神奇之技能，只听说过，而未之见也。如今则“两歌而不分乎喉鼻，二牍而无区乎左右；一声也而两歌，一手也而二牍；此万万所不能有之事，不可得之奇，而竟得之《石头记》一书，噫，异矣！”

这段赏识《红楼》文笔的序言，出自乾隆进士戚蓼生之手。我常说，够得上雪芹的知音者，除脂砚斋而外，戚先生堪称二百多年来之第一人。还未见有谁能用如此简切周赅、善巧方便的文字来抉示这罕见的雪芹奇笔的奥妙之所在。

戚蓼生还举了例证，他说：

写闺房则极其雍肃也，而艳冶已满纸矣；状阀阅则极其丰整也，而式微已盈睫矣。写宝玉之淫而痴也，而多情善悟，不减历下琅玡；写黛玉之妒而尖也，而笃爱深怜，不啻桑娥、石女……

然后总结说：

盖声止一声，手止一手，而淫佚贞静，悲戚欢愉，不啻双管之齐下也。噫，异矣！

你看他再三称异，赞叹之声如闻，假使不是真能知赏，焉能如此倾倒佩服？但是，由于戚先生抉示了雪芹的一声两歌、一手二牍之奇，我们在此启迪之下又悟到了雪芹的一事多面、一笔多用的特殊本领。比方，打醮一题，原是娘娘为了祈福的事，与丫环们何涉？真是风马牛之不相及。然而说也奇怪，到了雪芹笔下，却写出了那一群幽禁在封建院墙之内的使女们的一次意外的“解放”——准许她们同主子一起走出大门，前往一处庙宇中去看戏玩耍。雪芹在这一奇特的场面中，顺笔说出了一小段不太惹动今日之人注意的话：“（王夫人）因打发人去到园里告诉，有要逛的，只管初一跟了老太太逛去。这个话一传开，别人都还可已，只是那些丫头们，天天不得出门槛子，听了这话，谁不要去？便是各人的主子懒怠去，他也百般撺掇了去……”其中，“天天不得出门槛子”一句，尤为话中之眼，轻笔淡墨、闲闲叙来，却道出了多少的感叹，多大的沉痛之胸怀！在这种地方同情于封建妇女的处境的，不知谁家小说中曾有如此深细的表现？

还是由于这样一种心情感慨，雪芹之笔，叙到五月初一真的出门坐车时，不禁写出了一片天真热烈、兴奋欢欣的情景，你看：

> ……贾母等已经坐轿去了多远，这门前（坐车的）尚未坐完。这个说，我不同你在一处。那个说，你压了我们奶奶的包袱。……咭咭呱呱，说笑不绝。周瑞家的走来过去的说道： 姑娘们，这是街上，看人笑话。说了两遍，方觉好了……

这就是一群出笼的鸟儿，那种兴高采烈的气氛，活现于纸上。可是，在那时，不但“闲人”要在这大府女眷们到来之前“赶净了”，就连人家道士庙里的本主儿也不许来露一下踪影的，那个小道士——不懂事的小孩子，慌乱中没有躲好，撞上了少奶奶，被她一巴掌打得丧魂落魄。什么是常听说的封建礼教？看着雪芹的笔墨，就明白许多了。这仅仅是在清虚观的这一“大事”之中的最细微的“多面”表现的一例。我们所宜措意的是什么呢？就是这一细节上，也曲折地表达了雪芹的“妇女观”。

然而，这群跨出大门槛的丫头们，如此“无礼”，那是不行的。周瑞家的还不过是走来走去地劝说警戒一番而已，续书人程、高之流，则要厉害多了，他们绝不能容忍这些“女流之辈”在大街上“如此放肆”，他们并且是有“办法”的！办法为何？你再看：

> 那街上的人见是贾府去烧香，都站在两边观看。那些小门小户的妇女，也都开了门在门口站着，七言八语，指手画脚，就像看那过会的一般。只见前头的全副执事摆开，一位青年公子，骑着银鞍白马，彩辔朱缨，在那八人轿前领着那些车轿人马，浩浩荡荡，一片锦绣香烟，遮天压地而来，却是鸦雀无闻，只见车轮马蹄之声。

这是哪里来的一段大手笔呢？原来就是伪续者偷偷摸摸地抹去了雪芹的原文，而夹入他们新撰的妙文的！这么一来，好不威严显赫，声势豪华，——怎奈雪芹所写的那些可怜可念的丫环们的处境和意外的欣幸的种种情态，却一股脑儿不见了，换上的是“鸦雀无闻”了，多么“肃穆”啊！我不禁要问“看官”：你读了之后，又作何感想呢？

副篇　戚蓼生赏《红》

自有《石头记》以来，最早在艺术角度来评赏的，莫过于戚蓼生的那篇序文，他写道：

> 吾闻绛树两歌，一声在喉，一声在鼻；黄华二牍，左腕能楷，右腕能草。神乎技矣——吾未之见也！今则两歌而不分乎喉鼻，二牍而无区乎左右；一声也而两歌，一手也而二牍；此万万所不能有之事，不可得之奇——而竟得之《石头记》一书，噫，异矣！

他这篇序，堪称中国文艺批评史上的奇文。这奇文，移之于任何另一部书，也绝不适用，只能是《石头记》，才能对榫。这是人类文字写作上独一无二的最难相信的奇迹！可是，戚先生真真感受到了，并且真真说到“点子”上了！高山流水，千古知音，佳例良证，洵不虚也。

他举例说：

> 第观其蕴于心而抒于手也，注彼而写此，目送而手挥；似谲而正，似则而淫：如《春秋》之有微词，史家之多曲笔。

这儿，所谓微词曲笔，允宜善解，盖此等最易滋生误会，引入“索隐”一派，前代之例已多。倒是注此写彼，目送手挥二句，实关重要——这有待下文稍加申绎。他接云：

> 写闺房则极其雍肃也，而艳冶已满纸矣；状阀阅则极其丰整也，而式微已盈睫矣。写宝玉之淫而痴也，而多情善悟，不减历下琅玡；写黛玉之妒而尖也，而笃爱深怜，不啻桑娥、石女。

所举四例，质类并不雷同，也待析解。于是他又总结一段赞叹说：

盖声止一声，手止一手，而淫佚贞静，悲戚欢愉，不啻双管之齐下也。噫，异矣！

雪芹这支妙笔，为古往今来，绝无仅有之奇，致使戚先生惊得目瞪口呆，而称奇道异，竟不知如何措一新语方可表达，只能又凑出一句——“其殆稗官野史中之盲左腐迁乎！”这实在是无可奈何的一种比拟，将左丘明与司马迁二大历史文学家拉了来，聊以充数（当然，他始终以历史大师来比喻雪芹，也不是不值得注意的一个要点）。

好了，这儿又提出了一个“双管齐下”的问题。连同“注此写彼”“目送手挥”，我们合在一处，看看其中所包含的艺术要义，到底都是些什么？

注此写彼，有无出典？我愧未详。这大约有点儿像武术上的“指东打西”，战略上的“声东击西”，或者有似乎“明修栈道，暗度陈仓”的谋略。用“大白话”说，就是：你读这些字句，以为他就是为了写“这个”，实则他的目标另有所在，是为了写“那个”！

目送手挥，倒是有典可查的：晋代的阮籍，最擅操琴（七弦古琴），记载说他弹奏时是“手挥五弦，目送归鸿”。手倒是在弦上，眼却一意地跟随着遥空的飞雁而远达天边了！

这说的是手之与目，音之与意，迹之与心，是活泼泼而神通而气连的，然而又不是拘泥于一个死的形迹之间的。

这与“声东击西”有某点形似，然而也不尽同。双管齐下，则确乎是“左腕能楷，右腕能草”了，但实际上这个词语比喻却更近于“一喉二声”，而不是真强调他有“两支笔”。换言之，就是“一笔二用”的意思。

我曾把这个中华文笔艺术概念简化为“复笔”这一词语。

“复笔”者何？与其说是一个文句含有“双重”语义，不如说是一处文字实有“两处作用”，因为这样更恰切，没有滋生误会的弊病。

这种复笔，有点儿貌像“活笔”“侧笔”，但也不一样。这确实需要多费些笔墨申解，因为若欲懂得中国文学艺术，忽视这些是不行的。

第二十七讲　张道士

话说元春要打平安醮，为何单单指定在清虚观？皆因此观者，乃是荣府的香火院。什么又是香火院？就是寺观的费用，全由本府一家担承——那形式常常是专拨给一项田产，所收租赋，即归观院所有，这就是一种“家庙”的性质。书中的水仙庵、铁槛寺等处，大都类此。因此，府与观的关系，并非一般人等前来拈香的香客与庙主之关系所能比拟。

贾府女眷一到观里，出来迎接的观主是张道士。我们上回才讲过，一个不懂事的小道士，可怜不幸冲撞了女眷，挨了凤姐的巴掌，吓得浑身乱颤。可是唯独那张道士，却能不避内外，上自老太太，下至闺阃秀女，他都能面见，而且谈笑风生，熟识非常，这又是何理何礼呢？

原来这张道士身份特殊，不只是因他年已八旬。要问他毕竟是何身份，方能如此？书有明文，只因他是“国公爷的替身”故也。国公爷在此指的是第二代袭爵人，即史太君的丈夫；而替身者，乃是富贵人家子息艰难的，幸生一子，惧其夭折，每须一度舍身出家（一个时期再为还俗），当时迷信，以为如此乃可平安成长，免去夭逝之忧。但是富家娇子，却如何真舍得弃身于寺院之中去受苦？于是又有妙法生焉：花钱买来一个穷家的孩子，作为“替”自己的娇儿出家之人，是之谓“替身”。既曰替身，辈分已定，而且从小代本主出家，了却一生，本主子孙对这种功高德重的老人，都要特别尊敬。所以贾珍称曰“张爷爷”，说是“咱们自己”，其义在此。这样的人，自然“凡夫人小姐都是见的”，并不再有回避之礼了。贾母和老道士相见之后，种种谈话，非同一般泛泛之应酬，原因就是这里面包含着几十年间三四辈人的往事今情，他们之间的谈话，每一句都有很多的内容和复杂的情怀在内。读雪芹的书，往往需要从字面上“透过去”，领会深一层的意思，才能得味。

张道士久经世代，人情练达，善于周旋，但其为人，朗爽豪迈，只觉可亲，并无庸俗之感。他一见贾母，仅仅两句寒暄过后，便开门见山，说道是：“别的倒罢，只记挂着哥儿，——一向身上好？”

及至宝玉来了，见面开口就说：“哥儿越发发福了！”——这才引出贾母的又喜又忧的心事话：“他外头好，里头弱。又搭着他老子逼着他念书，生生地把个孩子逼出病来了。”张道士除了用“哥儿写的字、作的诗，都好的了不得”来“批评”了政老爷之外，遂又感慨系之地说道：

“我看见哥儿的这个形容身段、言谈举动，怎么就同当日国公爷一个稿子！”

说着，两眼流下泪来——史太君听了，也不禁泪痕满面，说道：

“正是呢，我养这些儿子孙子，也没一个像他爷爷的，——就只玉儿像他爷爷。”

作者在此处还又不惜勾勒皴染之工，加上了一笔叠色之法，写道：

那张道士又向贾珍道：“当日国公爷的模样儿，爷们一辈的（按指玉字辈）不用说，自然没赶上；大约连大老爷二老爷也记不清楚了！”

这也不啻颊上三毫——虽然是于空处着虚笔，反添无限真切之感。盖低等手笔，为要“证明”，只会竭力寻找“见证”：许许多多人都记得国公爷的体貌神情，确实不差，云云，等等。以为倘不如此，就不能使读者“相信”，就不能得到“形象鲜明”的“感受”。殊不知在艺术上，大师巨匠的手法并非是如此其简单的、肤浅的。

讲了半日，却有一个重要问题还未触及，这就是：在全部书中，对这位唯一的真正的主人公宝玉，用正笔来表现或传达他的形貌风神的，第一笔是用在黛玉初入荣府时，在她的目中心中所“反映”的一个宝玉现身之相，此后，再无二笔可寻了，——而到此清虚观中，却才再用第二笔，由张道士的目中口中，再一次“反映”了这同一个宝玉之相。更加值得思索的是从此以后，再也没有用过第三笔了。

如此一讲，方见得咱们此刻所说的这张道士与贾母的一段对话，并非等闲之文，乃是雪芹用意所设，切不可泛泛看过，以为此等琐屑，可有可无，真不知曹雪芹素来惜墨如金，为何在此这般“拖泥带水”？雪芹为何用此等手法来写一个宝玉？这就用得上“红学”了。用一般小说学的眼光和方法，就不能充分说明它了。——其实，这不仅仅是清虚观一回书文的事，整个书中写宝玉的手法，用一般小说学去解释，也是会遇到不易说明的问题的。

副篇　宝玉的“三王”论

我想要提出一个崭新的题目，叫做“宝玉的三王论”。“三王”之论，又是什么“奇谈”呢？这就是雪芹在书中给宝玉安排的三个奇特的绰号：

1. 混世魔王；
2. 绛洞花王；
3. 遮天大王。

我须把这三绰号的来历，先加注明，方使阅者了然不惑。

书开头不久，黛玉初到荣国府，会见了舅母王夫人。王夫人在谈话中，“介绍”了宝玉。试聆其词云：

我就只一件不放心：我有一个孽根祸胎，是家里的混世魔王。今日因往庙里还愿去，尚未回来，晚上你看见就知道了。你以后总不用理他。你这些姐姐妹妹，都不敢沾惹他的……他和别人不同，自幼因老太太疼爱，原系和姐妹们一处，娇养惯了的。若姐妹们不理他，他倒还安静些；若一日姐妹们和他多说了一句话，他心上一喜，便生出许多事来。所以嘱咐你别理他。他嘴里一时甜言蜜语，一时有天没日，疯疯傻傻，只休信他。

很清楚的，这就是“混世魔王”一号的出处。

第三十六回起诗社，大家商议都要免去家庭间嫂叔姊妹之俗称，另取雅号。轮到宝玉时：

宝玉道：“我呢？你们也替我想一个……”李纨道：“你还是你的旧号绛洞花王就是了。”宝玉笑道：“小时候干的营生，还提他做什么！”

这就又是“绛洞花王”一号的来历。但有一点需要说明，“王”字或作“主”，非是，那是后人妄改，因为四个字是仄仄平平，第四字万无用“主”字之理。细心读者可以去看看“戚序本”，此处“主”字的那一点，离得又远又歪，其后添之迹至为显明，就知鄙言不是妄发了。

至于“遮天大王”，这第三个别号的来由，说起来就没有上面两个那等简截了然，必须费上很多的话，才可望明白。如今让我细述首尾。

“遮天大王”一名，出在书中的第二十九回，当贾母来到清虚观中，张道士迎接谒见，言无数句，便问哥儿：

> “前儿四月二十六，我这里做遮天大王的圣诞，人也来的少，东西也很干净，我说请哥儿来逛逛，怎么说不在家？”贾母道：“果真不在家……”

读者才看到此处，定然笑说：你弄错了！人家张道士说的是他庙里的神仙有位遮天大王，给他过生日，做道场，有礼仪排场热闹儿，你怎么说成了是宝玉的绰号？岂非驴唇不对马嘴哉！

我说，且慢讥笑，奥妙正在这里。

原来，这个二十九回是紧接上文第二十七、二十八两回芒种节日园中众姐妹举行“饯花会”的故事而来，相隔不过三四日——因那日芒种节，书有明文，说的是——

……至次日，乃是四月二十六日，原来这日未时交芒种节。尚古风俗，凡交芒种节的这日，都要设摆各色礼物，祭饯花神：这芒种一过，便是夏日了，众花皆谢，花神退位，须要饯行。闺中更兴这个风俗，所以大观园中之人都早起来了，那些女孩子们，或用花瓣柳枝，编成轿马的，或用绫绸纱罗，叠成干旄幡幢的，都用彩线系了，每一棵树头，每一枝花上，都系了这些物事，满园里绣带飘飘，花枝招展。更兼这些人打扮的桃羞杏让，燕妒莺惭，一时也道不尽。

不但如此，来的人位之齐全，也是特笔叙清的——

且说宝钗、迎春、探春、惜春、李纨、凤姐等，并大姐儿，香菱与众丫环们，都在园里玩耍。

须知一部大书，所写良辰美景、赏心乐事虽多，但那都是世间实有的节序物色，风俗人情，何尝有这样的一个“尚古风俗”？所以脂砚也已指出：所谓饯花会，不必问其典不典，只取其韵就是了。这就说明凡是“虚构”的幻笔，背后必然隐着一段真情实际。这是雪芹笔法的规律。

那么，这次饯花会的特笔幻笔，将此一日写得如此之奇特别致，如此之美好欢愉，如此之盛大隆重，毕竟所为何事呢？我要替雪芹泄露一下天机：原来这个四月二十六日未时芒种节，实是暗写宝玉的生辰诞日！

雪芹之笔，变幻无方，狡狯难测，人皆知之；但对他如何写宝玉生日，却不尽明。书中对各人生日，都以明文点出：如贾母、元春、凤姐、黛玉、宝钗，班班可考，独独不言宝玉生辰究在何日。第六十二、六十三两回，大笔特书，众姊妹丫环，群芳介寿，盛极一时（其实也是最后的一次聚会了），可就是闭口不言这是岁月的哪一天！然而他又巧妙地逗漏消息：这是四月下浣。生日前夕，柳嫂子进园，管门的小幺儿向她讨园中的杏子吃，北京杏子初熟上市，一般皆在四月中旬。湘云醉卧芍药裀，手中已使扇子。怡红开夜宴，宝玉、芳官皆满口嚷热，大家脱外衣，所以我曾说“综看似是四月下旬，与开卷呼应”。（详见《红楼梦新证》206页，《献芹集》479— 482页）这个下旬，其实就是二十六日。第二十七回，明点月日，而不明言是生日；第六十二回，明点生日，却又不明言月日，两处错综其文，令心细目明之人自得之。

其中最妙的是第二十七回中有宝玉探春兄妹离开众人谈心

一大段文字，特笔提到了宝玉脚下穿的一双针线极工极细的新鞋。要知道，新鞋新袜，乃是旧时风俗中生日送的礼物。所以到第六十二回明文写宝玉生日，先就写送礼的事，请务必仔细读读下面一段——

> 当下又值宝玉生日已到……王夫人不在家，不曾像往年热闹，只有张道士送了四样礼，换的寄名符儿……王子腾那边仍是一套衣服，一双鞋袜。……其余家中，尤氏仍是一双鞋袜。

你只要看了这段话，定然相信我说的鞋袜乃是生日之礼，所以第二十七回探春因见宝玉脚下穿的新鞋，才说做鞋的事。不但如此，你定然已经注意到，这后一回开头写送礼的，不是别人，正是上一次口称他庙里四月二十六日“做遮天大王的圣诞”的张道士！这种巧妙的呼应，是雪芹明笔暗墨两相绾合的特殊擅场之法。

至于宝玉为什么单单生在四月二十六日芒种节？这就牵连着历史事实了：原来那日那时，正是雪芹的生日。雪芹实生于雍正二年甲辰闰四月二十六日未时，但小孩生于闰月的，例以次年的“非闰月”（如闰六月—六月）的该日作为其终身的生日。雪芹生于二年闰四月二十六，到次年（雍正三年）的四月二十六，为其正生辰——而那日适逢芒种节！自此，除了月日，这芒种一节也就成了雪芹生日的另一标记或“象征性纪念日”。对于上述原委，一般人难以揣知，我是从多个角度，结合历法，考证确凿的。因本文体例所限，难以尽列，故仅仅简叙于此，欲知其详的读者，请俟他日阅我另文。[①]

这层曲折有趣的关系交代清楚了，自然见得“遮天大王圣诞”的排场云云，实际就是贾府家庙里为本家公子宝玉哥儿做寿日道场——因此这“遮天大王”一名，也就是张道士赐予宝玉的一个“道号”！

遮天大王，当然是雪芹的诙谐，自家调侃，盖“正神”名单中，不会真有这么一位神道的。那么，它又何所取义呢？这就还得从《西游记》说起。

原来雪芹对他的前辈所著的“四大奇书”都是有所“接

---

① 我用历法细推时，发现了一个极大的奥秘：自从雍正二年雪芹生辰的闰四月二十六往后看，次年正四月二十六为芒种日（已见正文所叙）。此后，再无四月二十六与芒种叠合的巧例，——直到乾隆元年，这个重要年头的四月二十六，恰好又巧值与芒种节交会！因此在雪芹来说，乾隆元年的四月二十六芒种节是他自己的一个特大纪念日（中经家世巨变）！我在四十年前推断第二十七回所写，乃是乾隆元年的事，也有人嘲笑过的；但使嘲笑者惊讶的是，我的推断到今日却获得了确证！

受”，比如他为什么“设想”宝玉是由一块“顽石”下世投胎而诞生的？这就是从《西游》中孙悟空乃是由石中生出的一个“石猴”的神话受到启示联想而来。就连“甄贾”二宝玉，和“真假猴王”也有明显的渊源联系。倘若明白了这层关系，马上就会悟到：那个奇怪的“遮天大王”之号，恰恰是由“齐天大圣”变化而生出的了！雪芹之意若曰：他是“齐天”，仅仅“等尔”罢了，我则号曰“遮天”，盖过了最尊的“天神”！他是“大圣”，我则“大王”。圣者未敢自封为王，而“大王”实兼多义——古者称霸一方者皆号为王。楚霸王项羽是“大王”之一，到了乱世，则占山的“寨主”也就号为“大王”，这可能是从南北朝时代有武将自尊为“黑山大王”之类而兴起的吧？但到神魔小说中，那称“大王”的实在是许许多多的妖魔鬼怪的头头，都称号为“大王”。如《西游》就有“黑风洞大王”者是矣。

如此看来，雪芹把这个绰号安排给宝玉，带有强烈的自嘲意味，是一大调侃。

雪芹作小说，自然也要有“设色”“点染”涉笔成趣的地方，但他又常常就恰在人们以为他是诙谐玩笑的“闲笔”中暗暗地“埋伏”下了寓意。因此，对这“三王”之号，未可掉以轻心，以为漫无所谓。

依我初步的揣测，大意或许是如下所列：

1.“混世魔王”原本也是神魔传奇小说中的名号，如《水浒》中樊瑞，绰号正是这四个字；但久已成为俗语，家庭中管那极顽皮淘气的孩子，也就用上了它。王夫人说宝玉是“家里的混世魔王”，也是妇人女子家常口吻，但引人注意的是她那话说得沉重严肃，却没有多少玩笑开心之意。这只要看看她上面又用了一个“孽根祸胎”，就可知道了。这话不同一般，必有暗示的内容在。这代表了宝玉幼小时世俗人对他的看法。他是“扰乱天下”的麻烦人物——尽管那“天下”还只限于家庭小天地。

2.“绛洞花王”是宝玉稍长时自取自居的一个别号。宝玉一生爱“红”，绛是红的异称。我想“绛洞”是小孩子意中拟想的花的幽静的世界，而他自己是这个境界的“王”子。其实，这也就是“悼红轩”“怡红院”的一种变相措辞。

3.“遮天大王”在“三王”之中最为奇特，最不易阐释。这恐怕也是“名不见经传”、雪芹自造的奇词。“遮天蔽日”，不知何所确指？王夫人“介绍”宝玉时，说过他“一时疯疯傻傻，一时有天没日”！这“有天没日”四个字，惹人瞩目。我甚至联想到贾政后来说他会酿到“弑君弑父”那句骇人的怪语！

我的解释大致是这样——

当宝玉幼时，任性恣情，“胡闹”得很。当他稍大，自己以悲悯千红、拯救万艳为志愿，为事业（理想中的事业）。当他日后，曾经担当上一个骇人的足以致之死命的罪名——被贾环等敌者诬陷，说他曾有“欺君”“大逆”之事，所以“狱神庙”一回书文，宝玉遭灾落难，大约与此是不无关系的。当然，虽然是别人的诬陷，到底他有被“抓”的一些借口，说明他的言谈行径中确实有过“大不敬”的嫌疑。

这三个称号，合而观之，都有一种“非正统人物”“左道旁门”的味道，跃然纸上。“两赋而来”之人，其在世俗人眼目中的“不够正派”，“难成正果”，至为显明。

我之所解，未必即是。但我的用意只在于提醒大家：要想研究宝玉这个人物，须得其全。“三王”的问题也要考虑进去才是，未宜置而不论，全以闲文视之也。

第二十八讲　怎么写宝玉

咱们本来是要说清虚观这一段故事在全书中的作用和意义的，未料由于讲及张道士开口便问“哥儿”之事，话头不觉转到了曹雪芹如何写贾宝玉这位中心人物的独特手法的问题上来。提起这个话题，倒真是觉得可以按下清虚观之热闹场面暂且不表，且就雪芹如何写宝玉来讲上一讲，因为这确实是无比重要，又是十分耐人寻味的事情。

一部《石头记》——后来叫做《红楼梦》，本来就是以宝玉一生的遭逢经历为主体的书，雪芹十年辛苦，百种艰难，费尽精神心血，笔墨才情，所为何事？只为写出宝玉其人而已。那么，他的浑身解数，全副本领，都要为宝玉而施展，为宝玉而运用，此义自无可疑，试看古今中外，不管哪个作家，都必然是全神贯注、全力以赴地来写他自己最心爱最赞赏的主人公的，雪芹焉能例外？然而，异事就发生在这里。

照一般情形讲，作家既然竭尽心思地去描写刻画他的主人公，那一定是会把最美好的词句来赞美颂扬他。只有专门以写坏人坏事为主角主题的书，才应另论，如《金瓶梅》中的西门庆，是例。可是，曹雪芹却一反常例。他专门以贬笔写宝玉，他对宝玉很多不敬之词，一部书中几乎尽是说宝玉的坏话。此为何故？岂不令人猜疑？岂不令人诧异？这就颇值得我辈读者齐来思索参详了。

雪芹从一开头，就写冷子兴向贾雨村“演说”宝玉这个“怪物”，至有“色鬼淫魔”之恶词加诸其身。接着，黛玉入府，头一个向她“介绍”宝玉的“概况”的，是宝玉自己的生身之母王夫人，王夫人的一席话，也着实令人吃惊害怕，你听她是怎么说的：“我有一个孽根胎祸，是家里的混世魔王……他嘴里一时甜言蜜语，一时有天没日。疯疯傻傻，只休信他。”而黛玉此时回忆在家时也早听母亲说过：“顽劣异常，极恶读书。”

接着，我们的作家雪芹又给宝玉安排了两首《西江月》，什么“潦倒不通世务，愚顽怕读文章；行为偏僻性乖张，那管世人诽谤”；什么“天下无能第一，古今不肖无双”都上来了！你看，人世间难听的话，还往哪里再去寻找许多呢！雪芹在书中，想尽方法来从世人的心中目中去看这个宝玉，连傅秋芳家打发来的两个婆子，见过宝玉之后，走出怡红院门，见四下无人，也忍不住要议论一下这位“怪物”——“怪道有人说他家宝玉是外像好，里头糊涂，中看不中吃，果然有些呆气。他自己烫了手，倒问人疼不疼。这可不是个呆子？”

我不禁要再问“看官”们一声：你在何处曾见有这样“介绍”哪一部书中的最为重要的主人公的文学作品来？岂不是一桩极大的异事？其中必有道理了。

我们所以才说：曹雪芹对宝玉的笔法的“基调”是贬词，而并不是赞语。

但是，雪芹的笔又永远不是“单打一”的。他在“众人皆欲杀”之中，却也极个别地忽出一二家“吾意独怜才”的映衬法。据我看来，雪芹用明笔给宝玉也布置了两位知音之人，对之独有嘉评。要问是谁？这就是清虚观的“大幻真人”张道士和“太虚幻境”的警幻仙姑。两位“神仙”，都沾“幻”字的边儿，且都为他讲了几句好话。

清虚观的张爷爷，称赞了宝玉，说他的诗句书法都好得了不得，并为哥儿颇表不平：这么好的孩子，怎么还抱怨他不读书呢？他不单是称赞辩护，而且指出一点要义，经史太君即可证明：就是宝玉的一切，从体貌丰神，到言谈举止，都极像他的祖父。——这么一来，事情确实是复杂起来了！

一个问题摆在了我们读者的前面：你可曾见哪部小说中有过这种笔墨？而作者雪芹定要如此落笔，这究竟是何用意呢？

副篇　从衣饰到神采

如果你从衣饰上看雪芹如何用它来助写人的神采，那么你会发现有味的“规律”——

1. 男人的衣饰，一字不屑（严格之至）。

2. 但写女儿，又只重在熙凤、湘云二人。其次是探春。晴雯、芳官，偶予一二特笔。其余那么多的女流，也不正写一字。（怪不怪？）

3. 宝玉虽为男性，却写他的衣饰，而且是重笔叠笔。（何也？）

这儿意味深长，你可曾想过？如照拙见粗解，不难明白：雪芹著书不为男子，只传女儿；宝玉虽属于男，但性与女亲，甚异于世俗“浊物”——原系一部书的真正的主人公，故特笔“优待”。女中主角是谁？大家皆认黛、钗。我谓不然。与全书盛衰聚散最有关的女主角是熙凤，而与宝玉最为亲厚、结尾重逢吊梦者乃是湘云。当你咀嚼这内中滋味时，便会若有所悟。

我们可以看看大家注重的所谓“黛玉入府”一回中，雪芹借黛玉之眼（正略如借冷子兴、贾雨村之口），来写出府中人物的衣饰——

> ……这个人打扮与众姊妹不同，彩绣辉煌，恍若神妃仙子——头上戴着金丝八宝攒珠髻，绾着朝阳五凤桂珠钗，项上带着赤金盘螭璎珞圈，裙边系着豆绿宫绦、双衡比目玫瑰佩。身上穿着缕金百蝶穿花大红洋缎窄褃袄，外罩五彩刻丝石青银鼠褂，下着翡翠撒花洋绉裙。一双丹凤三角眼，两弯柳叶吊梢眉。身量窈窕，体格风骚。粉面含春威不露，丹唇未启笑先闻！①

你看看这种“衣纹学”的笔法，是繁是简？是描是写？是吴带还是曹衣？是飘举还是稠叠？我说是他明明用的写法而非描法，却给你一个“工笔重彩”的感受，对不对？他实际“只列名色”，一笔也未“勾”“描”！

王熙凤的音容衣饰，到第六回刘姥姥眼中，再现一番风光

① 引文参酌圣彼得堡本。

景象，别人也是没有这例的。——在这儿，你可看见熙凤目中看到的黛玉初来，她是如何的衣装打扮吗？又为什么一字也无？

至于宝玉，那在本回就是叠笔——

> 一语未了，只听外面一阵脚步响，丫鬟进来笑道：“宝玉来了！”黛玉心中正疑惑着：“这个宝玉，不知是怎生个惫懒人物，懵懂顽童？”——倒不见那蠢物也罢了。心中想着，忽见丫鬟话未报完，已进来了一位年轻的公子：头上戴着束发嵌宝紫金冠，齐眉勒着二龙抢珠金抹额；穿一件二色金百蝶穿花大红箭袖，束着五彩丝攒花结长穗宫绦，外罩石青起花八团倭缎排穗褂；登着青缎粉底小朝靴。面若中秋之月，色如春晓之花，鬓若刀裁，眉如墨画，面如桃瓣，目若秋波。虽怒时而若笑，即瞋视而有情。项上金螭璎珞，又有一根五色丝绦，系着一块美玉。……只见这宝玉向贾母请了安，贾母便命：“去见你娘来。”宝玉即转身去了。一时回来，再看，已换了冠带：头上周围一转的短发，都结成小辫，红丝结束，共攒至顶中胎发，总编一根大辫，黑亮如漆，从顶至梢，一串四颗大珠，用金八宝坠角；身上穿着银红撒花半旧大

袄，仍旧带着项圈、宝玉、寄名锁、护身符等物；下面半露松花撒花绫裤腿，锦边弹墨袜，厚底大红鞋。越显得面如敷粉，唇若施脂；转盼多情，语言常笑。天然一段风骚，全在眉梢；平生万种情思，悉堆眼角。

只这两段，那熙凤与宝玉便活现于纸上了，人人皆如此感觉和谈论。当然，这"活现"的奥秘绝不会只在一张"服饰名色单子"上，起点睛作用的，全在紧跟上的那一联对句——诗。试看京戏中人一亮相，便有"引子"或"定场诗"；在评书中，则一副对句是更常用的手法。好一个"粉面含春威不露，丹唇未启笑先闻"！无怪乎脂砚赞那雪芹的"追魂摄魄之笔"，真是一点儿不假。

但请你反问一声：当写熙凤初见黛玉时，可曾提到林姑娘是怎样一个穿戴？完全没有。稍后，黛玉眼中初见宝玉，也是"亮相"大有妙文，而反过来，宝玉初见黛玉，只写她眉眼态度，也一字不及衣饰。你可曾想过：为什么？难道在大家心目中位置最高最重的女主角，倒不需要（不值得）写写她出场亮相的打扮？——而且在所有以后的书文中，也不再多说黛玉的服色。其故安在？

这恐怕就是雪芹对她这个人有一种超衣饰的认识，以为一画衣饰，会把她“框”住了，即“定型化”了，他以为一写她的衣饰会有害无益。此是从作者主观内心而言。若从书的客观布置结构来说，那则是黛玉并不是全书（贯通首尾格局）的女主角，而只是“三部曲”的第一部分的人物（她早逝了）。

第二十九讲　史太君定婚

在清虚观中，张道士一见贾母史太君，开口先问“哥儿”的事情，雪芹于此，着以特笔，已如前回讲述。然后，这位张爷爷就提议，哥儿也该考虑到婚姻大事了，并且说他前儿看见一位小姐，“今年十五岁了”，“模样儿，聪明智慧，根基家当，倒也配的过”。于是，引起了贾母的一席话，也引起了宝黛之间的一场特大风波——在全书中也是仅见的，关系非同小可。

贾母听张道士提出的这位小姐的“三大方面”，即相貌、性情、门户三个要点之后，答复了一段话，其词云：

> “……你可如今打听着：不管他根基富贵，只要模样配的上就好，来告诉我，——便是那家子穷，不过给他几两银子罢了。只是模样、性格儿难得好的。”

这段话，重要无比，可惜读者论者大多不加注意，轻轻看过，视为泛常之闲话了。

若问重要何在？请听讲者一陈鄙见。

总不可忘记，在雪芹的笔下，莫当他肯在任何无谓之处而多费一点儿墨汁。这是不会的。他给人物安排的话语，都有其作用，有其伏脉，有其“针对性”。贾母的这一番发话，更是如此。老太太有她的满腹的心事，话是说给人听的。在这个场面中，话虽则是当众说给张道士听的——其实却是说给自己全家人听，而最主要的是说给王夫人听。

此话怎讲？原来，王夫人与贾母各有自己的心事和盘算。自从薛家来后，因是皇商，家势豪富，有一个宝钗，人品上等，王夫人就把自己这个外甥女看中是宝玉的佳配。她盘算的是，现在借来当家的是娘家的内侄女王熙凤，将来宝玉娶了宝钗，又是王家的“嫡派”，亲妹妹的女儿。这是封建大家庭常见的“母党”的势力关系。而老太太则与此不同，她想的是，自己最疼的女儿先已去世，遗下弱女黛玉，孤苦伶仃，从小与宝玉一起长大，二人最相和美，岂不是天作之合。但那时老人家是要讲身份的，她自己不能出诸口，说是要给自己的孙子娶自己的外孙女，——她一心等待王夫人张口，宝玉的亲娘，一提此议，作为祖母的一点头，那真是一切圆满无比了。然而，王夫人就是不开此口。她们婆媳两个，明里和同，暗中矛盾。今日趁张道士一发此言，立即明白表示：你们打算聘薛家的姑娘，头一条是根基富贵，人人巴结阔家有钱的，我偏说绝对不计门户高低穷富，穷家的只要女儿本人好，一切妆奁陪嫁不计，情愿一力办理承担——你看，这只因荣府上下人人势利，捧薛抑林，说黛玉无家无业，难以为配，老太太才特意作此“声明”，以压众论。事情的微妙，须待细心体会。

张道士只顾如此一提，以为这不打紧，哪料想宝玉一闻提亲二字，便不肯再见张道士，而黛玉也因此勾引起许多难言的烦恼，以致两人闹起一场巨大的风波，几乎不可开交。

这场风波的严重性从一件事上就可十分清楚了，这就是书中贾母从来还不见她为宝黛二人的怄气口角而哭过，这一次却急得流下了泪，并且说出一段惊心动魄的话来。你听——

“我这老冤家是那世里孽障，偏生遇见了这么两个不省事的小冤家！没有一天不叫我操心。真是俗话说的，‘不是冤家不聚头’。几时我闭了这眼，断了这口气，凭着这两个冤家闹上天去，我眼不见心不烦，也就罢了，——偏又不咽这口气！”

这一席话，真是字字有千钧鼎重，句句似电掣雷轰，无怪那宝玉黛玉闻知之下，各自在屋里像“参禅”一样地细参老太太那番话的每一个字的真源正义。看官们着眼：老祖母的满腹之心事，既定之主张，至此才算和盘托出。她天天为此而操心，所为何来？她说的“不是冤家不聚头”这七个大字已经定了宝黛关系的全局，何用置疑？何容篡改？

所以，在第二十九回之前，有一则脂砚总批，说道是：

二玉心事，此回大书，是难了割。却用太君一言以定。是道悉通部书之大旨。

意思正是说明，一部《红楼梦》的大事之一，即在于史太君是发言定了大局的。这可见乾隆早期，读者尽知此义。不料到了乾隆四五十年以后，忽然又炮制出来一种混入伪续后四十回的假全本，却硬是把贾母篡改成为一个破坏宝黛婚姻的头号罪魁祸首。近来的有些艺术表演，也还在不断地为彻底歪曲雪芹本意的假《红楼梦》进行传播工作。这是历史造成的，不怪他们。

副篇　罥烟含露见颦颦

——黛玉的眉和眼难倒了雪芹

一般的《红楼梦》读者很难想到：原来曹雪芹在给林姑娘传神写照时，对如何传写她的眉和眼，却大费神思，或者不妨说简直难倒了这位艺术大师，不知怎么措语铸词，才能惬合心意。我这样说，有什么根据呢？根据就在现存的古钞本《石头记》此处的文字，其种种不同的“文本”竟达七种之多。说得更明白些，就是不同的本子写到林姑娘的眉眼之处的用语有七个样子！这个现象，若说里面可能包含着后人奋笔妄改雪芹原文的缘故，也许不能尽免，但总也表明了当年往外传钞的本子并不一致，雪芹此处的文字还没有确定下来，曾是屡经推敲斟酌。则可见黛玉的这眉与这眼，确是难写得很呢。

本文不拟罗列众多本子的异文的全貌，只举一二普及铅印本《红楼梦》为例，也可窥豹一斑。解放后多次重印的那个人民文学出版社排印本，其文如下：

……两弯似蹙非蹙笼烟眉，一双似喜非喜含情目……

而1982年出版的新校本则作：

……两弯似蹙非蹙罥烟眉，一双似喜非喜含情目……

新校本此处恰有“校记”，说是这两句底本即庚辰本原作：

两弯半蹙蛾眉，一双多情杏眼。

其余“各本均异，且大多残阙”，现在所采的是甲辰本的文字，而据己卯、甲戌（原钞）等本将“笼烟眉”改为“罥烟眉”的。

只这么简单一举例，这“热闹”可就不小了！

先说这个“罥烟眉”，有大学中文系的老师就曾毫不含糊地向我表示：对此三字措语，他是“接受不了”的！而主张仍以“笼烟眉”为通顺可懂，云云。

我要告诉读者：是罥烟，不是笼烟。罥是雪芹原文，笼是后人妄改，绝不可从。若问这理由何在？只因“罥烟”二字明见于雪芹好友敦敏的诗句中。可见这是他们创造的新的文学语言，极有别趣。而笼烟则老生之常谈，不但索然寡味，而且大透其凡俗之气了。然而为陈词滥调所束缚的粗通文墨者，都往往是认识能力不够，颠倒了艺术上的高下优劣（罥音绢，缠绕、牵挂之意）。

这还不算麻烦。到了“含情目”，事情就更缠夹了。庚辰本的“一双多情杏眼”，俗不可耐之陈言旧语也，尚易辨识。要说对“含情目”还有什么怀疑，便不易获得同感共鸣了。但我曾细审甲戌本原钞，明是“含露目”无疑。这方是雪芹原文。

读者至此，定是诘问我了，说：含情目，何等自然通顺，合情合理；什么“含露目”？！真是“没听说过”！标新立异，其奈“群众不答应何”！

我说：且慢且慢，少安毋躁，听在下交代。含露者，是写黛玉两目常似湿润，如含有仙露明珠——亦即雪芹在另处说她是“泪光点点”同一用意。罥烟、含露，对仗精切无匹！这是雪芹费了大心血而创造的足以传写黛玉神态的高级艺术语言。若作什么“含情目”，不但失去对仗，简直是太俗气了！雪芹岂能出此败笔乎？

我很知道光是这样摆道理是不易说服所有的人的，还得找有力佐证。

佐证哪里去寻？老天不负苦心人。1984年12月，我到苏联去访寻列宁格勒所藏旧钞本《石头记》，翻到此处，只见一笔极好的小行书字，钞写清楚，其文曰：

……两弯似蹙非蹙烟罥眉，一双似泣非泣含露目。

于是乎，“含露目”获得了佐证。我不禁大喜！

不但此也。上引“似喜非喜”云云，我本是蓄疑已久；细审“甲戌”原钞，已被妄人用浓墨弄得一塌糊涂。心中深为抱恨，但无办法解决。不想这次赴苏访《红》，这个疑问迎刃而解了！这才是雪芹原文啊！

第三十讲　贾元春

雪芹为小说设色皴染，处处别具匠心。他写看戏，也不是单为了“热闹”，图一个取悦于世俗之人；而是各寓深意。清虚观打醮，礼成之后，例有戏文娱乐，于是就在神前拈戏—用抽签拈阄的方式来决定戏目。这不禁令人想到：《红楼梦》已经写了两次在大场面中的戏文节目，而两次都与元妃有关系。一次是她来省亲，一次就是传谕打醮。两番戏目，都由她引起。

脂砚批语，常常说到一个艺术用语，叫做“特犯不犯”。此是何义？盖谓雪芹专门喜欢自寻这种难题——故意要与前文相犯，显有某种重叠之处，可是在他写来，却又各有特色，各有精意，虽似有同，实又有异。比如只这看戏一节，前番是点戏，是请贵人按自己的心意去“圈定”节目；而此次是拈戏，全不由人做主。两番的戏目，又有其相同之点——就是都隐寓着全部书的大局要旨，可是细一寻按，又两番各有特异之处。这正是雪芹擅长的一个独特的艺术手法。这是很难的事，俗手不敢如此自己难自己，勉强要作，结果也会是令人徒有叠床架屋之感，略无柳暗花明之致。

咱们不妨借此机会，作一小小比较。

元妃省亲时点戏戏目：

第一出《豪宴》　　第二出《乞巧》

第三出《仙缘》　　第四出《离魂》

荣府打醮时拈戏戏目：

第一本《白蛇记》　　第二本《满床笏》

第三本《南柯记》

脂砚批语揭明，省亲时四出戏依次寓意是暗伏全部书的四大关目，即：

伏贾府之败，伏元妃之死，伏甄宝玉送玉，伏黛玉之死。依此可推，打醮时三出戏必然也有寓意可寻。相较之下，我们看到两组戏目的所伏之事，都是隐寓贾府的盛极而衰现。这是两者相同的一面。但也有相异的一面，即是前组中家势败亡和宝黛之不幸两条线交糅在一起，而后组则只是隐寓家势败亡的一面，并没有宝黛之事显示于戏目之中。

再一点不同之处，是省亲时“正场”演罢之后，还有“加码”，又找补了一出《相约相骂》；而打醮因是“神前拈戏”，自无追加之理。《相约相骂》，也是暗寓黛玉之事。

但是，如果稍一细心，便又会觉察出雪芹的笔法是极活的，富于变换的。比如省亲一回，戏目里既有了宝黛之事的隐寓在内，书文中则一字不及；而打醮一回，戏目里不涉宝黛之事，可是书文中却明写二人因到清虚观而引起的一场特大风波，前讲已经讲过。即此以观，同而不同，不同而又实同——说明了凡一涉元妃的场面，实际上却总是暗中与宝黛之事大有关联。

若从这一角度再来重读张道士提亲的文章，必然对雪芹的文心又增添一番体会。

说到此处，不妨作一“小结”，所得结论是：元春对于荣府的命运和宝黛的姻缘，都是一个至关紧要的人物。平安醮，却中含无限不平不安之兆。

然而，元春对贾府败

亡的关系，容易理解；至于她对宝黛婚姻大事的关系到底是怎么样的，至今还是一个很大的问号。关于这个重大问题，实应另设专讲细论才行，此刻只能单说一点：那元春在游幸大观园点戏时，最欣赏的是龄官这个女孩子，所以才特谕着她加演一出——贾蔷让她演《游园惊梦》，她执意不肯，这才改演《相约相骂》。而这龄官（就是“画蔷”的主角）不但性格属于“黛玉类型”，就连相貌也酷似黛玉，——书中明叙大家都看出她扮上戏，活像林姑娘，只不敢说出口来，却被湘云不管不顾，一口道破。再者就是黛玉后来在中秋月夜与湘云联吟时告诉湘云说：像凸碧山庄、凹晶溪馆等许多匾额，都是当日宝玉未曾题完时由她补题的，贾政看了十分喜欢，就都采用了（当然也是要奏请元妃同意的）……

这一切，都说明了元春对于黛玉并无恶感，正是非常爱赏于她。可是不知由于何故，等到赐下红麝串的时候，不是黛玉与宝玉的赐品相同，却是宝钗与宝玉的一样。因此宝玉才十分疑心，说：“别是传错了吧？”

看来，隐隐约约，此中大有文章了！又由此可知，打醮一回书，特笔涉及宝黛，非无故矣！

副篇　元春之死

《红楼梦》，照鲁迅先生的理解认识，是一部“正因写实，转成新鲜”的小说。书中明言：“吾家自国朝定鼎以来，功名奕世，富贵流传，虽历百年……”所以书文的内涵，主体是雍正末年、乾隆改元，以至乾隆四五年间的事（此截至八十回而言）。清代皇族都是强弓硬马的武将，到了“百年”时期，军事战争已非主要功业，但满洲皇室、贵族，仍然要保持习武的传统。怎么习呢？就是以打围（猎）为习练骑射本领的重要方式。

皇帝每年都要到口外去避暑，去打围。那地点相当于现今的河北省承德及其西北的围场县，距京八百里。

那时的旗人贵家公子，因习于逸乐享受，已经视打围为苦事了。书中第二十六回，有一段特提铁网山打围的事，看似闲文，却正是伏笔要害。

那是薛蟠请客，神武将军冯唐之子冯紫英忽然来了，因久不见，又脸上带有一处青伤，问起缘故，方知就从三月二十八跟他父亲到铁网山打围去了，脸上是让鹰的翅膀划伤的。这贵公子彼时就说：我没法儿，只得去；不然咱们一起聚会多么乐，会自去寻那苦恼去？还又说，此行有一件“不幸中之大幸”，前文还特提与“仇都尉”打架的事。隐隐约约，内藏无限丘壑，大有文章在后面。

原来，在历史上，发生了一件大事变。

乾隆四年（1739），皇族内四家老亲王（康熙之子）的本人或子侄，许多人联合密谋，另立了自己的“朝廷”机构，准备推翻乾隆（旧恩怨还是在报复雍正的残杀骨肉），至此暴露，获罪者不计其数。到次年，乾隆又举行“秋狝”，在围场又遇到庄亲王王子的密计，险遭不测，幸被发现，将主犯囚禁后，假装无事，照样行围，以安人心。这种历史事态，曲折地反映入于小说之内。元春的死，正是在她随驾到口外围场期间，事变猝起，她乱中被敌对势力的人员乘机杀害了。

这就是“望家乡、路远山高”的真情和痛语。

这也就是她的簿册判词所说的——

三春争及初春景，
虎兕相逢大梦归。

虎兕，语出《论语》，两种力最大的兽，比喻二强相斗。

元春死于非命，年方二十[1]。

元春归省，自己点的四出戏，第二出是《长生殿》，脂砚斋批语也点破了：这出戏暗伏了元春之死。这怎么讲？原来此戏演的是唐明皇、杨贵妃的事迹，杨贵妃正是死在随明皇入蜀逃难的路上，被迫缢死的！

李义山的名句："此日六军同驻马，当时七夕笑牵牛。"六军不行，妃子只好以自己的性命解围了。

这就是元春大小姐的悲剧。

---

① 元春的册子上，画有一张弓，此或谐音"宫"。但另一义即清代宫中有以弓弦缢死后妃的习俗。

第三十一讲　鸳鸯

鸳鸯在全书中是“十二钗再副册”中一大主要人物，关系着贾府家亡人散的大事故，也是群芳凋落中结局最惨的女儿之一。雪芹对她，大脉络上的伏笔计有三层。

鸳鸯的悲剧惨剧，系于贾赦这个色魔。根据杭州大学姜亮夫教授早年在北京孔德学校图书馆所见旧钞本《石头记》的异本（即与流行的百二十回程、高本完全不同）所叙，贾府后来事败获罪，起因是贾赦害死了两条人命。贾赦要害谁？显然其中一个是鸳鸯。证明（其实即是伏笔）就在第四十六回——

> 鸳鸯〔向贾母哭诉〕：“……因为不依，方才大老爷越发说我恋着宝玉，不然要等着往外聘——凭我到天上，这一辈子也跳不出他的手心去！终久要报仇！我是横了心的，当着众人在这里：这一辈子别说是宝玉，便是宝金、

宝银、宝天王、宝皇帝，横竖不嫁人就完了！就是老太太逼着我，我一刀抹死了，也不能从命！……老太太归了西，我也不跟着我老子娘哥哥去。或是寻死，或是剪了头发当姑子去！……”

再听听贾赦的原话是怎么说的——

……“自古嫦娥爱少年”，他必定嫌我老了，大约他恋着少爷们——多半是看上了宝玉，只怕也有琏儿。若有此心，叫他早早歇了，我要他不来，以后谁还敢收他？……第二件，想着老太太疼他，将来自然往外聘作正头夫妻去。叫他细想：凭他嫁到谁家去，也难出我的手心！除非他死了，——或是终身不嫁男人，我就伏了他！……

请你“两曹对案”，那话就明白了。

这儿的奥妙在于：宝玉似主，实为陪角；贾琏似宾，却是正题。这话怎么讲？原来，有一回贾琏这当家人被家庭财政给难住了，一时又无计摆布，想出一个奇招儿，求鸳鸯偷运了老太太的体己东西，押了银子，暂渡难关。鸳鸯是个慈心人，就应了他。谁知这种事很快由邢夫人安插的“耳报神”传过消息去，贾赦也就听见了。故此，这个大老爷疑心鸳鸯与琏儿“交好”，不然她怎肯管他这个事？此事风声很大，弄到两府皆知。

你看第五十三回，到年底下了，乌进孝来送东西了，贾珍向他说起西府那边大事多，更是窘困。这时贾蓉便插口说：

> “果真那府里穷了：前儿我听见凤姑娘和鸳鸯悄悄商议，要偷出老太太的东西去当银子呢。”

这是一证——其实就是一“伏”，一“击”，一“应”。

等到第四十八回，贾赦逼儿子贾琏去强买石呆子的几把好扇子。贾琏不忍害人，他老子怒了，把他毒打了一顿，卧床难起——此用“暗场”写法，我们是读到平儿至蘅芜苑向宝钗去寻棒伤药，才得知悉。试听其言，虽是因扇子害得人家破人亡、用话“堵”了贾赦，但还有“许多小事”夹杂在一起，就没头没脑不知用什么打起来，“打了个动不得”！这些“小事”里，就暗含着赦老爷的变态心里“醋意”在内——因鸳鸯“看上了”自己的儿子贾琏。

这事贾琏之父母皆心有嫉妒，邢夫人一次向他告艰难要钱，贾琏一时拿不出，邢太太就说：你连老太太的东西都能运出来，怎么我用点钱你就没本事弄去了？

所有这些，就是后来鸳鸯果然被贾赦逼杀、死于非命的伏线。所谓“草蛇灰线，伏脉千里”，放眼综观，真是一点儿不差。

当然，在不明白这种笔法与结构的时候，读雪芹的那层层暗点，茫然无所联系，甚者遂以为“东一笔，西一笔”，浮文涨墨，繁琐细节，凌乱失次——莫名所以。更由于程、高等人炮制了四十回假尾，已将原来的结构全然打乱与消灭了，读者就更难想象会有这么一番道理了。

说到这里，我才摆出一个“撒手锏”，让你大吃一惊！那就是“宝玉葬花”一大象征关目之后，是以何等文情“截住”的？那就在第十八回——

> ……便收拾落花，正才掩埋妥协，只见袭人走来，说道：“那里没找到？摸到这里来！——那边大老爷身上不好，姑娘们都过去请安，老太太叫打发你去呢。快回去换衣服去罢。”

于是，宝玉赶回院中。回房一看时（已入第十九回）——

鴛鴦

果见鸳鸯正在床上看袭人的针线呢。

她见宝玉来了，就传述了老太太的吩咐，叫他快换衣前去。在拿衣服的小当口儿，宝玉便爬向鸳鸯身上，要吃她口上胭脂!

请你看看！葬花一完，便先出来了鸳鸯，而鸳鸯之出现，是因与“大老爷”相联着的。

这简直是妙到极处了。我不知哪部书中还有这等奇笔绝构？这真当得起是“千里”之外早“伏”下了遥遥的“灰线”。它分散在表面不相连属的好几回书文当中，不察者漫不知味。而当你领悟之后，不由你不拍案叫绝，从古未有如此奇迹。

伏线的笔法，遍布于《红楼梦》全书，举例也只能略窥一二，无法多列。一般来说，谈伏线似乎多指个别人物情景，即多元伏线，也较分散零碎。此种举例尚属易为。但书中还另有一种情况，即第七十二回全部都是后文的伏线，而且条条重要得很。这在我们小说史上是个极突出的文例，原宜着重论述才是。但从结构学上讲，第七十二回是“八九”之数，后半部书全由这里开展，处处涉及“探佚学”的探究，事繁义复，这就绝非本书体例及篇幅所能容纳了。再三考虑，觉得只好在本书中暂时阙如。但我应该先将此点指出，方能对雪芹的伏线笔法更为全面地寻绎和理解——特别是因为很多人对这个第七十二回的内容、笔调、作用，都感到不甚“得味”，以为它是“多余”的“闲文”。可知这回书是小说笔法上的新事物。

鸳鸯大案，至第七十四回又特出凤、平二人大段对话提醒，以伏后文，而程、高本竟删此二百余字之要紧结构机杼，其篡改原著之居心，读者当有所悟。

第三十二讲　太虚幻境

今之读《红楼梦》者，见“太虚幻境”四字，便只知向“虚幻”字面去认字义，而不知更须向字里去寻涵蕴。《太平广记》卷五十六，记云：

> 西王母中，九灵太妙龟山金母也，一号太虚九光龟台金母元君。乃西华之至妙，洞所之极尊。……天上天下，三界十方，女子之登仙者，得道者咸所隶焉。

此则雪芹文心匠意之运化，有取于一切女子皆隶属于“太虚……元君”之司掌，痕迹宛然可按。

但这一文心匠意之来源，虽然十分明确，只不过是一个意念思路的脉络，究竟写入《红楼梦》中的“具体景观”又是从何而来？此则并非翻检书册所能为力，而是熟悉老北京风土民情的邓云乡先生一语道破。他于20世纪80年代之初，有一次来访（我已迁入东城朝阳门南小街南竹竿胡同夏衍旧居四合院），谈话主题不离《红楼》之事，他忽然对我说起：雪芹的书貌似虚构，其实处处有实据迹证可按。即如太虚幻境也有它的“原型”——就是北京朝阳门外的东岳庙！

这一席话，使我茅塞顿开，略一思考，果觉其言大有道理，不同于穿凿附会。

原来，北京的东岳庙是旧日京师的名声最大、香火最盛的古刹，庙期竟有江南千里而赶来的朝圣者。

此庙是道教中心地点，雪芹书中的“道录司”，即在此庙之中。庙宇及名塑，始于元代大匠，天下无匹。

何以说太虚幻境是仿照东岳庙而“设计”的？

1. 庙门外有一座石牌坊。

2. 进入以后，两厢有诸“司”分列。

3. 后殿寝宫，塑有碧霞元君百余侍女，神态万方。

即就此三点而察之，可悟全与“太虚幻境”的特色相合。盖普天下的寺庙，此为独一无二，雪芹从“现实”景观而得其艺术境界，触磕信悟，只能是这一实体而别无可能。

而且西部女神金母，尊号“元君”，而东部（泰山）女神碧霞，也号“元君”，二者的组合联想，就生发出一位“警幻”仙子来。

“太虚”何义？与“太清”“太上”同为道家的宇宙观念，亦仙界之高层。杜少陵咏及天上的云彩，也说“溶溶满太虚”。可知即现今所谓“太空”的同义词。太，至广至大无以形容思议者谓之“太”，即“大”的“加重语气”而发出的“摩擦破裂音”是也（大，古音如“代”，日语犹如此读）。

至于“幻”，则是“情”的哲学艺理的一种代词或隐语（如戚序本标题诗“总是幻情无了处，银灯挑尽泪漫漫”，此类词例甚多，我曾有专文论及，今不多赘）。

草草而言，已可看出，雪芹笔下的这种貌似离奇荒诞的名目，实质上却都饱含着中华传统文化的丰富而美丽的内容。只能“貌相”、只看表皮的人，很难领略其中的真味。

那么，这种丰富美丽的内质，我们用什么方法来告诉或“传达”给大众读者呢？

举例说，如对世界读者做工作，就把这个名目译为A Fantasy World of the Greatest Vain这样的话，能算忠实而尽职责吗？那些外国读者从这种名色所得到的“感受”又是些什么呢？

这样的问题，其实不待“太虚幻境”才发生，就是书名“红楼梦”上，已然早成难题了：译成The Red Chamber Dream（或A Dream of the Red Chamber）是煞费苦心，推敲斟酌而定辞的，可是西方读者有谁能晓知“红楼”的文化境界是什么样呢？——因为这种中华汉字文学词语，本身与西方语文绝异，原是不可译的。

近年来，英译本又出来一个The Dream of Red Mansions的译法，大行其道，海内外采用，似成“定本”。奇怪，无人异议驳正这个荒谬的译法！这悍然把“红楼”（唐代诗人承用此词，皆指富家女眷之居处）变成了“朱邸”（大富僚们的府第）！

雪芹是为女儿而著书的，故“红楼”为全书之眼目；他同情赞美女儿而视男子为须眉浊物，觉其“浊臭逼人”，这实际是否定了男性！如今译家却把他的一生心血结晶弄成了这种浊物弄权逞势的事情。你说这是什么缘由竟至于此呢？

委实令人骇然而又憬然——这倒合了“两个世界论”的心意，说荣国府是现实世界，而大观园（即太虚幻境的化身）则是“理想世界”，云云。

论事治学，皆应循实事而求真际，不可以一个西方“模式”来“套”一下就算解决了问题。乌托邦思想实际不能只是个哲学意念，而依然是涉及政治经济制度的事情。大观园里管理至严，查园，上夜，抄检，治盗案，派厨房，大小丫环婆子，分房各党，矛盾重重，日日生事……这地方“理想”吗？太现实了。

太虚幻境如何？对联先已书明“堪叹”“可怜”了；进入以后，诸“司”气氛怎样？曰朝啼，曰暮哭，曰春怨，曰秋悲——还结穴到了一个“薄命司”里！出来的仙子们，或名“引愁”，或名“度恨”……

这一切，也能叫它“理想世界”吗？

所以，要从雪芹书文实义去发掘领会，而绝不可拿外来的一个design去“套”它一番，弄出一个“算式”了事。

中华文化上的民俗思想，女神是个重要课题。女娲、西王母、骊山老姥（昔母）、碧霞元君、洛神、湘妃形成了一个“体系”，值得作专题研究。雪芹把西部东部两位“元君”组合了，又创建了自家的新意念、新象征。它始终属于中华文化的民族特异光彩，而非某种乌托邦类思想所可牵合捏造。

大观园并不“理想”——园中人众每日三餐，从何而来？来自一个社会制度。曹雪芹著书并不是为了要提出一个“新”的政治社会制度。他会有“理想”，但绝非只倚靠“虚”“幻”而成为空想主义者。

第三十三讲　幻境“四仙姑”

第五回宝玉梦游幻境，除首见警幻仙姑外，随又唤来几位仙女，命她们迎接来客。按其“法名”，则为“痴梦仙姑（姝）”“钟情大士”“引愁金女”“度恨菩提”，明题只此四位。

粗心者看到这种文字，大抵以为无非是随意点缀，泛名闲趣而已，哪还有什么深意可言？谁知善悟细玩者却一眼觑破：此乃雪芹惯用手法，似泛泛而有实指。近经名作家刘心武先生指出：这四位“仙姑”实即：黛玉、湘云、宝钗、妙玉。

这好极了！我完全同意他的慧心破译。

痴梦仙姝为黛玉，不待赘言。钟情大士，类乎菩萨愁肠悲感，非湘云之英豪大量莫属。“金女”为宝钗。菩提即妙玉（菩萨一词本作菩提萨埵）。

前三名，大致结局考明。唯独妙玉难知究竟。如今却因破

译了“四仙姑”而令人瞩目那“度恨”二字。这必然与她的品格与作用大有关系。

我们不会忘记：凹晶馆中秋夜黛湘联句一大关目，收尾却是妙玉续出一篇重要的收煞“段子”，而且是夜两小姐亦即宿息她庵中（直到丫环来寻……）。

这都绝非闲笔。

再者，“白雪红梅”一回，多篇的红楼诗以妙玉为“梅主”。这都至关重要。

所以，后来黛玉早亡，湘云流离失所，身陷绝境而不可寻踪，此乃宝玉一生之大恨，而唯妙玉如菩萨而能“度”之。

宝玉咏红楼：“入世冷挑红雪去，离尘香割紫云来”一联，上句“冷雪”——系服“冷药”之“薛（雪）”也。下句“香云”，则明言“湘云”，无复隐喻隔阂。尤可合看者。

薛宝琴的红楼诗又有一联，大书曰：“闲庭曲槛无馀雪，流水空山有落霞。”这又分明上句寓薛，下句寓湘（枕霞）。

由此可知，黛不成双，钗复逝去，只有湘云，如同落霞孤鸳，终获妙玉奇缘鼎力为之绾合，使宝、湘得遂前情夙愿——此即“红楼（红媒）”之本义也。

如此说来，妙玉之为卷终的“度恨菩提”应无疑义。

这实在重要之极，伟大之至，无可为喻的一位真菩萨。是她写得清楚——

香篆销金鼎，脂冰腻玉盆。
箫增嫠妇泣，衾倩侍儿温。
空帐悬文凤，闲屏掩彩鸳。
露浓苔更滑，霜重竹难扪。
犹步萦纡沼，还登寂历原。
石奇神鬼搏，木怪虎狼蹲。
赑屃朝光鸟，啼谷一声猿。
歧熟焉忘径，泉知不问源。
钟鸣拢翠寺，鸡唱稻香村。
有兴悲何继，无愁意岂烦。
芳情只自遣，雅趣向谁言。
彻旦休云倦，烹茶更细论。

钟鸣鸡唱，恍如隔世，而“霜清纸帐来新梦，圃冷斜阳忆旧游”，正是宝、湘二人的新天地、新境界了。

何其伟哉。何其美哉。

［附说］

对妙玉结局之疑，不外第五回判词、曲文中的“可怜金玉质，终陷淖泥中”与“好一似无瑕美玉遭泥陷”，又言“到头来风尘骯髒违心愿”“又何须王孙公子叹无缘”……于是有人竟言，妙玉后来“做了妓女”！

这不只是不懂“骯髒”乃刚直不屈之义（出《汉书》，李白、曹寅诗皆曾用之）；实亦不懂“风尘”为何义（如“风尘三侠”，如“贾雨村风尘怀知己”，安龙媒“三千里走风尘”……）。

这个难题疑点，大约应是妙玉一度为势家所侦知隐于贾府，重加迫害，使之几乎沦于贱役之列，遭受屈辱，但仍刚强自立，终得自度而度人。

此情留俟慧心人详考。

第三十四讲　绛珠草

绛珠草大约与《红楼梦》的“知名度”可以等量齐观。这种草之所以出名，是因为它就是林黛玉的“前身”——或者就是今之所谓“象征”。文艺理论家讲究“模特儿”（与“时装”无涉）和“原型”，大抵指角色人物吧。那么绛珠草如何呢？难道它也有模特原型不成？

答曰：不差。它亦有之。

绛珠草是“艺名”，曹雪芹指的（或心目中摹拟的）实是苦葴草。

葴，和箴同音，都读作“zhēn”。它又叫苦苏。据《尔雅》说，即寒浆草——亦名酸浆者是也。但它与林黛玉联在一起的缘由却在于它有一个极有趣的别名叫做“洛神珠”。

据晋时崔豹的《古今注》记载，这个名字是长安儿童给它起的。我时常兴叹，那时长安儿童的文化水平真了不起！就凭这个名字，如果那时候有什么“国际××奖”早该获奖，名扬四海了。

崔豹说，这草能结实，浑圆如珠，未熟时是青色的，熟则变赤。苦葴结的这种可爱的红实，长安儿童将它与曹子建所写的洛神（伏羲之女宓妃，她落水而亡）联在了一起，而雪芹则又将它赠与了苦命的苏州林姑娘。为什么单单将这洛神珠给她?

这里隐有一段深意：原来在雪芹的原稿中，林黛玉本是在冷月寒塘中自沉而死的，所以很多的艺术暗笔——即鲁迅先生承用的中国文学手法传统的“伏线”，都预示着她的不幸死于水中。

有证据吗？那太多了！——

林黛玉为何“诗号”是潇湘妃子？因娥皇女英皆水神也。她的《葬花词》特别提出的“一抔冷土掩风流”①，只是个愿望而已，那“（强于）污淖陷渠沟”才是命运的真正安排。她的《五美吟》开头就是“一代倾城逐浪花”，何也？宝玉与她谢罪，说“明儿掉在池子里”变个水龟与她（死后）去驮碑，又何也？（世上设的誓，哪有这么奇怪的？）中秋月

①“冷土”，俗本作“净土”，今依俄之圣彼得堡本。

夜，黛玉湘云联句，至“寒塘渡鹤影，冷月葬花魂”，妙玉出来拦住，说已是太悲凉，不祥了——也正是暗示黛玉次年此夜此塘自沉的诗谶。宝玉在凤姐生日那天，偷偷跑出德胜门外尼庵中去会金钏（也是落水而亡）的那一回，别人不晓，独黛玉讥评他，借戏中所演的王十朋《祭江》而讽之曰：这王十朋也不通得很！不管哪里的水，舀一碗对着它哭，也罢了——非得跪到江边子上去？……你听，这是说的什么？雪芹在书中已特笔点醒：那庙就是供洛神的“水仙庵”！……

其实，还可以再列些证据，说到底，大观园中主景是沁芳一溪，连亭、桥、闸也俱以“沁芳”二字为名，又为什么？读者至今不悟，那沁芳，即“花落水流红”的痛语，不过在雪芹的巧思妙笔之下，人们只看见那“香艳”的字面，而很少体会内中所蕴涵的无比巨大的悲痛——为妇女命运所流的血泪，酿成了这一部《石头记》。

明白了这些中华文化的富厚美丽、沉痛感人的内容与笔法，才晓得雪芹这位特异罕逢的奇才巨匠，真真当得起“伟大”这个词语的实际，而不同于庸俗的吹捧。

1932年有一位德国人，名叫恩金，撰文盛赞雪芹的书，说，《红楼梦》与《金瓶梅》不同，写的乃是“有教养的生活”。这话重要极了，教养就是中华文化的最美好的表现，其品格风调，方是人类最高的境界。他又说，雪芹不知哪里来的这种“神奇力量”？将日常生活琐事写得如此之生动感人！

他还说：读了此书，方知中国人有权利对他们自己的优越文化感到自豪，欧洲人是从没有达到这样高度的！

我们现在重温这种评论，不免心有所感。一位欧洲人士在20世纪30年代之初早已认识到的这种中华文化之瑰宝的价值，如今过去了六十年，可我们自己还停留在“婚姻悲剧”的水平上，只知为“爱情”哭鼻子，以为这就是曹雪芹伟大之所在，岂不值得深自反省？

第三十五讲　莫把怡红认赤瑕

高鹗伪续，有什么“苦绛珠魂归离恨天，病神瑛泪洒相思地”等一套胡云的节目，于是二百年来骗得人们好苦：都以为绛珠是林黛玉，神瑛即贾宝玉——两人的“爱情悲剧”就是曹雪芹的“伟大”云云。这完全是上了他的大当。

贾宝玉与“神瑛侍者”是两回事，不容淆乱。

事情本来明白，也不复杂麻烦——听我一说便晓：

大荒山、无稽崖、青埂峰下一块大石，因娲皇遗它不用而弃置此地，荒凉寂寞，自悲自愧——因闻得僧道二人大谈红尘中之繁华热闹，便动了凡心，苦求二师携之下凡历世。

大石自云：二位仙师请了——恕弟子蠢物不能施礼了……

它连动一动都不能，故为“蠢物”，体大而笨拙，无能之谓也。

二仙被它求得无奈，只好应允，于是“大施幻术”，将巨石化为一枚小玉，然后“袖”了这玉，离此而行。

这时，那道人问：“你袖了此物，意欲何往？”那僧答言——这才说出一段自古罕闻的奇事。

原来“西方灵河岸上”，有一株仙草，将要枯萎而难活，值赤瑕（程、高本妄改为“霞”）宫神瑛侍者见而悯惜之，遂以甘露灌溉扶植，仙草乃获复生。如今侍者即将下世为人，仙草自忖恩情难报，也要下世为人，用自己的眼泪酬他的灌溉之恩——于是牵连了“一干情鬼”都将随之历世造劫，以完此案。

因此，僧人说：就将此石“夹带”于这“一干情鬼之中”，让它趁此缘，去到尘世一行。道人闻之，方称奇叹异，从未闻有“还泪”之奇情……

这一切，甄士隐睡中见之听之，也深以为奇，请求看看这块化玉之石，得以一见；然后那僧就携了此石到太虚幻境警幻仙姑处去为此石“挂号”，即随那“一干情鬼”（绛珠、神瑛以及他们的亲属戚谊等等）去投胎了。

那么请问：那大石自从恳求获允，幻化为玉，入了仙师的衣袖——一直到了仙姑处去“挂号”、下凡……它在什么时候又跑到“灵河岸上”去？而且不能施礼的蠢石竟会每日游逛，还能弄来甘露救活仙草？！

雪芹并未如此昏聩失常，胡说白道。我们岂可冤枉这位文曲巨星、千古未有之异才！

所以，石头是“夹带”在人家两个正主角之中而“混”入世间的。

他（它）在下凡时，眼见仙草与侍者，识认亲切。因自己本无“形象”，遂乘便袭取了人家神瑛的身体相貌——是以成为“贾（假）宝玉”。

而那神瑛，哪儿去了？读者自寻自得，无待我再说破了。

明白了这一切，便悟：所谓“宝黛爱情”，从根本缘由上就无此情此事，只是一桩“误会”而已。所以他们二人也完全谈不上什么“姻缘之分”。

宝黛初会，有几笔特写，彼此都觉“面熟”，好似“久别重逢”……其实这只是说明一段“夹”“混”历程中的“见过”——但只是黛玉所见的本是神瑛侍者——即“真宝玉”，她哪能想到另有曲折呢？

然则，金陵十二钗中谁和真（甄）宝玉发生了情节的艺术联系了呢？

并无别个，只有史湘云一人。

证据就在第五十六回贾母向甄家的来人（四位婆子）问明她们家也有一个“宝玉”之后，湘云向（贾）宝玉说：“你放心闹罢，先是‘单丝不成线，独树不成林’，如今有了个对子，闹急了，再打狠了，你逃走到南京找那一个去。”

这在雪芹（从无闲文，都是伏笔暗示）的笔法下，表明了只有湘云接了甄家那一席话的“话茬儿”，大有关系。

从湘云的“判词”“曲文”中透露，她日后“厮配得才貌仙郎”。书中哪一个男人配称得上一个“仙”字？只有那“前身”是神瑛的才具此资格。

由此而言，湘云在原著中的命运是阴错阳差，经历了各式各样的苦难遭遇，先嫁了甄宝玉（也许是因相貌相同，误认为自己幼少时的贾家表兄“二哥哥”）。以后再继变故，几经曲折，终于得与“假”玉、真兄怡红公子重逢，结为夫妇——“因麒麟伏白首双星”。

这其实才是一部《石头记》最重大的关键性的写作结构与艺术创意，而其中又包含了历史素材的巧妙运用。

第三十六讲　十二官

自第十七、十八回省亲到第五十八回解散戏班，梨香院内住着十二个小女戏子，买自苏州。梨香院，似谐音“离乡怨”。

清代伶人皆以“官”取名，此十二女计为：文官、宝官、玉官、龄官、芳官、藕官、药官（俗本讹为药官）、蕊官、葵官、荳官、艾官、茄官。

她们在省亲、元宵、祝寿等庆典之日都曾有登场献艺的情景。到第五十八回，只因宫中一位老太妃薨逝，“国丧”期内天下停乐，故荣府戏班亦须解散。于是征询意愿，愿去愿留，各从其便——而愿去者只“四五人”，余者皆情愿仍在府中——十二人中有一药官早亡，十一名中去者不过宝、玉、龄等。

散班后，将她们分派到园内各房中“使唤”。

按，书中所写老太妃丧礼诸事，皆有史实根据：乾隆二年

开岁，康熙遗妃封熙嫔者病故，熙嫔乃慎郡王胤禧的生母。书中的“北静王”，即以慎王为原型，故特写贾母等随灵到“孝慈县”（指京东遵化州东陵）时，是与北静王住在一处，分东西院。盖清制凡宫中丧葬，内务府包衣人家女眷有爵者皆须入宫陪侍丧礼。俱非“虚构”可比。

且看这些小女伶分派的归宿——

文官，正生，贾母房留下了。

宝官、玉官，离去了。

龄官，贴旦，离去了。

芳官，正旦，归宝玉房。

藕官，小生，归黛玉房。

蕊官，代药官的小旦，归宝钗。

葵官，大花面，归湘云。

艾官，外副生角，归探春。

荳官，小花面，归宝琴。

茄官，老旦，归东府尤氏房。

以上除亡者、去者、归东府者共有五名，留荣府者共有七名。

再看这些角色的分派归房的情况，十分引人瞩目，因为其间含有微妙的寓意。初步参悟约略如下：

1. 除去文、宝、玉、龄四官之外，八人的名字皆以花草相关联，而那四个非花草的则不留于园内。

2. 凡重要人物所配派的小伶官，皆以男、女对称为规律，如宝玉（小生）留芳官（正旦）；黛玉（旦）留藕官（小生）；探春留艾官（副生）；贾母留文官（正生）。

3. 所余蕊官（小旦）配宝钗；荳官（小花面）配宝琴；葵官（大花面）配湘云；茄官（老旦）配尤氏——此则为“性格”的正对，异于男女“性别”的“配对”。

4. 芳、藕、药、蕊等为一类，葵、艾、荳、茄等为又一类：前者属园内，后者属园外（即出嫁的、东府的、流落的）。

5. 宝官、玉官，二名似为“宝玉”名字的“分拆”，不知何义。或许这隐喻宝玉本有甄、贾之“分身”？此二官亦不留园内，是否寓日后流浪失所之义？

6. 最重要而又最明显的寓意则是藕官原与药官生死相恋，药官既死，以蕊官为续而又不忘药官，逢节必祭。此即“假凤虚凰”“真情痴理”的真内涵。

准此，可推宝玉与黛玉只是虚配，黛死，以钗为“续”。然宝玉终不忘黛。

再后，宝钗亦亡，宝玉忽与湘云于艰困中重会，结为偕老双星，仍然始终不忘旧情，时时心祭——宝玉的心事，是不拘俗礼，只以一炉香一杯水来“达诚申信”。

在宝玉的心意中，一诚一信，即是真情至意（情深义重）的最好表现方式。这种情意，亦即全部《红楼梦》的总精神、大命脉。

第三十七讲　“一僧一道”索隐

娲皇炼遗之石，如何能投胎下凡，成为怡红公子，全由一僧一道，施以幻术，化为美玉，又复携到“太虚幻境”挂了号，“夹带”在一桩“还泪”的奇案中（本是“绛珠之草”为酬赤瑕宫神瑛侍者灌溉之恩，此与青埂峰下不能移动“施礼”之大石，全然无涉），方得混入红尘“荣府”。而在雪芹原书中，此后凡遇劫难时，此僧道尚屡屡以“幻相”出现——所谓幻相，即相对于真相而言。真相如何？文云“骨格不凡，丰神迥异”。其状貌又是怎样呢？有诗题曰：

鼻如悬胆两眉长，目似明星蓄宝光。
破衲芒鞋无住迹，腌臜更有满头疮。　（僧）

一足高来一足低，浑身带水又拖泥。

相逢若问家何处？却在蓬莱弱水西。　　（道）

在这儿，就隐藏下无穷的奥妙了。如今试为解说——如无所解，那么作者雪芹从头至尾，设此“二仙”，意义何在？有什么必要与重要可言？岂不成了大大的一段“闲文”“赘笔”？雪芹大才，焉能落此“俗套”？

此二诗见于第二十五回，因宝玉凤姐叔嫂遭邪术暗害，势力垂危，忽有僧道相救，此为“二仙”之第二次以幻相出现（首次是甄士隐所遇）。但前文早已写明僧为癞头，道是跛足。此两大特征，便隐含了无穷的奥秘。我久蒙世人称号为“考证派”，其实他们识力不高，看不清我自一开始就是一个“索隐派”，只不过所“索”之“隐”与蔡元培、王梦阮等前贤大不相同而已（拙著《红楼梦新证》沪版本有“新索隐”一章，此外所揭之隐实在数量甚多。如今即就此僧道二人，一为考索）。

按我的拙见，僧是隐“佟”氏，道是隐“李”家。理由何在？盖此二家，关系于曹家及雪芹之命运者至巨极重，故“贾宝玉”此石此人的来由，是在他们身上。

佟氏历史分明，明将佟养真之子佟盛年，满洲名字叫做“图赖”，早先写作“秃赖”（见《大金喇嘛宝记》碑阴署名）。秃赖者，汉字之音义即是秃头无发而生有癞疮之人。而“佟”姓又曾为人误写为“童”，童亦秃头之义也。

佟秃赖家与清皇室是世代姻亲，远的不说，他的女儿就是顺治之妃，康熙帝之生母（后封）孝康太后者是也。孝康的二侄女又皆为康熙的妃嫔宫眷，故盛年之孙名叫隆科多者，实为康熙的表弟兼内弟——而康熙的一个公主又下嫁为隆科多之子名叫舜安羡的“驸马爷”。故雍正阴谋夺位后一直称隆为“舅舅”（此已变为官称，不是私亲之义了）。

佟家与曹家在关外时即老亲旧友，佟太后又选拔了曹玺之妻孙氏为小康熙的保姆（抚育教养的嬷嬷）。曹家由此方有六十年的富贵荣华的家史宦迹。

再说那道人，跛了一足，不能行走，必须拄拐——这实际上是借了“八仙”中铁拐李的“形状”来隐“李”姓。李即李士桢、李煦、李鼎他们祖孙一门，是与曹家同荣同难的至亲——亦即雪芹书中的“史侯”史鼎家。

那么，诗言“相逢若问家何处？却在蓬莱弱水西”又是什么隐义呢？

原来，李家本是山东昌邑人，明末清兵入关劫掠，至山东围昌邑，掠走了姜家男童，后为正白旗的李西泉收养为义子，遂改姓李。李姓是道家始祖老聃之姓。故李唐一朝特尊道教。

蓬莱本是东海“三神山”之名称，但山东海边正有蓬莱这一地名为之联系。此隐鲁东昌邑一带的祖籍之义也。

至于“弱水西”，则更为奇妙。表面看来，蓬莱与弱水，极东极西之地，万里相隔，那诗句就“不通”，就叫“荒唐言”以为解释吧。殊不知，弱水有好几个，其中一个正在辽东（满族人的老地方）。

弱水的考证，计有五个：《书·禹贡》《史记》《汉书》《后汉书》《山海经》，皆有此水之名，而非一河。据考五弱水中四个皆在西陲，甘肃、青海、西宁、條支等处各有一弱水。唯独《后汉书·东夷传》记载，夫余有弱水，而夫余古地在今吉林与辽宁接壤一带，即明清时的“辽东”地理概念范围也。

所以，跛足道人者，实隐姓李之人，原为鲁东籍，后到辽东为旗人。而这个“李”家的“义祖”名号“西泉”，是以“弱水西”的西字，也着落在此。“貌似”不通的诗，都非荒唐假语，一一俱有实指。

至于拙考，书中的王家，实即佟家。

第三十八讲　青石板的奥秘

儿时夏夜，庭院中一家人围坐乘凉之际，最爱听母亲或带我的妈妈给我讲故事、“破谜儿猜”。那些有趣的民间谜语中，有一个是：“青石板，板石青——青石板上钉银钉。”大家伙儿你思我索地纷纷猜度。最后谜底揭开：“是天上的星星！”那时孩童的心灵上十分信服地记住这个生动如画的“画面”，青石板——那天空原来是石头做的！我仰着头竭力地想要看穿那青空碧落，只见它明净如洗，像半透明。心里想：那青石多美啊！——可不知道它有几尺厚（应当在此说明：那时候讲的是中国的寸、尺、丈，没有什么“米”“码”“公分”……之类）？

我问妈妈“几尺厚”，她没答上来。

我长大了以后，自己才找着了答案。

天，到底有多“厚”？——十二丈！

这个答案在哪儿找到的呢？是在《石头记》里。这并非僻书秘笈。原来曹雪芹早给此问预作了回答。

你看他是怎么写的——

> 原来女娲氏炼石补天之时，于大荒山无稽崖炼成高经十二丈、方经二十四丈顽石三万六千五百零一块。

好了！你看他说得那么精确，这“高”是十二丈，就正是我在孩童时所想的那“厚”了。妙极！

顺便说一句：这个“经”，就是指“尺度”的“度”字之义。有的本子作“径”，是不对的，因为“周三径一”，直径半径，只发生在“圆”里，与“经”并非一回事。

由此我才恍然：原来那碧落青空是用许许多多的四角见方的大石头“铺”成的或“架”成的，那巨石的厚度是“边长”的一半，如打个比方，就是那形态好像一块块的豆腐或“绿豆糕”的样子。

然而，曹雪芹虽然也解答了我童年的疑问，但他是一位了不起的“百科家”，他还精于“数理”，他所采用的数目字都还隐藏着一层妙用。

这种妙用，本来是超越我们的“常识”和“正规智力”之外的，幸而批书人脂砚斋却指点了内中的奥秘，且看——

“高经十二丈”句下，批曰：“照应（一本作总应）十二钗。”

“方经二十四丈”句下，便又批曰：“照应副十二钗。”

这真使我们洞开心臆！

无人不晓，《石头记》共有好几个异名，雪芹自题则曰《金陵十二钗》，是指书中最重要的女子十二人：黛、钗、湘、元、迎、探、惜、纨、凤、巧、妙、秦。但在第五回中，宝玉在警幻仙姑处看册子，还有“副”钗册、“又副”钗……他没得看完便放下了，又去听曲文了。

这好像是只有正、副、又副三层的群钗之数吗？答曰不然。证据在于另有一条脂批，说是直等到看了末回的《情榜》，才知道了正、副、又副、三副、四副……的全部“名单”。

说到此处，我才敢提醒大家注意：那“副”是有很多层的，由此可以确证：上引“照应副十二钗”的那“副”字，是个广义用法，用统包正钗以外所有诸多“副层”而言的。

那么，接着新问题就是：到底在雪芹原著中实共多少副层群钗呢？

答曰：八层。

这又证据何在？证据还是上面已引的“方经二十四丈”

的“照应副十二钗”。请看：那巨石是正方的，四条边，每条长度是二十四丈，即两个“十二”，所以正方的四边共计“八”个“十二”——这就是“照应”了八层副钗的“数理”。

到此，我再发一问：请算算吧，一层正钗，加上八层副钗，共是九层，九乘十二，正是一百零八位女子。

这就表明：雪芹作一部《石头记》，是由《水浒传》而获得的思想启发与艺术联想！其意若曰：施先生，你写了一百单八条绿林豪杰，我则要写一百零八位脂粉英雄，正与你的书成一副工整的“对联”！

一百零八，这是我们的民族喜爱的数字。其实它也还是个“象征数字”——象征着“多”。

为什么单要用一百零八来象征多呢？

讲这种十分通俗的数字的数理，须推源到我们的古《易》之学。因为说起来很费篇幅，如今姑且只讲一点吧。《易》是由阴阳构成的，而我们的数字也有阴阳之分，即“奇”数为阳，“偶”数为阴。故在《易》中阳爻以“九”为计爻之辞，阴爻以“六”为计爻之数。“六”的两倍（叠坤卦）即是“十二”。所以在我们中华文化上，“九”是阳数之极（九月初九为“重阳”节），“十二”为阴数之最（太阳历的月份是十二）。因此，我们是将此两个“代表数字”运用起来，“乘”出来一个“一百零八”的——雪芹也正是如此！

雪芹是以这个代表或象征的数字，写了他书中的“诸芳”“群钗”“千红”“万艳”，为这些女子的不幸命运同悲（杯）一哭（窟）！

这是一部极伟大的中华新妇女观的文学巨著——也是文化奇迹。

雪芹不但写人是一百零八位，连全书的回数也是一百零八。全书分两人“扇”，前扇写盛，后扇写衰，前后各为五十四回书，总是盛衰、荣辱、聚散、欢悲……互相呼应、辉映——那大对称的结构格局，异常精严细密。

书的总精神意旨，只用了两个字的标题来概括，曰“沁芳”。此二字实即“花落水流红”“流水落花春去也”的“浓缩”“结晶”，说的是这多不幸女儿的可怜可痛结局命运。沁芳二字最为沉痛不过，但世人当“闲文”视之，不解其味。

小说会有一百零八回的吗？此说太怪。

答曰不怪。与雪芹同时微晚的一部小说叫《歧路灯》，就是一百零八回。

但雪芹的一百零八更精密：以每九回为一段，共为十二段——仍是奇数偶数的妙理的巧用。

试看，第九回闹学堂（总写男子之不材，引起秦可卿之病），第十八回元春省亲，第二十七回群芳饯花，第三十六回梦兆（宝钗），第四十五回风雨夕，第五十四回除夕元宵（盛之顶点），第六十三回群芳寿怡红……请问哪一个关键不是落在“九”上？不理解（或不承认）这种大文学家的结构法则，对于认识雪芹的思想与艺术都会造成巨大的隔阂与损失，那不实在太可惜了吗？

第三十九讲　《红楼》花品

曹雪芹以《红楼梦》为名目写成一部小说，又自题名曰“金陵十二钗”。钗者，女子之代称。[①]名为十二，是只举“正钗”之数作为代表的意思，实则还有很多层次的副钗、再副、三副、四副……直到八副，共计九品，合为一百零八位女子。雪芹写了这么多女儿，其原稿卷末列有“情榜”，即是“九品十二钗”的总名单。[②]但雪芹从一开头就以花比人，所以秦可卿向凤姐托梦，最后说的是“三春去后诸芳尽”。及至众女儿给宝玉介寿称觞，回目则标曰“寿怡红群芳开夜宴”。宁府的花园（后亦并入新建的大观园）名叫“会

① 雪芹独取“钗”字为书中女子代称，并不是一个简单的词语问题，其内涵甚为复杂，因与本文关系较为纡远，故不在此详述，以免喧夺。

② 雪芹写一百零八位脂粉英豪，是从《水浒传》一百零八条绿林好汉而得到启示，有意识地使之成为对映之妙。

芳园”，而大观园的主景，命脉之所系，则特别标题“沁芳”（桥、亭、溪、闸），一切景物皆因此水而布局。这“沁芳”二字，看似新雅香艳，堪以赏心悦目，不知雪芹意中，却是伤心惨目——他是暗寓“花落水流红”之真意于字面的背后或深处。如此一说，便可悟知：雪芹原是处处以花喻人。名花美人的互喻，是中华文化中的一种高级的审美观，极古老，极独特，极有意味。雪芹虽然处处创新，但对这个审美传统，并不目为“俗套”，反而发挥以光大之。因此，我说不妨把《红楼梦》看做一部崭新的、奇特的、高超美妙的“群芳谱”。

从这个角度来说“红楼花品”，方觉既不“失花”，也不“失人”。

雪芹意中最重视的——或者说曾以重笔特笔来写的花品，有杏、桃、海棠、芍药。至于石榴、菊、梅、荷、芙蓉、水仙、牡丹、蔷薇、玫瑰、桂花、腊梅等，仅仅一举其名而未有实笔的，尚所不计。如今，依我个人印象中必欲一谈的选列几品，粗陈鄙意，并求同赏。

但首先须明一义，即雪芹是一位大诗人。我们中华的诗人，咏物赋题，并不像西方艺术，专门讲求“刻画”“逼真”，而是遗貌取神，绝不拘拘于“具体”“细节”的描写。如不明斯义，便会感到“不满足”，抱怨雪芹“不会形容”，“短于摹绘”。这个大分际，先要懂得，而后方能谈得上理解雪芹的审美意度。那是高层次的感受与“传达”。

比如拿秋菊来说，它与春兰、夏荷、冬梅并称四高品，从毛诗、楚骚以及陶彭泽以后，题咏太多了，但谁也不去“刻画”它的“形象”。雪芹笔下菊花，只见曾插满刘姥姥的头，以及为它而起社分题的十二首七律，别的什么叶子怎么样，花瓣什么形……休想再见他一字多加“描绘”。梅花的“处理方式”，也差不多，他只提到苏州的玄墓（那是“梅海”），妙玉取梅花上的积雪，也为它题了诗。开头写宁府“梅花盛开”，其景如何？也难觅一字之正写。只是在拢翠庵外望过去，见其“气象”，并闻“寒香”而已。后来宝玉乞得一枝，却也只写那折枝的姿态不凡，于花之本身亦不加半句“描写”。此为何故？这就是中华文化的精神之所在，这就是诗人感物的中华特色，重神取韵，而无意于貌取皮相。

明乎此，则荷花若何，桃花怎样，就无须乎多问了。

我觉得雪芹例外地给了两三句“正笔”的只有杏花、海棠两大名花。其余则石榴与水仙，却各得一句“特写”。

杏花是初出“稻香村”这处景色时，先写的就是“几百株杏花，如喷火蒸霞一般”。在雪芹，肯如此落笔，实为仅见。这大约是他写得最“红火”、最“喜相”的一例，透露他对杏花的“吉祥感”。杏花是探春的象征或“标志”，她在“薄命司”中算是命运最好的一位出类拔萃的女英杰。杏在我国文化传统上含有贵盛的意味。“日边红杏倚云栽”，风致可想。

雪芹写夏花，则曰：“石榴、凤仙等杂花，锦重重的铺了一地”——此乃第二十七回的“葬花”的真对象，一般绘画、影视等都错以为这葬的也是桃花，其实葬桃花是第二十三回的事，葬桃花的是二人看《西厢》两相和美的情景，时在“三月中浣”，而葬杂花是四月二十六芒种节，已是正交五月仲夏的节气了！很多事例中往往出现错觉，积非成是，牢不可破。

雪芹写水仙，我一向很有感叹：他写“花香药香”时，见黛玉屋内一盆水仙开得正好，而特别书明那是一盆“单瓣水仙”！这引起我思索很多问题。

何谓“单瓣水仙”？就是向来享有美称的“金盏银台”了。多瓣的，雅名“千叶水仙”，那花形成一个“撮子”，而单瓣者却形成一个娇黄齐整的小金杯，下面的六个白叶托，活像杯托，故为银台。这种水仙风致独绝，我从小就“偏爱”金盏而不喜那“一撮子”。后读《红楼》，见雪芹独标斯义，虽只用了两个字，乃大喜！攀个高儿吧：我们的审美观，所见略同，不觉大为得意。

一部《红楼梦》，写花虽多，最最重要的是海棠。读雪芹之书而不知着眼于海棠，则“失《红楼》之泰半”矣！

海棠之所以重要，可分两个头绪来说。其一是全书的“诗格局”，以海棠社为开端。此社开时正是秋天，贾芸进献的是白海棠，实为秋海棠的一种。秋海棠是草本花卉，因终年开花，故又有“四季海棠”之称。常见的有两种，一种弱小，一种大叶斜尖，叶带银斑，可以长得很高大，其茎间有明显的“竹节”。可书中所写是后一种，所以宝玉的诗句说它是“七节攒成雪满盆”，可为明证。

其二是怡红院的“红”的唯一标志，即木本的海棠花。海棠不但是怡红院的主花，也是全部书的“红”字的代表花品。

怡红院本名“怡红快绿”，取红绿对映之义，本因院中是“蕉棠两植”。蕉绿棠红，构成全书的象征色彩。当贾政与众人和宝玉第一次“游园”时，有特笔专写海棠，有八字两句，道是“葩吐丹砂，丝垂翠缕”，写尽了垂丝海棠的风貌。

贾政让众相公题匾，一人题曰“崇光泛彩”，连宝玉也为之喝彩称佳。这是用东坡咏海棠的名句“东风袅袅泛崇光”的典故。这首诗的末二句是“只恐夜深花睡去，故烧高烛照红妆”，仍是以美人喻名花，成为千古绝唱。雪芹用之，可见击赏，可见心契。

讲说至此，我便要提醒你：第六十三回群芳夜宴时，行的酒令是“占花名”，那湘云掣得的牙签，就是一面画有海棠一枝，一面镌有“只恐夜深花睡去”七字（黛玉打趣她，说“夜深”改“石凉”。妙绝！），所以要记清：海棠是湘云的“花影身”。

这层艺术关系，其实雪芹早就交代明白了——宝玉自题怡红院的五律，中间即云：“绿蜡春犹卷，红妆夜未眠。”这正是暗暗点给看官：院中一方是蕉，一方是棠。而独以棠为美人，用的仍然是东坡那同一首的典故！其针线之密，笔墨之妙，粗心人是未必得味的。

在雪芹意中，海棠最美，而唯湘云足以当之——所以书中唯独湘云的丫环名之为“翠缕”，照应第十七回“丝垂翠缕”，一丝不走。

游园时，众人盛赞那株西府海棠，说花也见过不少，哪里有这么好的！由此可知，湘云的品貌风韵，实非凡品。开海棠社时，独她最后追题两首，大家评为压卷之作，也正是点睛妙笔。但一般人读《红楼》，只看“热闹”，何曾悟及于此种笔致。却大家虚奖雪芹的文才，岂不有负那位绝世才人的锦心绣口乎。

“怡红”“悼红”，“会芳”“沁芳”，各含深意。“群芳髓（碎）”“千红一窟（哭）”“万艳同杯（悲）”，皆须合看。但“红”的地位，特立独出，最为明显，略如拙文上面粗粗论列。那么，海棠的意义，湘云的地位，其重要性又为何如！聪颖之士，当下可悟。然而二百年来，芹书为高鹗篡改得面目全非，精魂尽失，雪芹文心密意，扫地皆尽，海棠的红颜，公子的怡悼，了不可复问，而尤可叹者，那“群芳”之泪，“万艳”之悲，博大沉痛的主题与襟怀，也被伪篡者歪曲缩小得只剩一点点“宝黛爱情悲剧”了，又有人公然倡言：“伟大的不是雪芹，而是高鹗！”中华文化，亟待弘扬；拙题“《红楼》花品”，不离弘扬本义。岂独为花为草而致慨乎。

第四十讲　甄、贾二玉

很多人以为书中有甄、贾两个宝玉，面貌、性情等等，一概相像，乃是作者的一种“分身”的手法，本即一人而已，并无两个。这种看法对不对？值得评量。

再一个普遍的理解就是：把绛珠草感恩还泪的对象“神瑛”派给了贾宝玉，都无疑词。

这儿实际上问题是太大了。

第一，大石炼后虽说“灵性已通”，但它一动不能动——向二仙施礼也不能，特有道歉之言。那它在二仙“大施幻术”化为一块小美玉之前，并未有任何“经历”情节，如何它会又成了“赤瑕（俗改霞）宫”的“侍者”，而且还日日在“灵河岸上”（与青埂峰风马牛）游走呢？

这是根本讲之不通的！

第二，僧道二仙的话，明确说的是绛珠原随神瑛降世为人，拟将一生眼泪作为酬报——故谓之有一干“情鬼”将要下凡入世，趁此良机，将石头“夹带于中”，令它也去享受一番人生滋味。

言辞如此明白！这一场新奇的“情案”的正角是绛珠与神瑛，而石头只不过是乘隙“混”入的一名“夹带人物”！它又怎么会“就是”神瑛呢？怎么巧辩曲解，也是枉费心机的。

有人定会申“理”，说黛玉初入荣府，宝玉一见她立即说是“好生面善”，如“久别重逢”的一般嘛，这正是二人“前盟”的力证。

要知道，石头经“挂了号”（批准“通过”），真到下凡时，是“混”在人家“一干情鬼”当中的。它不但见过绛珠与神瑛，而且还“偷”了神瑛的形貌——因为，大石本来不具有人之体状，僧道只把它幻化为美玉，也不曾赋予它以人的仪表。石头实际上是“效法”了神瑛的一切外秀内美。

绛珠入世成为黛玉，神瑛下凡成为甄宝玉——二人投在一处，而绛珠错认了恩人，以为石头是神瑛，难以审辨“真”“假”了。这就是双层的命运悲剧：一则“乱点”了“鸳鸯”，不会有相逢之机会。二则石头与绛珠又本无施予和酬债的缘分。所以“两边”都是不幸的结局。

但是这又绝不是说石、绛的感情是虚假的，他（她）既会于一处，情缘就成了真诚的相敬而互怜的关系——这种微妙的错觉与真相，二人并无法得知，是到了最后，尘世情缘已满，应复归本位时，这才由僧道二仙为之点醒说破。当此之际，二人如雷轰电掣，如梦之觉，知误之愧，然而悲喜交加的心中，又不悔不忏，仍以至情厚意各自达诚申信，这就是“甄”（真）“玉”的精神意义。

《红楼梦》导读

（一）作者与时代背景

《红楼梦》的作者是曹雪芹，单名一个霑字，字芹圃，别号雪芹、芹溪。生于清雍正二年（甲辰，1724），卒于乾隆二十八年除夕（癸未，1764. 2. 1）。

曹雪芹的家世既辉煌又奇特。他家上古始祖是周武王之弟名振铎，先秦时祖上名曹恤，身列孔子门下为大弟子之一。至汉代始祖是开国元勋丞相、平阳侯曹参。以后世代诞生精通诗、礼和建筑“石仓”藏书的鸿儒学士和杰出的武将。至宋代开国功臣武惠济阳王曹彬（河北灵寿人）的第三子名叫曹玮，任彰武军节度使，卫国名将——就是雪芹的中古始祖。宋代曹氏宗谱的名家序言里已点明这一氏族的特色是“诗礼簪缨”，文武全才。而在《红楼梦》开卷不久也叙明了“石头”投胎之处是一家“诗礼簪缨之族”。此为点睛之笔，意味深长。

曹玮的后代因做官落户隆兴府（今江西南昌），至明代永乐年间，一支北迁到河北丰润，是为雪芹家明代的关内祖籍。其后一支出山海关落户辽东铁岭，为守边武职，事在明英宗正统初年（丙辰，1436）。及至明末，女真（满族）的努尔哈赤入边侵掠时，击破铁岭南郊的十几个堡（pù，戍守点），世居腰堡（亦作腰铺）的曹世选被俘，成为满兵编制“八旗”中正白旗的一名“包衣”（奴仆）[事在（明）万历四十六年，后金（清）天命三年，1618]。这就是雪芹的清代始祖，而努尔哈赤入关建立清朝之后，他家成为皇家奴仆，隶属“内务府”的正白旗籍。从此，世代为奴，身为“下贱”。

努尔哈赤之孙成为入关后清朝的第一任皇帝，年号顺治。顺治帝少亡，其第三子玄烨继位，是康熙大帝。康熙幼居宫外，全赖一位保姆（宫廷的“教引嬷嬷”）孙夫人带领抚养成长（康熙生母佟太后早逝），是以孙夫人即是这位三皇子的真慈母，终身感恩难忘——这孙夫人就是雪芹的曾祖母，她的劳绩，是康熙日后始终百般照顾曹家的关键因由。

由于孙夫人的特殊恩情关系，康熙二年即派遣孙夫人的丈夫曹玺（雪芹曾祖父）到江南江宁府（今南京）去做织造监督，织造官虽是内务府一名派员，却具有“钦差”的高级身份。织造官执掌江南为宫中所需的一切衣服、缎匹、封诰等诸般特级珍贵织品，本是一年轮换职，而曹玺却荣膺终身职的特典——并且他的子、孙也特例继任，先后共达三代四人，历时几近六十年之久。此为历史上绝无仅有的特例，也可以说是“奇迹”。

此一奇迹，直接关系着伟大作家曹雪芹的身世、禀赋、才华、命运，更是他的创作小说的真正渊源。

曹玺的继任者：子曹寅，孙曹颙，过继孙曹頫。曹頫即雪芹之父。

曹玺已经是一位能文之人了，到达江南，多交名士高流，座客常满。玺生二子，长名寅，次名宣（后改荃，避玄烨之玄音相近）。曹寅在康熙年间名满江南，官民士商无不钦重，不但人品才华，而且仁心善政，专意扶贫济困，人人感戴。他又是一位奇才，诗、词、曲（剧）的造诣极为超卓；又以藏书、刊书闻名一代。他一生的文化生活与事迹，给这个诗礼传家的雪芹以极大的影响。

然而曹家“运数”已尽：曹寅在五十岁不幸病逝，地方感念，请以其子曹颙继任，皇帝特准。可是颙又病亡。康熙帝不忍其慈母之家落于如此末路，于是又特命过继宣之子頫为嗣子，再度继任江宁织造——此时已到康熙晚年，曹頫年尚小，大约不过十余龄而已。公私百务，全赖旧时门下及老仆等合力维持。

谁想数年之后，即有一场大难临头，家破人亡，几乎遭到灭门之祸！

原来，康熙帝的诸位皇子早有预谋嗣位人的暗争，最后由其第四子胤禛以阴谋手段得帝位，是为雍正帝。他得势后一力锄除异己的党派，包括皇室骨肉手足、康熙的亲任、内务府知情的“包衣”，最后连助他谋位的功臣也难逃厄运（怕他们泄露真相）。因此，曹家以内务府包衣、先朝亲信、与雍正的敌党多有旧谊等关系，遂以琐故借口抄家、获罪、逮问枷示的严酷惩治。

以上所叙，是雪芹一生坎坷命运的远由与近因，必须首先了解。

雪芹自五岁身为罪家之子，随家押回北京。从表面来说，雪芹生在一个诗礼氏族世家，虽系旗奴，又因曾祖父母已诰封为工部尚书和一品夫人，已是富贵荣华之至了；但至雍正二年（1724）雪芹降生之时，又已遭逢“末世”，与祖父曹寅一生同官同命的舅爷李煦家已获罪下狱。雍正五年（1727）腊月二十四日抄家严令下达，到江南总督、将军等执行时正为六年的元宵佳节之时——此节遂成为雪芹命运大转折的标志和“象征”。

此时他家“财力”如何？抄家报告表明：“（住房亩、家下人口之外）除则桌椅床杌旧衣零星等件，及当票百余张外，别无他项。”证以当时人《永宪录》明载：（頫）因亏空罢任，封其家赀，止银数两，钱数千（即铜制钱数吊），质票（当票）值千金（即银千两）而已。”

至于所谓“亏空”，并非私用公款之罪，而是康熙多次“南巡”时的惊人花费及盐商的虚报捐资，造成假账所致，而雍正却严追逼缴，使曹頫陷于绝境！

这就是雪芹出生以后的政局与家计的实况。他幼小心灵上早即镌烙了深刻的创伤。

从雍正六年（1728）直到雍正十三年（1735），他家暂寓北京外城，八年的苦难，百种的煎熬，万言难尽。十三年的八月，雍正忽然遭刺暴亡，其第四子弘历继位，是为乾隆帝，是年冬月，旗人的亏空积案俱得宽免，罪亦获赦，雪芹家方得绝境更生。次年改大典，屡颂“仁政”，而曹家的至亲如平郡王福彭（雪芹表兄）等皆得重用。于是“百足之虫，死而不僵”，很快恢复了名誉地位与正常的内务府官员家的生活。乾隆元年（丙辰，1736），雪芹正当十三岁，这是他终身难忘的一个十分快乐兴旺繁华热闹的年头。而八月中雍正暴亡的节序时令，也成了他的“纪念日”。

可是好景不长，只过了四五年，他家因皇室政局的巨变再次受到株连，一败涂地。从此永无复起之望。乾隆八年（癸亥，1743）已有诗人怀念曹寅赋诗写道：“……诗书家计皆冰雪，何处飘零有子孙？！”确实的，此时的雪芹，已然贫无衣食，流离各处。有时乞助于亲友，则多遭白眼。

此后雪芹的详情，已无可考知，只有从他二三好友留下的几首诗和个别零星资料中，得知了一些情况，大致如下——

1. 在内务府当差，做过“笔帖式”（抄写、翻译员）和堂主事。

2. 功名是“贡生”（正式科考未考取中“举人”的选拔人才）。

3. 在他的世交富察氏家做过西宾（师爷幕客或教子弟的家塾先生）。

4. 在西城石虎胡同的右翼宗学，结识了皇族（英亲王后代）敦敏、敦诚兄弟二人，成为终身好友。

5. 贫困至极时，寓居古寺或寄食于亲友家。

6. 乾隆十九年（甲戌，1754），写作小说《石头记》，已有清钞加评的定本。

7. 乾隆二十二年（丁丑，1757）以前，已流落到京西山村僻巷，其人踪罕至。

8. 乾隆二十五、二十六年（庚辰，1760；辛巳，1761）之间，曾到南京，当是应聘为江南总督的幕客。

9. 回京后仍偶与敦家弟兄相会，诗酒唱和。卖画、赊酒、食粥……生计艰苦。仍不断为写作而奋斗。

10. 乾隆二十八年（癸未，1764）除夕，因病而逝。

11. 他似曾续娶，生有爱子，不幸先殇，感伤成疾。卒后只此新妇飘零，不知所终。

12. 助他写作、钞校、加评（旧时小说附有评点批语，是一种传统形式）的亲人，署名“脂砚”。批语流露女性身份口吻，且与书中史湘云的事迹关系密切。《红楼梦》真本的最后定名是《脂砚斋重评石头记》，传钞本到八十回止（其行世印本一百二十回，乃程伟元、高鹗等人伪续四十回，拼配假称“全本”）。

了解曹雪芹的时代背景，不可以只限于他生存的四十年上，那是什么也看不清说不明的。其真正的历史背景是明末清初、改朝换代的巨大事变以及时代，充满了百般的矛盾冲突——主要是明、清政治军事的，满汉民族地位的。这些矛盾冲突引发了各种形态性质的明争暗斗，造成了国计的败坏、民生的涂炭，祸乱灾害，罄竹难书——然而历史的大势又使得满汉两大兄弟民族在文化上迅速分流融合，创造出了一个崭新灿烂的文化高峰，光辉夺目。当然同时也就孕育诞生了一批前所未有的新型英才俊彦。

曹雪芹正是这种新型英才俊彦中的代表人物。

满族是一个勤劳、聪明的少数民族，世居东北极边，故生产与文化落后于中原。至明朝末年，军力强盛，值明廷吏治日益腐败之运会，战胜明军与农民军，入关建立了清朝。但官方与民间的抗清力量浩大，康熙朝的前期，几乎就是平安“叛乱”的时期，局势并不稳。然而一到中后期，中华民族积久阻滞的文化与生产的巨大潜力便因局势平定而迅速发展光大，成为数百年以来的一大盛世，国威日振，疆域拓广，万邦朝贡。康熙大帝之名，世界皆知敬仰。

满族入关建朝后，其接受汉族文化的热情与速度，水平与造诣，皆令人惊异称奇！他们的才艺，很多胜过了汉人。但同时因为政治地位特殊优越，既贵且富，很快学会了汉人生活的陋习与享乐的恶行。满人家中广蓄奴婢，恣意虐役，尤以多买侍女风气更盛，相为竞胜夸美。

曹雪芹正是由于目睹身亲这种风尚而深有感触——他将当

时广大妇女的处境命运与自己家族六代为奴的血泪痛史联在一起，不禁悲天悯人之心，抑男扬女之志，油然而生，于是决意以一生的心血，写一部“稗官”“野史”（古称小说之异名），专为女性的不幸和屈抑作出震古惊今的控诉与赞扬。

（二）内容提要（原著八十回）

〔解题〕

曹雪芹原著本名《石头记》，因全书故事是托名一块转化投胎入世者所记，故称为“石头”之“记”。雪芹在世时的传钞本皆题此名。后经高鹗等人伪续后四十回（并偷改前八十回文字）冒称“全璧”，废《石头记》一名而改用《红楼梦》，遂行于世。

但“红楼梦”三字题名却非高鹗所创，亦出雪芹原书，系第五回梦游幻境中所演的曲调之名，借为全书的异称，意思是说：石头化人，投胎入世，经历的一生，悲欢离合，不过如“红楼”中之一场梦境而已。

“红楼”是唐代诗人用语，专指富家女儿之居处：大抵木结构两层小楼，雕梁绣幕，十分精美，其彩绘颜色以红为主，故称之曰红楼。白居易诗“红楼富家女”，韦庄诗云“美人情易伤，暗上红楼泣”，皆为佳例。

所谓石头，本有自寓之意。如流行本开卷即言：“作者自云：因曾历过一番梦幻，故借通灵之说而撰此石头一记也。”话已十分明白。

全书宗旨，正文本有交代：记述当日的“闺女闺情”，皆属亲见亲闻，追踪蹑迹；大旨是谈情；故事是“悲欢离合，炎凉世态”。

他所谓“谈情”，虽也包括着男女间的“爱情”，但博大精神并不如此狭细，而是指人与人之间的真实感情——即做人应当如何对人对己的巨大课题。

〔总纲〕

《石头记》名以亲身经历为喻，《红楼梦》一名则点醒此书所写是女性主题。

全书一共写了多少女儿（少数有几个少妇）？实为一百零八位。一百零八在中华文化上是个象征数字，喻言最多〔九（阳数）乘以十二（阴数）=一百零八〕，而非实计，不可死认。其来源是《水浒》的一百零八条绿林好汉，故以一百零八位“脂粉英雄”（书中明文）作为对仗，相“敌”相映。

“金陵十二钗”十二位叫做“正钗”，以下有各级“副钗”，计有八副，合起来即九层的十二钗，正是一百零八位。

雪芹原著，写的就是这一百零八位女子的不幸处境与悲剧结局（“钗”，女性的代词，但又暗谐“差”的音义）。

一百零八位女子的故事，全以石头转生的贾宝玉为中心，围绕他而出现，而存在，而活动，而展现其外貌内心，存亡生死。

〔叙事笔法与结构艺术〕

文学大师鲁迅先生早已指出，《红楼梦》打破了以前小说的写法。这种写法的创新性，经过研究，显示出多种特点，堪称独绝（鲁迅用过“绝特”一词，在此尤觉警切）。

由于全书内容是写兴衰、荣落、聚散、悲欢、炎凉（世态人情）、美恶（性情，品格）……一系列的相对相反的巨大差异与变化，所以原书的布局是：一百零八回书文，前后各为一“扇”，即半部五十四回。两“扇”前后不但对比对映，而且以前伏后，以后应前，各自有双层的笔法内涵，有表有里。例如前半写一段繁华快乐的盛况，则后必有相应相反的一段写那凄凉寂寞、衰落悲伤的情景（如过元宵节，过中秋节，必有两次盛衰不同遥为对映）。是以前笔墨表层似处处写盛写欢，实则细玩方悟那又是同时处处隐伏着后文的细节，而非一味“热闹”的泛笔。

此点不明，书即无法读懂——内容实亦无法“提”其“要（害）”了。

此外，人名的谐音双关，诗词、戏文、酒令、谜语……种种的运用，也是有表有里，双重作用——当前本回的与遥伏后文的。

全书一百零八回有一结构上的大章法，即每九回为一大段落，每段落都在一个重点事件上停顿，或开启，或结束，节奏分明，舒卷如意。

〔情节〕

［一九：一～九回］

［二九：十～十八回］

《红楼梦》是古今中外小说中头绪最繁、人物最多、情节最富的一部奇书。其局面之阔大、关系之复杂，非一般叙事法所能为力，故须有特殊新异的开端写法。全书的十几回书（合“二九”之数），是介绍和展示主角人物贾宝玉的来历、家庭、亲属等的环境、关系，以及本人的异于一般男童的禀赋性情。

远古之时，因蚩尤战败，怒触“不周之山”，山折，以致“天倾西北，地陷东南”。天宇既倾，淫雨不止，洪水淹没大地，生物皆尽。于是女娲氏（娲皇）炼五色石，将天补好，雨止水退，将地垫平，以水和泥，重造人类。

全书由这一神话故事引起——

话说娲皇所炼大石，高十二丈，长、宽各二十四丈，正方形状（12+4×24=12+96=108），共计三万六千五百零一块，单单剩下了一块未用，弃于青埂（情根）峰下。

此石因见众石皆得补天，独自己不堪入选，遂日夜悲号惭愧。后来凡心偶动，意欲投胎入世，享受一番，求得僧道二仙人携入人世，投生于一个“诗礼簪缨之族”“温柔富贵之乡”，成为“荣国府”贾家的一位小公子，名唤宝玉。

他名宝玉，义本双关：僧道将石幻化为一枚小玉佩，由婴儿口中衔出，故此取名宝玉——而那块美玉，镌有“通灵宝玉”字样，遂佩带此儿身上。

此儿“来历不凡”，聪明灵秀，出万万人之上；见者无不怜爱，老祖母视如心肝，但他性情异于常儿，放纵不羁，痴狂乖僻，却不为父亲所喜。

宝玉生于贾（假）府，此府宅大人众，势派非常——此为全部书的环境背景、活动场地，所以开卷几回书，采用多种笔法展示它的外观与内景。

贾府的声名地位，家计的兴衰荣落，世系的祖辈流传……皆由外人在茶肆中的闲谈而隐约浮现于纸上。然后却又由一位陌生村陋的老妪刘姥姥进府求贷，而眼见了府中屋宇陈设和掌家人凤姐（王熙凤，宝玉的青年嫂嫂）和府中仆妇丫环的各种场面——衣饰、器用、礼节、言谈……在村妪心目中展现了那种高级文化教养与物质生活的生动情景。

与此同时，开头“头九”“二九”还写了很多事情。重要的：金陵薛家为当地一霸，因抢买使女，打死冯渊（逢冤），此女为书中第一个出场诸“钗”之一名，本甄（真）家爱女。元宵节因看灯被坏人拐卖，沦为婢妾——是总领全书的代表人物——离散、沦落、屈枉、不幸的薄命者，名曰英莲（应怜）。

薛家是贾府亲戚，有女名宝钗，随家进京，寄居贾府，乃宝玉的姨姐。另有苏州的林家表妹，名唤黛玉，已因父母皆亡先来贾府寄养。

在此貌似琐碎繁杂的情节中，至第五回忽出一段奇笔，写宝玉午憩于侄媳房中而梦游一处幻境：此幻境有一女神名曰警幻仙姑，她管领天下的女子，每个女子的命运皆有簿册预载，贮于橱中。仙姑喜爱宝玉，待以饮食，享以歌舞，并领他阅看了簿册——此若干簿册所记，即是贾府中的女子的命运预言（名为“判词”），但宝玉当时并不能读懂。饮食中诸般珍品的名色，如“千红一窟（哭）”“万艳同杯（悲）”等等，隐伏和预示了宝玉一生所遇诸多女儿的悲惨处境而悲悯伤痛。仙姑又为他演唱了《红楼梦》曲十二支（连引子、煞尾共十四支），曲文实与簿册等判词相为互补呼应。

此回的故事，异常重要——是全书内容与义旨的概括和投影，艺术手法全出独创，可称奇绝。而含义的深刻与博大，也属古今仅见。

以后，写侄媳秦氏的病，因丧殡的盛势奢侈铺张，家塾本族中与亲戚寄读的众多男童的顽劣，乃至凤姐以毒计警惩族弟对她忽生邪念的一场闹剧，等等——可以理解为作者笔下已把贬男尊女的理念放在了鲜明的地位。

警幻和秦氏各有“梦”中的一段警策之言，前者说：宝玉为人之可贵，在于能以真情体贴女儿，而甚异于一般淫邪的不正当的男女观念与行为；然而此意难为世俗人理解，反遭误会，于“世路”上未免艮阻嘲谤。后者向凤姐掌家人警告：眼前即有一场锦上添花的特大喜事——然而也不过瞬息的繁华（假热闹），紧接而来的即将是乐极生悲的祸变，须早早预计——

暗示了会有抄家获罪、子孙流落的大悲剧发作。

此皆点睛之笔，可以说概括了全书的总精义与大结局，非常重要。

试听——

> 开辟鸿蒙，谁为情种？都只为（谓）、风月情浓。趁着这，奈何天，伤怀日，寂寞时，试遣愚衷。因此上演出这怀金悼玉的《红楼梦》。
>
> ——《红楼梦曲·引子》

这其实乃是作者曹雪芹的自表心情，“现身说法”。

二九之末，结上开下，全书一大关目，即贾元春（宝玉长姊）晋升贵妃，回府省亲，建造“大观园”别墅。

〔大观园的意义〕

第十七、十八两回是建园的专章，从起因直到工竣题咏、贵妃游幸，写尽了贾府的盛势荣光，也展示了这个家族的文化品位，宝玉本人的才华超众，黛玉、宝钗也是出色的女诗人——尤其贵妃贾元春的归省的实际内容，就是让众姊妹与宝玉为新园题诗撰对（楹联），这是《红楼梦》的一个重要文化意蕴。

此园日后成为群芳（众多女儿）的总汇之所。而园子的命脉是一条宛若游龙的长溪，特名曰“沁芳”——轩馆台榭，诸般景致，皆循溪曲折而构建。

“沁芳溪”是全书的总象征：群芳凋落，逐水东流——即“花落水流红”（《西厢记》）的同义而浓缩的新雅文词。这也代表着整部书的悲剧体性和文化高层。

全书主体，即由园成人聚而结于园毁花残，群芳落尽——此即“千红一哭”“万艳同悲”的另一艺术表现方式。

从此而后，大观园才是本书的环境中心，是以“红楼梦”与“大观园”几乎成了同义语。

[三九：十九～二十七回]

这九回书，是宝玉随众姊妹住入园里的开头，到了一个崭新的美好环境里，过着快活的岁月——但也夹叙了许多意外的风波事故，为后部书里早早地伏下了暗笔。

几件要事：

1. 宝玉房中有两名大丫环，所关重要。一名袭人，一名晴雯，本皆伺候老祖母史太君的，赏给了宝玉。袭人于第六回出场，与宝玉有特殊关系。晴雯于第八回出场，写她研墨，宝

玉自书"绛芸轩"匾，晴雯登高贴于室内。至此，重笔再写袭人与宝玉的亲密。

2. 揭出宝玉之父贾政本房的一大家族矛盾：正妻王夫人（宝玉之母）与侧室（妾）赵姨娘之间，暗争十分激烈。赵亦生子，名曰贾环，母子嫉妒宝玉的受宠与嫡子的地位，使毒计谋害宝玉，兼及凤姐（因她全力维护宝玉），叔嫂二人几乎丧命。

3. 宝玉的小丫环林红玉（小红），在本房受大丫环的欺压排挤，不得亲侍宝玉，满腹情思幽怨，遂于一个偶然机会，看上了宝玉的一位族侄贾芸，二人相互思慕，并于后半部大结局皆有极为重要的关系。

4. 宝玉另一表妹（祖母的内孙女）史湘云首次出场。她是全书结局的最重要的女主角。

5. 贵妃传谕，命宝玉随姊妹入居大观园。宝玉住怡红院，黛玉住潇湘馆，宝钗住蘅芜苑，寡嫂李纨住稻香村。此外，二姐迎春住蓼风轩，三妹探春住秋爽斋，四妹惜春住暖香坞。另有少年女尼名妙玉住拢翠庵。以上皆属“十二钗”之人。唯凤姐因理家务，仍在府中本房居住。

（六）宝玉入园后尽情享受，书画诗文，自不待言，还与丫环们描花绣凤，破谜猜枚……但正式情节落笔细写的，却是如下一段——

> 这日，宝玉独自来到全园僻静处（东南角）沁芳闸（泻水出园之地）旁，一块大石坐了，取出藏于身上的《西厢记》（那时家教，小说、戏本是不许少童阅读的），从头细看。时当三月上浣，石旁桃花盛开，宝玉读至“落红成阵”这句，恰有一阵风来，将桃花吹落，满身满地皆是。宝玉惜此残红，不忍践踏，遂将落花以衣襟兜起，撒向溪中，眼看那片片落红，随水逝去。

此时正好黛玉也来此处，意欲收拾残花，为之埋入土中，以免秽渎——这就是二人共同首次“葬花”的故事。

这种写法，与其说是“故事情节”，不如说是全书的巨大象征。雪芹以此特笔，表明大观园群芳的聚会，不过是“花落水流红”的前夕而已，此即“千红一窟（哭）”的深悲大痛，作者著述的根本义旨。

这“三九”至第二十七回结穴，再次写黛玉自己葬花（已入四月，已非桃花，而是凤仙、石榴等杂花了），吟出了篇悲艳绝伦的《葬花吟》，至今万口传诵：“花谢花飞花满天，红销香断有谁怜？……”“……一朝春尽红颜老，花落人亡两不知！”凄句悲音，再次点醒全书的主调与总纲（但人们只画只演宝、黛同读《西厢》，只是为了“爱情”〔二人之事〕，而绝不言及“葬花”一回本来的深刻意义何在）。

但这第二十七回的重要，还不止此，须知重写“葬花”一事的四月二十六日芒种节，之所以举行“饯花会”，是暗指宝玉的生辰。这一手法仍然是貌似情节而实兼象征——意思在于暗示于读者：宝玉之生，实为饯花送春而来，是他眼见身经，好花与好女同归于尽，“花落水流”“千红一哭”的大悲剧，由他的存在、记录而得以“证明”。这也就是“红楼梦”一词的真正注解。

[四九：二十八～三十六回]

这九回的内容情节，最重要，文章的表里“双重性”尤为表现得更加深刻灵巧。

上一“九”以“介绍”与“象征”为主要笔法。进入“四九”，“伏笔”（鲁迅先生谓之“伏线”）的艺术跃居首位，而又加上了另一层巨大事故，关系着贾府的生死存亡之一个“戏子”蒋玉菡的出现。又有直接预示宝玉与湘云的悲欢离合的恩爱姻缘。

此事因何事起？写来极奇。饯花会刚过，宫中元春贵妃传出谕示，命在家庙清虚观内打三天“平安醮”（道教作道场仪式为了祈福保安），于是以史太君为首，带领全家女眷到观内进香看戏。此为全书写到府门以外的难得常有的大事，长年拘禁在深宅大院的女儿丫环们，如鸟出笼一般，从府门坐车的热闹情景写起，直到小道士老道士的各种事态，历历如绘。老道士姓张，群称张爷爷——他是史太君丈夫（宝玉之祖父）的“替身”，故辈数甚尊（替身是贫家孩子自幼卖与富家代幼童“赎身”修行的一种风俗）。张爷爷因众道友皆欲一赏宝玉自胎中带来的美玉，将玉传观后，众道友各以所佩法器回敬，收了一盘各样佩饰。宝玉逐件检玩，忽见其中有麒麟佩，金翠辉煌，十分可爱——他想起湘云，因知她身佩一麟，与此正同，遂揣于怀内，却为黛玉窥破。宝钗也说出了湘云佩麟之秘。黛玉尖刻，颇酸刺，使宝玉陷于尴尬之境。

偏张爷爷因夸赞宝玉形神全似“国公爷”（宝玉祖父），叹说要与他提亲……因此却又引发了一场宝、黛赌誓哭闹的风波。这个新来的金麒麟，便是日后经过千回百折而宝湘终成夫妇的征兆。

此事过后，笔锋暗转，步步逼向了另外一场特大的事故：宝玉受父严责，几乎致命。这层层逼进的情节，十分复杂。

这场特大风波，很不易真正读懂，而所关最为紧要。这是作者雪芹幼小时生活经历的忠实反映。清代旗家教子之严是一大特殊现象，其俗来自满族的伦理道德观念：对尊长父辈须绝对服从，不准抗议；而曹家世代为奴籍，政治身份特低，极盼子弟有科名出身，方可家门高跃。雪芹聪颖超常，父亲曹頫对他心里疼爱，而望他“上进”，而雪芹偏偏不喜“八股”时文（科考的主要内容），因它全是假拟圣贤的一套模式，他深爱的却是诗词说唱文学一类通于灵性的文章。因此往往因为淘气任性而惹恼父亲，加以严责。书中宝玉正是如此。第十八回“试才”，可证贾政对宝玉的文才是从内心里赞赏喜爱的。

但这次风波，却非一般泛泛的缘由——气得贾政竟说出“弑父弑君”的骇人的愤极之语，这就是笔力千钧的写法了。

原来，宝玉自从结识了蒋玉菡，风声四起：他是忠顺王府里的戏子小旦，王爷的宠儿，忽离府他往，满城的谣传却说是荣国府的公子给“窝藏”起来了，以致王府派官来找贾政索讨。贾政震惊，吓破了胆——王府是万万得罪不起的，弄不好有灭门之祸（曹家正是因为诸王府的争斗关系才获罪抄家的）！这已是天大的祸事。

谁知正在此际，宝玉的小弟贾环告了哥哥一状，说他“强奸”太太的丫环金钏儿，金钏儿受辱，投井自尽！

贾政此时此刻之至愤极怒，几不欲生！自谓生此逆子，是家门的罪人。这才将宝玉死命狠打——打死他以免引来火顶的灾难！……

这场大事故，牵动了全家老少，老祖母见宝玉已奄奄一息，又急又痛，怒而要与贾政断绝母子关系，全家哭声一片，贾政至此，也泪如雨下。

贾政内心的矛盾痛苦，其实比谁都酷烈得多——他是家主，要负全族的责任！

但多年来，讲解《红楼梦》的，都不明雪芹的文心与隐痛，却把事情简单肤浅化，将贾政说成是一个“卫道者”，灭绝人性的“迫害”那个大可宝贵的“叛逆者”——“反封建”的“自由斗士”贾宝玉，云云。

这种观点，距离历史真实与艺术真实都太远太远了。

宝玉这场苦难换来了巨大收获：众女儿对他的怜惜疼爱较前更深。他自己在严峻的考验下更坚定了自己重真“情”而恶伪俗的意志。更要者，在老祖母的监护下，宝玉从此不再遭受父亲的管教责打，一意在园中度他的诗人式的艺术生活。

这一段落中，还夹写了“画蔷”的故事，即贾蔷与女伶的关系感悟了男女情缘，各有“分定”，是任何人不能勉强移易的。

[五九：三十七～四十五回]

这一“九”的内容，是全部书中最为风雅、新奇、有趣的部分。在情节上有三大特色：一是没有不幸的变故，全属欢乐的岁月。二是笔法一新，不像以前的头绪杂乱，变化频繁，而归于纯净高雅，风趣有味。三是从第三十七回一开始，即离开前文，创写出一个崭新的“诗格局”来。

作者雪芹本是一位诗人，所以他最苦于以诗写人，以诗叙事——而纯为抒情而作诗却不属于小说的“本分”。换言之，他设在书中的诗，都含有多层次的作用——尤其是令人不知不觉地在诗句中为后文的事情伏下了暗笔（这不但有诗句，还有谜语、酒令、牙牌、酒筹的“解词”，都同此性质）。

前文已不时有诗句出现，但散见，至第三十七回起，方集中写诗。故事是三妹探春起意，要成立一个闺中诗社。众人皆欣然响应，且各取雅号，做了“诗翁”。适值贾芸送来了白（秋）海棠，遂以“海棠”名社，议定每月起社一次，轮流做东，聚在一处拟题赋诗——这本是中华文化活动的一个传统形式。

“诗格局”以海棠诗为启端，以《秋窗风雨夕》为（本段）结尾，而中间又以菊花诗为主题，十分重要。

海棠诗与菊花诗是起社的最盛之场面，虽是探春、黛玉、宝钗、湘云、宝玉五人为“社员”骨干（李纨、迎春、惜春等虽亦入社，却无诗才，亦不同作），而实以黛、湘二人为主脑——且二主脑中又实以湘云为主中主。这一点常常为人忽略而不明。

棠、菊二花，在书中乃是湘云的象征。棠喻其才质之美，菊喻其品格之高。海棠无论春秋，花最芳艳可爱，而菊则傲霜冒冷而开，丰神骨气，迥异凡花。再一层意义就是至秋百花早尽，菊实为花事的终局者——在全书中独她久存而不似诸女儿的早殁先凋。

海棠社是唯独湘云次日方来补作，且独赋二首，菊花社又是她做东开社，是此一盛会的主人。这皆寓有深意。而十二首菊诗，又实咏宝、湘二人的悲欢离合的主题故事，双关巧之极：曾经离散，故从寻访起，幸而访得，别圃移来贵比金，重栽之后，“昨夜不期经雨活，今朝犹喜带霜开”；于是相对相赏，“霜清纸帐来新梦，圃令斜阳忆旧游”，“傲世也因同气味”，“看来唯有我知音”——这就是他们二人的离合经历的艺术写照。

此时已到重阳节近，湘云做东请大家吃蟹，因而又作咏蟹诗——暗讽“心肠”不良而“横行”之人（有一次众人放风筝，唯贾环的是一个大螃蟹，其故可思）。

正巧此时上回（第三十六回）叙写的刘姥姥又来了。史太君喜欢，留她住下，带她到园中游玩，给她点心、饭菜，都使这位村妪见所未见。又行牙牌酒令（也属于诗的广义范围），引出无穷的乐趣和笑料——写出了贫富之间的生活、见闻、观念、见识……的巨大差异。令人于笑乐中生感兴思，不是单纯的取笑逗趣的浅薄文章。

在游园时，特笔写了妙玉这个奇女子，老祖母带刘姥姥及众姊妹等到她尼庵去品茶歇憩。

这是妙玉第一次正式出场。她与刘姥姥都是全书收局的重要人物。

就在本“九”中，又有两次特笔写宝玉的痴情：一次是听了刘姥姥讲村里少女亡后成神的故事，就派书童去找那个小神庙。一次是正值凤姐寿日府中热闹之际，他却私出城外去祭那因他而枉死的金钏儿。前者以诙谐有趣之笔，后者以沉痛可思之笔，笔致甚异，而皆有诗的境界，归于一致。从思想上，从艺术造诣上，理解与欣赏作者的本色与特点，必须注意这两段文章，不可忽视。

然而，第四十五回的秋窗风雨，却是诗情画意最为浓郁的一篇名作。钗黛二人的关系，到此也进入崭新阶段。

[六九：四十六～五十四回]

本“九”的一开头，就换新笔墨，展开了一场大悲剧的序幕：荣府的东隔院，住着宝玉的伯父贾赦（贾政之兄），人品不高，年老好色，素来与史太君、贾政这一边不睦，其手下人多生事端。这回他看上了太君贴身大丫环鸳鸯，先遣其妻邢夫人向她试探。贾赦又使她的兄嫂（皆府中奴仆）来逼迫她从命，鸳鸯无路可走，遂向太君哭诉，持剪刀剪发表示宁愿出家，誓不服从（当时满族风俗最忌妇女剪发，以为是大不祥的事情）。

史太君听了这些丑事气得浑身乱颤，老年人极端气怒中，怪罪了所有的不相干的人，包括宝玉之母王夫人。此一段写得精彩无比。但鸳鸯的悲剧，在此仅仅是个开头，重要情节（终被贾赦害死）都在八十回后文中。

此一事故交代一毕，立即又回到前“九”的“诗格局”的章法中去了——写宝钗之兄薛蟠因祸惹事外出他乡，故其小妾香菱（即本书开卷失散的英莲的改名）得以入园伴宝钗同住，苦学吟诗，成为一个出色的诗人。接着从金陵又来了二位少女李纹、李绮，乃寡嫂李纨之妹；邢岫烟，乃邢夫人之侄女；宝琴，乃宝钗之堂妹。此四人亦皆能诗，至此，大观园中群芳聚会，达于极盛之运。

吟的诗是以梅为题，红梅是妙玉拢翠庵中的特色。凡此皆与八十回后情节暗伏联系。

湘云的重要地位，较前更分明，而且，从新来的李婶娘目中口中，特笔点出“一个佩玉的哥儿和一个挂麟的姐儿”这句至关紧要的话，是全部书的点睛笔法。

本“九”丰富的内容还特写了晴雯、麝月等怡红院内的大丫环，文字也极精彩。

时至隆冬夜，晴雯出房受冻而病倒，犹竭其精神为宝玉补织珍贵的“雀金裘”。平儿、鸳鸯、晴雯等人的故事逐步占有地位，是作者将笔墨重点移向“副钗”“再副钗”的明显迹象。

离年近了，大笔特写荣府过年、祭祀……一连的家庭乐事、节令风光。令读者眼花缭乱，应接不暇。

于是，五十四回书，到此恰为全书的前半“扇”。从第十八回元宵节到又一个元宵，整整写了一年四季的百般情事。

[七九：五十五～六十三回]

前“九”上半部书结止，自第五十五回为重新“开头”，无论内容、气氛、时令、笔法皆与以前大异了。

这年的历史素材是乾隆二年（1737），凤姐掌家人病得不轻，只得请三妹探春代理家务，又烦亲戚中的宝钗襄助。凤姐治家严厉，下人等皆怨恨她，但也畏惧，不敢胡为。今凤姐病假，以为探春姑娘好惹，群蓄浅探轻估之心，加上开年后一位老太妃薨逝，贾母史太夫人、王夫人皆须入宫侍丧送葬——这正是清代内务府人家女眷必遵的规制（这书中贾府是内务府曹家的“自叙性”，也证明了年月时令亦属实事：如第二十七回的四月二十六芒种节，正是乾隆元年的实际节令日期；而本年开年正好就真有康熙的遗妃去世，丝毫不差，皆非随笔妄拟之类可比），所以家中无一长辈足以镇理事务，于是各层男女仆妇丫环，各房各处上下众人达到复杂矛盾冲突的关系，一一暴露而发展激化。

书中写贾府貌似兴荣，实已处处暗示其衰落，财力日艰。

探、钗二人治家，设法兴利而除弊，开源而节流。这时放笔写二人的才干，也写了平儿这位贤女的不凡与可爱可敬。

梨香院中原为承应元妃省亲的小戏班十二个女伶，也解散了班子，分配给众姊妹及宝玉房使唤，习称做事当差。园中加一倍热闹起来——但诸仆妇却十分嫉怨这些女孩子的性情地位。于是又添加了无数的“人际”“房际”的复杂关系问题。

分到宝玉房中的是芳官，成为一个重要副钗级角色。又写了“假凤虚凰”一段奇情：藕官与已死的药官因扮戏而“疯”了，两个女孩竟发生了男女爱情的心境，彼此相恋起来，故逢清明节（扫墓之节）为亡者烧纸悲悼。

在园里烧纸悼亡（不祥之事）是不许的，婆子抓住了这件犯过的事要去告状，为了报复小戏子素日的宠势。恰值宝玉病愈到园散闷遇上，一力设词解救了那个女孩。宝玉的同情、怜惜、维护女儿的情性，到处皆有心愿与实践。

宝玉因何而病？说来更奇：原来他到黛玉处去问候病情，正值休息，遂与大丫环紫鹃问讯。因天已凉，见她衣着太薄，就伸手去摸她的衣服，不料紫鹃说都已大了，不能再像小时候那样了（即男女有别之义）。宝玉听了，十分震动——因为这是“天真”与“礼法”的冲突，是他以前未听说未经过的。遭拒已是难费，使他如失魂魄，若泥塑木雕一般独坐院中不动；紫鹃又乘机试他，谎言林姑娘将回苏州自己家里，从此与他无涉……一下子惊得宝玉痴狂病发作，不省人事，若将死亡。于是一场特大风波复起。后来终于让紫鹃来住怡红院，向他解释劝慰，痴病方愈。

以上各节，意在写出宝玉为人，一生纯真，以至性真情来对待所有女儿，所谓“情痴情种”，从根本上不同于世间只知玩弄女性的男人。

在此以后，又以精彩的笔墨叙写了一群小丫环和戏子芳官的故事。

尤奇者，又有芳官与厨役之女柳五儿交好而私赠宝玉所服之珍贵饮品（可疗病）而引起的“盗案”，牵涉到王夫人房中大丫环彩云。平儿欲为掩饰，宝玉愿为担罪……种种曲折关系。还又兼写柳五儿被屈枉、彩云与贾环赌气等事故，笔不胜书，目不暇给——成为全书一大精彩部分，叹为观止！

在本“九”的结穴要文，就又是众女儿集会给宝玉祝寿的盛况——从晨起直到夜宴，包括湘云醉卧，说酒令和“占花名”的酒筹，笔笔有神，趣味横生！

然而，这次祝寿又隐与“饯花会”之文后先呼应——这是群芳最后一次的盛会（过此便步步零落了）！

读雪芹此书，总不要忘记：他的笔法常常是四者相融为一体——情节叙事、隐伏、呼应，还兼象征！此乃我国小说一大奇迹。

［八九：六十四～七十二回］

这一“九”主要部分是尤二姐、三姐两姊妹均死于非命的惨剧。荣府的邻居即是贾氏长门宁国府，家主是贾珍，其妻尤氏（宝玉的堂兄嫂）。二姐、三姐是尤氏之妹，又都是人品绝色，贾珍、贾琏（凤姐之夫）看中了人家的美貌，常与胡混。贾琏背着凤姐偷娶了二姐。凤姐不能相容，施计欺凌，以致二姐吞金自尽。三姐则看中了世家子弟柳湘莲，已经约订为婚，其后柳得知三姐以往的淫乱事迹，遂悔约退婚。但三姐此时早已悔过改行，贞静自守，一片真情付与柳君，及知柳已反约，遂以订婚证物“鸳鸯剑”自刎而亡。

直到第七十回，两案方有结局。自第七十一回方又挽回到风雅优美的《桃花诗》《柳絮词》上——已然是以黛、湘二人为主脑了。

桃、柳之咏，是大观园中最后一次开社了——后文有诗，但已无社了。《桃花诗》与《柳絮词》诸篇，都凄艳悲切，各有特色——也正如以往，这既是叙事，又是象征：从此为始，园中群芳众女儿，一个一个地随花落尽，全书进入大章法中的一个重要的阶段与层次。

这一“九”的末回也极重要：第一，揭明了贾赦、邢夫人那边与贾政这边的矛盾关系，不良的婆子又借此横生事端，上下交结，并欲引进荣、宁两府之间的麻烦。第二，凤姐的梦，暗示了宫中两个“娘娘”的政争，局势恶化。第三，来旺家倚仗主子的宠势强娶彩霞，这不但是写了又一女儿的不幸命运，而且预伏下荣府仆役日后滋事惹祸的情节。这三者交织成为不久贾家败落的原因。

[九九：七十三～八十一回]

鲁迅先生论《红楼梦》原本八十回书，至末幅“已露悲音”；结云：“……悲凉之雾，遍被华林，然呼吸而领会之者，独宝玉而已。”这可作为本段的一个最简括的说明。

全书有渐变，有骤变，“渐”积而成“骤”。大观园的一个致命的弊端是守园上夜的仆妇们的图财聚赌，疏忽职守，奸盗之事遂生。邢夫人一党之夏婆子，素嫉贾政王夫人这边，乘机进谗，激怒王夫人，发狠抄检园中诸女儿的“隐私”。这件丑事闹剧，不但葬送了晴雯，屈枉而被逐致死，也使许多女儿相继离散。大观园已然寥落萧条，往事不堪回首。

在此之间，还有几段极为精彩的情景场面，乃是全书的精髓命脉之所在。

且说尽管如此局势中，“诗格局”仍然是情节内容的重要部分。去冬一场雪景，诗社人数最盛之时，众女儿改为五言排律诗的大联句，几个主将争先随后斗韵骋才，写得极为引人入胜，而诗句又隐括着贾家与众人的命运，也包括了最后的结局的预示。至本年中秋，第二次写大联句，可是已只剩了黛、湘二人了。境况已如天壤之别。

这次中秋佳节，众人还欲似往追欢，却已表面热闹，内心凄楚，成为一片“感凄清”“悲寂寞”（回目联语）的情境。一场品笛，尤为凄婉动人。黛、湘深夜池边联吟，到了“寒塘渡鹤影，冷月葬花魂”的名句，戛然截住，转出了妙玉收拾残篇（残局）的大换笔。仍然归于叙事、伏线、预示的三者一体的奇妙笔法。

此后，园中诸女儿是迎春远嫁，司棋被逐，晴雯屈死，芳官出家（为老尼骗去）……宝玉眼见这些“花落水流红”，不胜悲感，神魂无据。他探看将死的晴雯，生离死别，作出一篇祭她的《芙蓉女儿诔》（属于赋体），成为八十回书的最后一篇千古独绝的名作。

现行本八十回书，主要梗概撮叙如上，乃是一个十分粗略的“提要”。

（三）流行本《红楼梦》后四十回续书

〔作者〕

后四十回作者或不止一人，而以高鹗为代表。高鹗字云甫，号兰墅，又别署“红楼外史”。自书籍贯为“世居沈阳三台子”，又书“铁岭”（考者谓三台子属铁岭，而铁岭本为沈阳地方辖区）。镶黄旗包衣人。乾隆五十三年（1788）举人，乾隆六十年（1795）进士。嘉庆六年（1801）由内阁中书擢升为翰林院侍读。著有《月小山房遗稿》《吏治辑要》等。他在当时也有诗人之名气，但实为一个正统派的官僚，和曹雪芹是思想、文笔两种截然不同的人物。其余不必详介。

一百二十回是假“全本”，程伟元作序伪称发现后四十回残稿，乃补缀成书云云。而高鹗之序则说“襄其役”（助成补书的工作），而稍后的版本竟将程序删去，只存高鹗。可证续者为高鹗，“襄其役”是婉辞，最初尚有顾忌，托序于程，以为掩饰而已。

〔续书背景〕

据赵烈文《能静居日记》载，同治年间听老学者宋翔凤讲雪芹早年放浪，为父辈锁禁空房中，遂写成《红楼梦》；而乾隆末年，宠臣和珅将书呈于乾隆阅而“善之”。其时和珅主《四库全书》，献计删改古书原文，秘行改窜。他所“呈”的即指伪续假全本，所以乾隆许可，遂由武英殿修书处以活字印行，乃是官方默许之本。近年发现莫斯科大学图书馆所藏一部一百二十回活字本，上有俄国教团团长、汉学家卡缅斯基的题记，说是“宫廷印刷的”。至此，完全证实了程、高伪“全本”是一部有政治背景的产物。

〔内容梗概〕

后续四十回伪文，大致有四条主线：一是宝玉“悔改”前情，专心读书上进了。二是凤姐设计，宝玉宝钗成亲；黛玉知宝玉负义，怨恨而死。三是贾府虽因事获罪抄家，终又复职还产，重新兴旺。四是结局宝玉生子贾桂，与其堂兄贾兰“兰桂齐芳”；宝玉本人也中了“乡魁”，成了举人。所以这叫做“沐皇恩”“延世泽”，一场小悲而大喜的“团圆”“美满”的人间福境，宦族荣光。

此外，还写了许多“花妖”神怪的迷信“情节”。鸳鸯的血案，变成了“殉主”的忠臣孝子。湘云还是嫁了一个大乡绅财主之子，而不久夫亡……如此草草交代了原著的重要收场女主角。

最后，续书人伪装作者出面宣教警世：“情”这个字是犯不得的，犯情孽者必无好下场——林黛玉是一良例。而宝玉的“浪子回头”，终成“正果”。（他中举人之后随“二仙”走了，已登仙籍！）

这就是四十回续书的“精义”所在。它是整个与原著“对台”的和“复辟”的反宣言。人物的性情、语言口吻、精神意态、举止行为也都与前面的情形境界完全变了。

（四）赏析与评价

《红楼梦》形式体裁是一部中国传统章回小说，而内容实质则是中华文化的一个综合体和集大成。

小说在文学史上得到很大重视是近百年来受西方文化影响的结果；在中国则素来有“野史”“闲书”之名号，是不够高雅流品的书册，甚至是禁止流传阅读的“禁书”（尤其是青少年不许看小说野史，只能偷读）。《红楼梦》就曾是禁书中的“重点”名目。它的巨大含义与伟大价值地位，是近数十年方才得到逐步认识的。

作者以女娲的神话古史的故事作引而提出了一系列的重大问题：天、地、人、物四者之间的关系，“人”的起源，人的具有“灵性”的两大表现：感情与才华的问题，才之得用与屈抑（浪费人才），情的真义与俗义的问题，情与“理”“礼”的矛盾统一的社会道德问题……都可以在这部伟著中找到观照与解答——至少是作者的思考和认识。

作者曹雪芹把这些问题集中而具体化起来，选中了一块石头的经历而叙写，成为一“记”。

石本为物，物与人是对待的“双方”，但作者认为，物经娲炼，也能“通灵”，即有生命，有知觉感受，有思想感情——物与人可以相通的。

这是一种“天人合一”的博大的哲思。

作者又认为，在“灵性”的诸般功能体用中，以“情”最为根本，最为珍贵。是以书中于开卷不久就特笔表明：“大旨谈情”。

但因“情”是抽象的，无法成为故事，于是便又以众多人物的“悲欢离合”的情节来抒写这个特别可贵的“情”。

但是，“情”这个字眼常常令一般人发生错觉或误解，一提起情，就划限在男女之间的所谓“爱情”上，于是作者便又顺水推舟，就以女子作为书中的主体人物而来体现真正的情到底是何等境界意味，它与被俗常歪曲而又看不起的“情”，其间区别又是怎么样的。

这儿，又包括了曹雪芹的一段独有的见解：他特别器重赏爱女儿的真才情——“聪明灵秀之气”，超过男子远甚，而在他的时代，女子的处境与命运却是带有普遍性的不幸与悲惨，这就又使作者产生了一种大悲悯的情怀：特别珍惜怜爱女性。

这就是他在第五回中提出的“千红一窟（哭）”“万艳同杯（悲）”的沉痛语言与宣言。这是人类的最博大的真情，也是中国文化文学史上出现的一个最伟大的思想境界。

“千红”“万艳”是泛称其众多，而实际是以一百零八个女子这个象征数字代表了千千万万。书的异名又叫做《金陵十二钗》，十二也是代表多的意思，九层的十二钗，使成为一百零八位女子（传统评价人物，也是分为“九品”）。书中所写一百零八位女儿，正对《水浒传》的一百零八位英杰。是以作者表明：书中人物是“小才微善”的“异样女子”。这一措词又谦虚又表彰。

十二是书中的一个基数，处处点明不畏其重出复见，如十二个小道士，十二个女戏子，十二枝宫花，十二支《红楼梦曲》……连“冷香丸”的配药处方也是九个十二组成的！

写了这多女儿，绝大部分都是姑娘、侍妾、大丫环、小丫头——当时屈抑为奴婢“贱”位的女子。

然后，采用了一个巨大的总象征手法：“花落水流红”“落红成阵”“花谢花飞花满天”——“沁芳”之溪，水逝花流，群芳俱尽！

特写“饯花会”，明似热闹繁华，实深悲悼。

从这一点来观照评比，岂独在中国的思想史文学史上是向所未有，即全部言论著述中也是独一无二的。

对曹雪芹与《红楼梦》，给以最伟大作家作品的估价与称号，是不同于虚词溢美的，是名实相副的。

小说主角人物贾宝玉，就是以此至性真情，去关切、同情、体贴、悲悯天下所有的不幸生命——甚至并无生命的“物”，他也以同样的精神态度去对待。但他从不考虑个人的利益，自身的得失利害，不在心上，总是为了别人（以女儿为代表）而设身处地、推心置腹——此即“体贴”二字的实义。

在这儿，作者提出了一个如何对人对己的巨大课题。

但是这种至性真情以待人对己的意念与行为，在世俗上是罕有而难见的，因此反遭误会误解，受人嘲骂，处境孤危。这就是作者自寓的“反评价”，如《西江月》咏宝玉云：“无故寻愁觅恨，有时似傻如狂。行为偏僻性乖张，哪管世人诽谤。”亦即警幻仙姑对宝玉说的：“……如尔则天分中生成一段痴情……在闺阁中固可为良友，然于世路中未免迂阔怪诡，百口嘲谤，万目睚眦……”（第五回）

这是全书的“大旨谈情”的一大关目，必须深切理解作者的本义，方能领会他的精神世界与世俗理念的距离与冲突。

后四十回伪续，恰恰与此相反。他们把原著的伟大思想精神歪曲成为一个十分庸俗的“一男二女”的“三角性爱”和“争婚”的个别家庭小悲剧，伪续的“吸引力”全在于一点：一个低级的“掉包计”拆散了宝玉、黛玉的良姻美眷，以致黛玉“绝粒”“焚稿”“断情”……恨恨而死——使读者产生错觉的同情怜悯之心，反而盛赞这种“反封建（婚姻不自由）”的“伟大功绩”。甚至有人竟说“伟大的是高鹗，不是曹雪芹”！

可是“伟大的高鹗”在他的续书中是这样写的：

> （贾雨村问甄士隐）“宝玉之事，既得闻命，但是敝族闺秀，如是之多，何元妃以下，算来结局俱属平常呢？”士隐叹息道：“老先生莫怪拙言：贵族之女，俱属从情天孽海而来，大凡古今女子，那淫字固不可犯，只这情字，也是沾染不得的！所以崔莺、苏小，无非仙子尘心；宋玉、相如，大是文人口孽。凡是情思缠绵的，那结果，就不可问了！”
>
> 雨村听到这里，不觉拈须长叹。

这就是伪续书的用心所在，它从根本上反对曹雪芹原著的总精神。一般读者极易发生错觉误识，以为他写黛玉之死是同情她而为之感动，其实他正是利用她来骗取读者的眼泪，并且宣告这种下场是她咎由自取：犯了“情”的罪过！

这是清代官僚正统士大夫与伟大文学巨星两种思想观念与

精神境界的对立与抗争。现代青年读者，务宜明了此一要义。

《红楼梦》的伟大，首先在于思想精神的伟大。这种伟大是不容歪曲或篡改的。

《红楼梦》的伟大，又在于文笔艺术的伟大——充满了特色与独创，然而又正是中华文化的继承、综合、延伸、运化和发展。

研究者、评论家常常以曹雪芹与英国的“剧圣”莎士比亚（Shakespear）相比并举。如此，则雪芹可称为“稗圣”（稗指小说的别名“稗官”“稗史”）。但莎翁一生写出了三十七八个剧本，他的众多角色人物是分散在将近四十处的；而我们的伟大作家的几百口男女老少、尊卑贵贱……却是集中在一部书里——而且是有机地“集中”“聚会”，而非互不相干。这是古今中外所有文学史上唯一创例，无与伦比！这么多大小人物，生活在一处，生死休戚，息息相关，是一个大整体，而不是依次上场，戏完了没他的事，退入幕后，又换一个“登场者”的那种零碎凑缀的章法。此为一大奇迹，一大绝作。

章回小说在明清两代十分发达，其数量之大，远非常人所能想象。因此良莠不齐，高下各异。及其末流，即模式化，俗套多，事迹不外男女私情，人物“千人一面”，毫无个性与思想感情的等差和变化。一到《红楼梦》，立即展开了一幅惊人奇丽异彩的“万尺画卷”，数百人物，各个不同，声口、气质、风格、神态，绝无雷同，而且不只是一个无灵魂的空名字，个个如同现实世界，活现其情境于纸上。这则是又一奇迹，又一绝作。

此外，如鲁迅先生早已指出的：雪芹之写人，打破了以往的旧式，好人一切皆好，坏人一切都坏。《红楼》人物都是如现实中的人，其性与质都是复杂的构成品，各有其长，也各有其短，而不是有意美化或丑化的绝对化认识与做法。正如鲁迅所说：都是“如实抒写”，不是纯主观概念式的褒扬讥贬。

与此紧相关联的即是立足视点的多元化与感情的多元化。这一点十分重要，也是《红楼》艺术的突出特色。在本书中，作者不是站在一个固定的僵死点去观察观照人、物、事、境，而是从众多的“点”或“角”去进行的。他写人，各有其处境、关系、甘苦、哀乐，而不是以作者个人的心意去代替的“一面性”写法。例如写宝玉为父亲笞打，牵动了全家的每个人的心魂，无不泪下或痛哭——每个人（包括教子的严父）也并非是灭绝人性的“卫道者”，他内心痛苦更大。

再如写迎春房中大小丫环与厨役柳嫂的矛盾争吵，那场对话，令你感到各有其愤怨不平的理据，又各有难言的苦处——

作者绝不是“站在哪一边”专为单方硬撑强辩，护张排李。

这一特点，绝不见于以往的小说中，表明了一个极大的胸怀见解，即：大悲悯，大体贴，“众生皆备于我”。

再者，写人的手法纯粹是中华画法的精神体现：传神写照（晋代大师顾恺之的提法）。

传神写照者，就是极重“神似”而不泥于“形似”。所以书中人物，一出场，一开口，即如闻其声，如见其人，而又绝不见他对外貌细节的“描写”“刻画”。

这是中华文化艺术的一大精髓，最须体认。

再其次，《红楼梦》是一部“诗的小说”。这是由于作者曹雪芹本人就是受其友人盛赞的天才诗人。他的笔下，不管写人写景，写事写境，都带着浓郁的诗意和诗境。在西方，文学分类中诗与小说是截然不同也罕有交涉的畛域。但在中华，特别是到了曹雪芹这儿，诗是无往而不在的，他将诗（不单指体裁形式）融入小说中，别具一种他处少有的美学质素和魅力。

在这一方面，青年读者需要多接触一些古代诗文名作，涵味领会，方能充分感受。

另，“惜墨如金”。有些人以为《红楼梦》写得细写得长，是为“文繁”。其实作者最不浪费笔墨，书中绝少闲文赘笔——初看不明，暗中皆有作用的地方，须慢慢多读方悟。

有此数端，已经足够说明这部“奇书”的独特与伟大了。至于人物对白口语的运用等，尚在其次，即不必多述了。

《红楼梦》堪称人类智慧才华的第一精华，并非夸大。而称之为中国伟大作家的曹雪芹作的“文化小说”，集中华文化之大成，综合了文、史、哲的三大因素的精髓，也就因之而显示分明了。

后记

感谢北京出版社的盛情要为这册小书印行问世。通俗讲解，提端引绪，抉示出几条大纲主脉，或许有助于读《红》爱《石》的思索寻味。感谢辽宁师范大学梁归智教授为制佳序，作为一位杰出的红学专家，他给予了拙著以高度的评价。我对他的溢美、奖借的文章深为感愧，自问难以克当。但知己之言，环顾之论，梁先生也未必是一时率意下笔之作，谨著于卷端，以志高谊，并望广结墨缘，则厚幸也。

周汝昌

辛巳重阳佳节

[附言]

多蒙梁归智教授助我目困，校出了不少错字，本版俱得改正。内中有“绛洞花主”一名，“主”是鲁迅先生为人作序依原著而题，不可改；至我自己文稿，仍用“花王”为正。二者不能统一。

“苏联列宁格勒”乃20世纪80年代执笔时旧称，今称是俄罗斯圣彼得堡。附记请鉴。

周汝昌

癸未上元佳节

国家新闻出版广电总局
首届向全国推荐中华优秀传统文化普及图书

大家小书书目

国学救亡讲演录	章太炎 著 蒙 木 编
门外文谈	鲁 迅 著
经典常谈	朱自清 著
语言与文化	罗常培 著
习坎庸言校正	罗 庸 著 杜志勇 校注
鸭池十讲（增订本）	罗 庸 著 杜志勇 编订
古代汉语常识	王 力 著
国学概论新编	谭正璧 编著
文言尺牍入门	谭正璧 著
日用交谊尺牍	谭正璧 著
敦煌学概论	姜亮夫 著
训诂简论	陆宗达 著
金石丛话	施蛰存 著
常识	周有光 著 叶 芳 编
文言津逮	张中行 著
经学常谈	屈守元 著
国学讲演录	程应镠 著
英语学习	李赋宁 著
中国字典史略	刘叶秋 著
语文修养	刘叶秋 著
笔祸史谈丛	黄 裳 著
古典目录学浅说	来新夏 著
闲谈写对联	白化文 著
汉字知识	郭锡良 著
怎样使用标点符号（增订本）	苏培成 著
汉字构型学讲座	王 宁 著

诗境浅说	俞陛云　著
唐五代词境浅说	俞陛云　著
北宋词境浅说	俞陛云　著
南宋词境浅说	俞陛云　著
人间词话新注	王国维　著　滕咸惠　校注
苏辛词说	顾　随　著　陈　均　校
诗论	朱光潜　著
唐五代两宋词史稿	郑振铎　著
唐诗杂论	闻一多　著
诗词格律概要	王　力　著
唐宋词欣赏	夏承焘　著
槐屋古诗说	俞平伯　著
词学十讲	龙榆生　著
词曲概论	龙榆生　著
唐宋词格律	龙榆生　著
楚辞讲录	姜亮夫　著
读词偶记	詹安泰　著
中国古典诗歌讲稿	浦江清　著 浦汉明　彭书麟　整理
唐人绝句启蒙	李霁野　著
唐宋词启蒙	李霁野　著
唐诗研究	胡云翼　著
风诗心赏	萧涤非　著　萧光乾　萧海川　编
人民诗人杜甫	萧涤非　著　萧光乾　萧海川　编
唐宋词概说	吴世昌　著
宋词赏析	沈祖棻　著
唐人七绝诗浅释	沈祖棻　著
道教徒的诗人李白及其痛苦	李长之　著
英美现代诗谈	王佐良　著　董伯韬　编
闲坐说诗经	金性尧　著
陶渊明批评	萧望卿　著

古典诗文述略	吴小如　著
诗的魅力 ——郑敏谈外国诗歌	郑　敏　著
新诗与传统	郑　敏　著
一诗一世界	邵燕祥　著
舒芜说诗	舒　芜　著
名篇词例选说	叶嘉莹　著
汉魏六朝诗简说	王运熙　著　董伯韬　编
唐诗纵横谈	周勋初　著
楚辞讲座	汤炳正　著 汤序波　汤文瑞　整理
好诗不厌百回读	袁行霈　著
山水有清音 ——古代山水田园诗鉴要	葛晓音　著
红楼梦考证	胡　适　著
《水浒传》考证	胡　适　著
《水浒传》与中国社会	萨孟武　著
《西游记》与中国古代政治	萨孟武　著
《红楼梦》与中国旧家庭	萨孟武　著
《金瓶梅》人物	孟　超　著　张光宇　绘
水泊梁山英雄谱	孟　超　著　张光宇　绘
水浒五论	聂绀弩　著
《三国演义》试论	董每戡　著
《红楼梦》的艺术生命	吴组缃　著　刘勇强　编
《红楼梦》探源	吴世昌　著
《西游记》漫话	林　庚　著
史诗《红楼梦》	何其芳　著 王叔晖　图　蒙　木　编
细说红楼	周绍良　著
红楼小讲	周汝昌　著　周伦玲　整理

曹雪芹的故事	周汝昌 著 周伦玲 整理
古典小说漫稿	吴小如 著
三生石上旧精魂 ——中国古代小说与宗教	白化文 著
《金瓶梅》十二讲	宁宗一 著
中国古典小说十五讲	宁宗一 著
古体小说论要	程毅中 著
近体小说论要	程毅中 著
《聊斋志异》面面观	马振方 著
《儒林外史》简说	何满子 著

我的杂学	周作人 著 张丽华 编
写作常谈	叶圣陶 著
中国骈文概论	瞿兑之 著
谈修养	朱光潜 著
给青年的十二封信	朱光潜 著
论雅俗共赏	朱自清 著
文学概论讲义	老 舍 著
中国文学史导论	罗 庸 著 杜志勇 辑校
给少男少女	李霁野 著
古典文学略述	王季思 著 王兆凯 编
古典戏曲略说	王季思 著 王兆凯 编
鲁迅批判	李长之 著
唐代进士行卷与文学	程千帆 著
说八股	启 功 张中行 金克木 著
译余偶拾	杨宪益 著
文学漫识	杨宪益 著
三国谈心录	金性尧 著
夜阑话韩柳	金性尧 著
漫谈西方文学	李赋宁 著
历代笔记概述	刘叶秋 著

周作人概观	舒 芜 著
古代文学入门	王运熙 著 董伯韬 编
有琴一张	资中筠 著
中国文化与世界文化	乐黛云 著
新文学小讲	严家炎 著
回归，还是出发	高尔泰 著
文学的阅读	洪子诚 著
中国文学1949—1989	洪子诚 著
鲁迅作品细读	钱理群 著
中国戏曲	么书仪 著
元曲十题	么书仪 著
唐宋八大家——古代散文的典范	葛晓音 选译
辛亥革命亲历记	吴玉章 著
中国历史讲话	熊十力 著
中国史学入门	顾颉刚 著 何启君 整理
秦汉的方士与儒生	顾颉刚 著
三国史话	吕思勉 著
史学要论	李大钊 著
中国近代史	蒋廷黻 著
民族与古代中国史	傅斯年 著
五谷史话	万国鼎 著 徐定懿 编
民族文话	郑振铎 著
史料与史学	翦伯赞 著
秦汉史九讲	翦伯赞 著
唐代社会概略	黄现璠 著
清史简述	郑天挺 著
两汉社会生活概述	谢国桢 著
中国文化与中国的兵	雷海宗 著
元史讲座	韩儒林 著

魏晋南北朝史稿	贺昌群　著
汉唐精神	贺昌群　著
海上丝路与文化交流	常任侠　著
中国史纲	张荫麟　著
两宋史纲	张荫麟　著
北宋政治改革家王安石	邓广铭　著
从紫禁城到故宫 ——营建、艺术、史事	单士元　著
春秋史	童书业　著
明史简述	吴　晗　著
朱元璋传	吴　晗　著
明朝开国史	吴　晗　著
旧史新谈	吴　晗　著　习　之　编
史学遗产六讲	白寿彝　著
先秦思想讲话	杨向奎　著
司马迁之人格与风格	李长之　著
历史人物	郭沫若　著
屈原研究（增订本）	郭沫若　著
考古寻根记	苏秉琦　著
舆地勾稽六十年	谭其骧　著
魏晋南北朝隋唐史	唐长孺　著
秦汉史略	何兹全　著
魏晋南北朝史略	何兹全　著
司马迁	季镇淮　著
唐王朝的崛起与兴盛	汪　篯　著
南北朝史话	程应镠　著
二千年间	胡　绳　著
论三国人物	方诗铭　著
辽代史话	陈　述　著
考古发现与中西文化交流	宿　白　著
清史三百年	戴　逸　著

清史寻踪	戴　逸　著
走出中国近代史	章开沅　著
中国古代政治文明讲略	张传玺　著
艺术、神话与祭祀	张光直　著 刘　静　乌鲁木加甫　译
中国古代衣食住行	许嘉璐　著
辽夏金元小史	邱树森　著
中国古代史学十讲	瞿林东　著
历代官制概述	瞿宣颖　著
宾虹论画	黄宾虹　著
中国绘画史	陈师曾　著
和青年朋友谈书法	沈尹默　著
中国画法研究	吕凤子　著
桥梁史话	茅以升　著
中国戏剧史讲座	周贻白　著
中国戏剧简史	董每戡　著
西洋戏剧简史	董每戡　著
俞平伯说昆曲	俞平伯　著　陈　均　编
新建筑与流派	童　寯　著
论园	童　寯　著
拙匠随笔	梁思成　著　林　洙　编
中国建筑艺术	梁思成　著　林　洙　编
沈从文讲文物	沈从文　著　王　风　编
中国画的艺术	徐悲鸿　著　马小起　编
中国绘画史纲	傅抱石　著
龙坡谈艺	台静农　著
中国舞蹈史话	常任侠　著
中国美术史谈	常任侠　著
说书与戏曲	金受申　著
世界美术名作二十讲	傅　雷　著

中国画论体系及其批评	李长之 著
金石书画漫谈	启 功 著 赵仁珪 编
吞山怀谷 ——中国山水园林艺术	汪菊渊 著
故宫探微	朱家溍 著
中国古代音乐与舞蹈	阴法鲁 著 刘玉才 编
梓翁说园	陈从周 著
旧戏新谈	黄 裳 著
民间年画十讲	王树村 著 姜彦文 编
民间美术与民俗	王树村 著 姜彦文 编
长城史话	罗哲文 著
天工人巧 ——中国古园林六讲	罗哲文 著
现代建筑奠基人	罗小未 著
世界桥梁趣谈	唐寰澄 著
如何欣赏一座桥	唐寰澄 著
桥梁的故事	唐寰澄 著
园林的意境	周维权 著
万方安和 ——皇家园林的故事	周维权 著
乡土漫谈	陈志华 著
现代建筑的故事	吴焕加 著
中国古代建筑概说	傅熹年 著
简易哲学纲要	蔡元培 著
大学教育	蔡元培 著 北大元培学院 编
老子、孔子、墨子及其学派	梁启超 著
春秋战国思想史话	嵇文甫 著
晚明思想史论	嵇文甫 著
新人生论	冯友兰 著

中国哲学与未来世界哲学	冯友兰　著	
谈美	朱光潜　著	
谈美书简	朱光潜　著	
中国古代心理学思想	潘　菽　著	
新人生观	罗家伦　著	
佛教基本知识	周叔迦　著	
儒学述要	罗　庸　著	杜志勇　辑校
老子其人其书及其学派	詹剑峰　著	
周易简要	李镜池　著	李铭建　编
希腊漫话	罗念生　著	
佛教常识答问	赵朴初　著	
维也纳学派哲学	洪　谦　著	
大一统与儒家思想	杨向奎　著	
孔子的故事	李长之　著	
西洋哲学史	李长之　著	
哲学讲话	艾思奇　著	
中国文化六讲	何兹全　著	
墨子与墨家	任继愈　著	
中华慧命续千年	萧萐父　著	
儒学十讲	汤一介　著	
汉化佛教与佛寺	白化文　著	
传统文化六讲	金开诚　著	金舒年　徐令缘　编
美是自由的象征	高尔泰　著	
艺术的觉醒	高尔泰　著	
中华文化片论	冯天瑜　著	
儒者的智慧	郭齐勇　著	
中国政治思想史	吕思勉　著	
市政制度	张慰慈　著	
政治学大纲	张慰慈　著	
民俗与迷信	江绍原　著	陈泳超　整理

政治的学问	钱端升　著　钱元强　编
从古典经济学派到马克思	陈岱孙　著
乡土中国	费孝通　著
社会调查自白	费孝通　著
怎样做好律师	张思之　著　孙国栋　编
中西之交	陈乐民　著
律师与法治	江　平　著　孙国栋　编
中华法文化史镜鉴	张晋藩　著
新闻艺术（增订本）	徐铸成　著
经济学常识	吴敬琏　著　马国川　编
中国化学史稿	张子高　编著
中国机械工程发明史	刘仙洲　著
天道与人文	竺可桢　著　施爱东　编
中国医学史略	范行准　著
优选法与统筹法平话	华罗庚　著
数学知识竞赛五讲	华罗庚　著
中国历史上的科学发明（插图本）	钱伟长　著

出版说明

“大家小书”多是一代大家的经典著作，在还属于手抄的著述年代里，每个字都是经过作者精琢细磨之后所拣选的。为尊重作者写作习惯和遣词风格、尊重语言文字自身发展流变的规律，为读者提供一个可靠的版本，“大家小书”对于已经经典化的作品不进行现代汉语的规范化处理。

提请读者特别注意。

北京出版社